おひで

慶次郎縁側日記

北原亞以子

朝日文庫

本書は二〇〇二年十月、新潮文庫より刊行されたものです。

おひで　慶次郎縁側日記 ● 目次

おひで　慶次郎縁側日記

ぬれぎぬ

黒光りしているような五月の闇《やみ》の中から、闇が飛び出した。

そんな気配を感じていて、用心していたところだった。森口晃之助《もりぐちこうのすけ》は咄嗟《とっさ》に提燈《ちょうちん》を捨て、飛び出してきた闇を捕えた。

地面に落とされた提燈は燃えはじめていた。蠟燭《ろうそく》の火がうつったらしい。その火に照らされて、捕えた闇は若い男の姿になった。見覚えのない男だった。

薬研堀《やげんぼり》の料理屋から帰るところだった。揉《も》め事《ごと》を内々に片付けてやった礼にと、日本橋本石町《ほんこくちょう》の真綿問屋《まわたどんや》が招いてくれたのである。

揉め事は、担保となっていた家をめぐるものだった。真綿問屋の話によれば、その家の持主とは親戚《しんせき》同様のつきあいをしていたという。そのつきあいを信じて、真綿問屋はかなりの金を貸してやった。相手は恐縮して、持っている家作《かさく》を抵当に入れると言った。

この場合、定めでは、家作を抵当に入れる方が、売渡証文《うりわたししょうもん》と家守請状《やもりうけじょう》を相手に渡す。売渡証文は、言うまでもなく、借りた金が返せなかった時は所有権を譲り渡すという証文である。家守請状は、所有権を失った家の差配にしてもらうという約束書《やくそくがき》のようなものだった。

真綿問屋も、この二通を受け取っていたのだが、売渡証文の方に不備があった。というより、罠《わな》があった。売渡証文には、一年ごとにこれを書きかえるという一文があり、金を貸した方がそれを怠った場合は証文が無効になると書きくわえられていたのである。確かに一度、書きくわえねばならぬ言葉があると言って、証文を取りにきたことがあると真綿問屋は唇を嚙《か》んだ。一刻もたたぬうちに返しにきた上、証文をひろげて「これでよろしゅうございますね」と念をついたので、まさかそんなことが書かれていたとは思わなかったというが、迂闊《うかつ》と言うほかはないだろう。

しかも、相手には名うての公事師《くじし》がついていた。

公事師とは、訴訟を起こした場合に相談相手となってくれる者のことで、親戚をなのって奉行所へ出頭してくれることもある。浪人や町役の家で働いていた者など、弁の立つ者がこの仕事についていたが、なかにはわるい知恵をつける公事師もいた。

真綿問屋の相手がはじめから公事師と組んで、一年後には反古《ほご》となる証文を渡していたのかどうかはわからない。が、返済の期限を過ぎてもいっこうに残りの金を返そうとせぬ家主に、しびれをきらした真綿問屋が証文をちらつかせると、その公事師があらわれた。彼の説明では、真綿問屋の持っていた売渡証文は期限ぎれで役に立たず、金が返せなくても、家作を渡す必要はないという。

親戚同様のつきあいをしてきた男の裏切りに、真綿問屋は、怒り心頭に発したそうだ。が、証文が期限ぎれとあっては、訴訟を起こしても勝ち目はない。弱りはてた真綿問屋は、つてを頼って晃之助に泣きついた。

晃之助にとっては、もっとも苦手な揉め事だった。養父の慶次郎《けいじろう》ならどんな行動をとるだろうと考えた末、晃之助はまず、家作を渡さぬと言い張っている家主をたずねた。

揉め事は、それだけでおさまった。真綿問屋が訴訟を起こすと言っているが、調べ次第では、家主側《かた》が騙りの罪になるが、それでもよいかと言ったのである。慶次郎より、大根河岸《だいこんがし》の吉次が言いそうなせりふだと思ったが、効き目は絶大だった。定町廻《じようまちまわ》り同心《どうしん》がたずねてくるとは思っていなかったらしい家主は、すぐに新しい証文をつくることで手を打ってもらえまいかと言い出して、真綿問屋も喜んで承知した。

その礼に、江戸で最初に会席料理を出したという川口屋へ招かれたのである。料理はさすがにうまかったし、呼ばれた芸者の三味線も見事だった。よい心持で飲んで食べて、駕籠《かご》で送るというのを腹ごなしに歩いて帰ると断って、薬研堀とは目と鼻の先の、武家屋敷のならぶ一劃《いっかく》で襲われたのだった。

横山町の自身番屋へ連れ込んだが、男は、何を聞いても答えない。身なりから判断すると浪人のようだった。

晃之助は、懸命に記憶の糸をたぐった。が、長身で二十五、六くらいの浪人者との接点は見つからなかった。

人違いかとも思ったが、騒ぎを聞きつけて駆けつけた川口屋の主人は、今夜の客の中に、晃之助に似た者はいなかったと言った。真綿問屋の主人をはじめ、太った男が多かったというのである。男の方も、川口屋の主人と一緒に自身番屋へ入ってきた真綿問屋には見向きもせず、晃之助をねめつけている。恨みは、晃之助にあるとしかおもえなかった。

「名前《なめえ》も言えねえのかえ」

と、晃之助は、番屋の柱へくくりつけた男に尋ねた。答えるかわりに、男は唾《つば》を吐いた。晃之助は素早くよけたが、夜勤当番の老人が、あわててちり紙を持ってきた。

このまま大番屋へ送るほかはないと思った時だった。夜鷹蕎麦《よたかそば》を食べに行ったという夜勤当番の一人が戻ってきて、男を見るなり大声を上げた。

「公事師の増田さんじゃないか。どうしなすった」

晃之助は、蕎麦にはつきものの葱《ねぎ》のにおいをさせている当番をふりかえった。増田という名前は聞き覚えがなかったが、公事師にはかかわりがある。一人は、真綿問屋を罠にはめようとした公事師だが、この男にはつい先日も会った。目の前にいる男のように長身ではなく、若くもない。

もう一人は、昔馴染《なじ》みの女が惚《ほ》れている男だった。おオといって、おそらく今年、十九か二十になる。昔馴染みといっても、特別な間柄だったわけではない。三千代との縁談がまだととのわぬ頃、晃之助が剣術の稽古《けいこ》帰りによく立寄った茶漬け屋で、おオが働いていたのである。

晃之助がおオを覚えていたのは、文字を教えてやったことがあるからだった。或《あ》る日、近道をして茶漬け屋の裏から表へまわろうとすると、積み上げた薪《たきぎ》の陰に隠れておオが貸本を読んでいた。よほど夢中になっていたのだろう、晃之助が近づいたことにも気づかなかった。

黙って通り過ぎようとしたが、本の上に影が落ちたのかもしれない。おオが顔を上げて、「あら」と言った。が、つづいて出てきたのは、「いらっしゃいませ」という言葉でも「いつも有難うございます」という言葉でもなかった。お才は本の真中あたりを指さして、「これ、何と読むんですか」と尋ねたのだった。

読んでいたのは当時評判になっていた合巻本《ごうかんぼん》で、尋ねた文字も、それほどむずかしい漢字ではなかったが、晃之助は、ついでに二つ三つ漢字の読み方を教えてやった。

大きな目に愛嬌《あいきょう》のある、人なつこい娘だったが、その頃はそれ以外に言葉らしい言葉をかわした覚えはない。その声を聞きつけた女将《おかみ》が外へ飛び出してきて、いきなりお才を叱《しか》りつけたのである。女将が言うには、店が少しでも暇になると、お才は懐《ふところ》に入れている本を読みはじめ、いそがしくなっても気がつかずにいるという。

その後も、女将に本を取り上げられ、叱られているお才を幾度か見かけたが、女将の叱言《こごと》はお才の耳を通り過ぎてゆくようで、晃之助と視線が合うと、そっと舌を出してみせた。三千代がみずから命を絶つ、あの事件が起こったのは、それからまもない頃だった。晃之助自身が三千代への絶ち切れぬ思いに悩まされていた上、一時は人が変わったようになった慶次郎の力にもなってやりたかった。実父が森口家への養子縁組をいそいだのも同じ理由からだろう。それやこれやで茶漬け屋とは縁が切れた。

草双紙が好きな茶漬け屋の女中のことも、いつの間にか忘れていたが、一昨年《おととし》、奉行所からの帰り道に、偶然出会ったことがある。お才は、あれからまもなく茶漬け屋から暇をとり、幼い頃に逝《い》った父親の縁をたよって、私塾を開いている学者の家に奉公をしたと言っていた。

おオは、浪人の娘だった。借金を返すために父親がむりをしたと苦笑いをしていたが、どうも御家人株を売り払ったらしい。しかも早くに他界してしまったので、読み書きを教わるどころか、五つ六つの頃から母親の内職を手伝っていたという。

そんな話をしたあとで、おオは、かつて文字を教えてもらった礼を言い、今は主人の学者のほかにも、むずかしい文字を教えてくれる人がいるのだと、耳朶《みみたぶ》まで赤くした。

晃之助は、その人と所帯をもつのだろうとからかった。その男の職業が、公事師だった。名前は聞かなかったが、浪人者の倅《せがれ》だと言っていたような気がする。

「おオの亭主か」

と、晃之助は男に言った。男は、唇を歪《ゆが》めて、「やっぱり――」と言った。そのあとはまた、だんまりだった。

晃之助は、ともかく男を材木町《ざいもくちょう》の大番屋へ送っておこうと思った。この界隈《かいわい》を縄張りにしている岡っ引は、米沢町《よねざわちょう》の東五郎《とうごろう》だった。彼を呼んでもらうつもりで、葱のにおいをさせている当番を手招きすると、当番は、それを待っていたように喋《しゃべ》り出した。

「あの、増田さんは独り身ですよ」

「ふうん」

男がお才の亭主となっていて、何かのはずみに晃之助の名を口にしたお才との間柄を邪推したという推測ははずれていたようだった。

「あの男っ振りですからね、ずいぶんと女には騒がれたようですが」

「増田の下は、何てえ名前《なめえ》だえ。教えてくんな」

「確か、増田留三郎といったと思いましたが。親父《おやじ》さんの代からの浪人者で、親父さんは金貸をしていたし、増田さんの公事師の腕もわるくないので、金に困っていることはない筈《はず》です」

「確かかえ」

「はい。わたしの女房の実家《さと》が馬喰町《ばくろちょう》にありますもので、公事師の評判はよく知っております」

馬喰町には、公事宿と呼ばれる旅籠《はたご》がならんでいる。天領に住んでいる者の訴訟は勘定奉行が取り上げ、大名の領地に住んでいる者が別の大名の領地に住んでいる者を訴えるのであれば幕府の評定所が扱うことになり、いずれの場合も江戸へ出てこなければならない。旅籠のほとんどはそんな人達のための宿といわれるほど、江戸には公事宿が多かった。公事師達は、その周辺に住んでいる。

外に出ると、いつの間にか姿の見えなくなった真綿問屋と川口屋の主人が待っていた。晃之助は二人を騒ぎに巻き込んでしまったことを詫《わ》び、大番屋まで男を送り届ける破目になったと言った。

「だから駕籠でお帰りなさいと申し上げましたのに」

と、後日、事件の引き合いに奉行所へ呼び出されるのを心配してか、真綿問屋はうらめしそうだった。


翌日、晃之助は、神田三河町《みかわちょう》へ向った。お才が奉公しているという私塾の名前は忘れてしまったし、場所も神田としか覚えていないのだが、辰吉《たつきち》が、三河町一丁目にかなり流行《はや》っているそれがあると教えてくれたのだった。

探すまでもなかった。お濠《ほり》に沿った道の仕舞屋《しもたや》に、『漢学』と書かれた看板がかけられていた。武家の子弟と見える若者が、次々にその家へ入って行く。なかには、一目で町方とわかる晃之助を咎《とが》めるような目で見る者もいた。

そんな若者にお才の消息を尋ねるのはさすがにためらわれて、晃之助は、私塾の前を通り過ぎた。横丁を曲がれば、豆腐屋か湯屋があるにちがいなく、その店の亭主も女房も、人なつこいお才の相談相手とも友人ともなっていた筈であった。

思った通り、三軒目に豆腐屋があった。晃之助は、できあがったばかりの豆腐を一丁ずつに切って、水の中へ放している亭主に声をかけた。

「お才さん？　ええ、漢学の先生んとこにいなさいましたが。――お才さんが、何かしなすったので？」

亭主は、用心深そうな顔つきになった。晃之助は苦笑した。

「御用の筋じゃないよ。幼馴染みの定町廻りがきたと言って、ちょいと呼んできてもらいたいのさ」

「あれ、ご存じないんで」

亭主は、庖丁《ほうちょう》を桶《おけ》の上に置き、水に濡《ぬ》れた手を前掛で拭《ぬぐ》った。

「お才さんはもう、ここにゃいませんよ。六日前だったか七日前だったか、漢学の先生んとこをやめなすってね」

行先を知らないかと晃之助が尋ねると、亭主は大声で女房を呼んだ。お才とは、女房が親しくしていたという。だが、たすきをはずしながら土間へ降りてきた女房は、

「わたしにも、わからないんですよ」と言った。

「だって、まだ落ち着く先がきまってないと言いなさるんですもの。そんなにあわて逃げて行かなくても、いいと思ったんですがねえ」

「逃げて行く？」

「ええ、馬喰町の公事師さんと祝言《しゅうげん》をあげることになったと言ってなすったんですが」

「その公事師には会ったよ」

仲を疑われたことを思い出し、苦い笑いがこみあげてきたが、女房にその笑いの意味のわかるわけがない。

「男っ振りのいいお人でしたでしょう」

と、言った。

「男っ振りがよくて金まわりもいいとなりゃあ、お才さんが惚れるのもむりはないんですけどね。はじめのうちは、公事師さんの方が何のかのと言って、お才さんから逃げていなすったようですよ。お才さんのほかにも、言い寄ってくる女が大勢いたんでしょう」

「それで？」

「ここ三月《みつき》くらい、お才さんが妙に沈んでなさるので、これはてっきり振られたなと思いましてね。あんな男なんざどこにでもいるって、慰めてあげたんですけど」

意外なことに、所帯をもつことは半年以上も前にきまっているのだと、お才は答えた。が、お才の都合で、一緒になる日を延ばしているのだという。

「漢学の先生の奥様がご病気がちですからね、それで暇がとれないのかと思って」

お目出たいことなのだから早く暇を出してやってくれと、お節介な口をきこうとした女房に、お才は、すがりつくようにして「やめてくれ」と言った。

「そのあげく、小母《おば》さん、明日引越しをします――でしょう？　びっくりしましてねえ。その上、手伝いに行ってあげると言うと、落ち着く先もきまってないってんですもの。逃げ出したとしか思えないじゃありませんか。惚れた男から逃げ出すようなわけが、どこにあったんだろうと心配していたところなんですよ。何か事情のある人だったんですかねえ」

女房も亭主も、晃之助を見た。幼馴染みなら知っているだろうと言いたげな目つきだった。晃之助は、お上の御用ではない人探しで仕事の邪魔をした詫びに、油揚を買って退散することにした。


その足で、晃之助は、材木町の大番屋へ行った。

増田留三郎は、取り調べの終らぬ者を留めて置く仮牢《かりろう》の中にいた。昨夜の興奮が醒《さ》めて、しおれているように見えた。

が、大番屋に入ってきたのが晃之助であると気づくと、壁に寄りかかって腕を組み、あぐらの足を片方だけ投げ出した。ふてくされていると思わせたいようだった。

晃之助は、仮牢の前に蹲《うずくま》った。番人が、あわてて床几《しょうぎ》を持ってきた。

「お才と何があった」

返事はない。

「確かに俺はお才を知っている。が、一昨年の春か夏に会ったきりで、三河町の私塾に奉公していたことも忘れていたよ」

天井を眺めていた留三郎が、晃之助を見た。口許《くちもと》に薄笑いを浮かべていた。

「嘘《うそ》も方便たあ、よく言ったものさ」

「お才には申訳ねえが、ほんとうに忘れていた」

「そのお才が、つい先日、旦那《だんな》に会ったと言ったんだよ。あげくが、所帯をもつ約束はなかったことにしてくれ——だ。面目丸つぶれで、自棄《やけ》にもなろうってものじゃねえか」

「お才の行方に心当りは？」

「俺が聞きてえよ」

「そうか」

留三郎に心当りがないのなら、下っ引を集めておオを探すほかはない。立ち上がって牢格子《ろうごうし》に背を向けると、その中からかわいた笑い声が聞えてきた。

「逃げるのかえ、旦那」

晃之助は、黙って留三郎をふりかえった。

「おオは、旦那の奥方がみごもっていなさることを知っていたよ。おオに手を出したものの、そういうわけで——と別れ話をきりだしたのじゃねえのかえ」

晃之助は、記憶の糸をたぐった。一昨年おオに会った時、相談したいことがあれば、いつでもたずねてこいと言ったような覚えがあった。

おオは、たずねてこなかった。が、たずねてこなかったと思っているのは晃之助だけで、実は、きていたのではあるまいか。屋敷の前で、みごもっている皐月《さつき》を見て、出端《でばな》をくじかれたような気分になって、引き返したということもある。

「おオは、旦那に呼び出されて会ったと言っているんだぜ」

「呼び出して深い仲になって、別れ話をきりだした男が、女の怨《うら》みだと斬《き》りつけてきた公事師《くじし》のために、その女を探そうとするかってんだ。その辺を考えな」

格子を摑《つか》んでいた留三郎の手が、外へ垂れ下がった。

「旦那——」

低い声が晃之助を呼んだ。

「俺あ、島送りかえ」

「さあてね」

「頭に血がのぼって旦那を襲ったが、傷一つつけられなかった。しかも、お才の言ったことが嘘ときやがった。これで島送りじゃあ、間尺《ましやく》に合わねえ」

身から出た錆《さび》という諺《ことわざ》が頭に浮かんだ。同じ諺が留三郎の脳裡《のうり》にも浮かんだのか、自嘲《じちよう》するようにそれを口にした。

「くそ——。公事師の愚痴じゃ、しゃれにもならねえが」

お才の居所をつきとめて、頰の一つも殴ってからでないと八丈へは行けぬと、留三郎は先刻までとはうってかわった口調で喋りはじめた。愚痴というよりは、解き放ってもらいたい一心の言訳だった。

留三郎がお才を知ったのは、二年半ほど前のことだった。三河町の私塾の師匠、宮《みや》島愚堂《じまぐどう》が、借金を返してくれぬと訴えられ、その使いで、しばしばお才が留三郎の家をたずねてきたのである。

「よけいなことだが、愚堂先生もなかなか隅に置けないお人でね」

と、留三郎は笑った。

塾となっている家は、手狭になったのを機に、借家であったのを買い取って、部屋をひろげたものだという。家を買う時に、寺院や神社が修理の費用をつくるなどの口実で貸し付けている金——名目金《みようもくきん》を借りたが、愚堂はその時、借金が払えなかった場合は、建てなおした家を取り上げられてもよいという一札を入れた。

「おわかりだろう。家質《かじち》——家を抵当にしたというわけさ。ご存じの通り、家質を置いた時は、その家作からあがってくる店賃《たなちん》を、利息がわりに払わねばならねえきまりだ。が、漢学の先生にゃ、店賃の入ってくるところがない。そこで——」

と、留三郎は、片頰で笑った。

「先生、門人の束脩《そくしゆう》を届けていたんだよ。店賃にかわるものというわけさ」

「ふうん」

いろいろと考えるものだと、晃之助は思った。

「名目金を貸し付けたのは、この商売をはじめて十年になるという浪人者だったが、愚堂んとこの女中が、お礼だと言って持って行ったはした金を、何の疑いもなく受け取っちまってね。おまけに受け取りまで書いちまった。そりゃそうだろう、金を届けた女中の口上が、確かに渡したとわからないと先生がうるさいから、受け取りを書いてくれってえんだから。まさか、その受け取りが店賃をおさめた証拠に化けるとは、誰も思やしねえわな」

浪人は、万事にこまかい愚堂なら、受け取りを見せろぐらいのことは言うだろうと思っていたらしい。が、さすがにそのからくりに気づき、利息を払わぬのなら覚悟があると言ってきた。それでも愚堂は、浪人が金も手間もかかる訴訟など起こすまいと、たかをくくっていたようだ。

浪人も、意地になっていたのだろう。相談をうけた公事師も、勝ち目はあると言って、浪人をあおった。浪人は、面倒な訴訟に踏み切った。愚堂も心配になったのかもしれない。留三郎をたずねてきて、よろしく頼むと頭を下げた。

その後、愚堂の使いでしばしば留三郎の家を訪れるようになったのが、お才であった。浪人から受け取りをもらっていた女中は、訴訟に巻き込まれるのがこわいと言って暇をとり、愚堂の妻の遠縁に当るお才が、新しく雇われたのだった。

「茶漬け屋で働いていたにしては、野暮ったい娘だったが、磨けばきれいになると思ったので、部屋へ上げてやった。一目で俺に惚《ほ》れたことは、すぐにわかったよ」

晃之助は、黙っていた。

「おかしな女だったぜ。本が大好きだと言って、愚堂にもらったというのを、肌身離さず持っているんだ。が、草双紙も満足に読めねえのに、愚堂からもらった本なんざ読めるわけがねえ。『子曰《しのたまわ》く』を読んでやったら、うっとりと俺の顔を眺めていやがったよ」

想像に難くない光景だった。

「お才が御家人の娘だったぐらいのことは、知っているんだろう?」

と、留三郎は言って、晃之助がうなずくのを待たずに言葉をつづけた。

お才の父親は、お才が二歳の時に、御家人株を札差の次男に売り払ったという。しかも、まもなくその父親が他界、母親は、お才を背負って枝豆や茹卵《ゆでたまご》を売り歩き、飢えをしのいだそうだ。お才も五つか六つの頃から折釘《おれくぎ》を拾って歩き、古釘問屋へ売りに行ったというから、その貧しさのほどもわかろうというものだ。

留三郎の父親も、株を商人に売り払った御家人だった。が、留三郎の言葉を借りれば、金はなくても知恵のあった男だった。借金の額が、御家人株の値より少ないうちに売り払ったのである。

金がなくて売り払ったものなら、金が入れば買い戻すことができる。それが、留三郎の父親の口癖で、御家人株を売り、借金を返済すると、残った金をもとでに金貸をはじめたのだった。

「本気で御家人株を買い戻すつもりだったのさ。だから俺は、剣術の道場へも漢学の塾へも通わされた。学問なら、愚堂先生にも負けねえぜ」

たいしたものだ――と、晃之助は言った。十五、六の頃の晃之助は、本を開くとあくびが出た。

「やっとうの方だって、捨てたものじゃねえと思っていたよ。が、このざまだ。もう自慢はできねえ」

低い声で笑った晃之助を見て、留三郎は、もう一つ、晃之助に勝っているものがあると言った。女にかけての腕前だった。

「お才に声をかけると、喜んで出合茶屋へついてきたよ」

「へええ」

「断ったことがねえのさ。早く帰らないと叱《しか》られると言いながら、ついてくる。茶屋へ上がれば、もののはずみで可愛《かわい》いということもあるし、女にふられて淋《さみ》しいと、歯の浮くようなせりふを言うこともある。ま、今になって思うと、お才がおかしな勘違留三郎の女房になりたいと、お才は、自分の方からきりだしたという。が、留三郎は曖昧《あいまい》な返事をした。

「お才よりいい女はいくらもいたが、捨てるには惜しいような気がしてさ」

「お才が愛想をつかすわけだ」

「つかしゃしねえ。俺が拾ってやる気になった時は、涙を流して喜んでいた」

「拾ってやるだと？」

「御家人株を買い戻すくらいの金がたまったんだよ。もっとも、俺にゃ貧乏御家人に戻る気はねえが」

が、留三郎の父親は、御家人株を買い戻すことに躍起となっていた。留三郎がいやならば、留三郎の息子を武家にするといきまいていた。公事師をしながら遊びたいのなら遊ぶがいい、そのかわり早く所帯をもって子供をつくれと言われて、留三郎が目をつけたのがお才だった。女中奉公をしているが、もとをただせば御家人の娘である。頭もわるくないし、野暮ったさもとれてきた。

「女房にゃちょうどいいと思ってさ。伜《せがれ》が生まれりゃ、お武家様だ。お才だって嬉《うれ》しいだろう。そう思って拾ったら、はじめは泣いて喜んだよ。それがどうだ、ちょっと考えさせてくれと言ったかと思うと、約束はなかったことにしてくれ――だ。旦那に会って、気が変わったとしか思えねえ」

「拾ってやったと言われりゃ、お才でなくとも、癪《しゃく》にさわる」

「冗談じゃねえ」

留三郎は、仮牢の中であぐらをかいた。

「からくりはわかったよ。お才が逃げたのは、やっぱり旦那の入れ知恵だ。公事師なんぞに拾われて嬉しいかとか何とか、旦那に吹っ込まれてその気になったんだ。冗談じゃねえや。が、やっとうの方は旦那に歯がたたなかったのだから仕方がねえ。小伝馬町送りにでも何にでもしてくんな」

「望むならば」

晃之助は、笑って大番屋を出た。

小伝馬町へ送れと言った留三郎の胸のうちはわかっていた。公事できたえた舌にものを言わせ、吟味与力《ぎんみよりき》に晃之助の非道を訴えるつもりなのだ。

森口晃之助は、自分――増田留三郎にとって女房同然の女と同衾《どうきん》した。今は公事師であるとはいえ、父の代までは武家、女房を恥ずかしめられて黙っているわけにはゆかぬ。かなわぬと承知で斬りつけ、自分もまた縄目の恥をうけることになったが、後悔はしていない。もし、吟味方に一片の情けがあるのなら、女房を探し出し、片田舎でなりと暮らしてゆけるようにしてもらいたい。それさえ約束してもらえるならば、自分は喜んで八丈島の土となる。――

思いがけぬ不祥事に、吟味方はうろたえ、奉行に報告する。奉行がこの一件を握りつぶすにせよ公《おおやけ》にするにせよ、晃之助が処分されることは間違いない。晃之助も愚かではないようだから、自分を小伝馬町へ送ればどうなるか、すぐに気づくだろう。

そういう勘定だけは、素早くできる男のようだが。

そういう勘定の嫌いな男も世の中にはいると、まだわかっていないようだった。

――

苦労をしているが、お才の知っている世間は狭い。茶漬け屋か、それに似た店で働いているにちがいない。そう考えたが、見事に当った。辰吉や東五郎、太兵衛の手下の手まで借りて虱《しらみ》つぶしに探させると、翌日の朝早く、辰吉の手下が、浅草雷門前《あさくさかみなりもん》の菜飯屋《なめしや》におオらしい女がいると言ってきたのである。

晃之助は、隣りの島中賢吾《しまなかけんご》に声をかけ、事情を話して浅草へ向った。顔を洗っていた賢吾の、「色男――」と言う声が、すずめの声と一緒に追いかけてきた。

混雑が当り前の浅草寺門前だが、さすがにまだ人の姿はない。昨日の賑《にぎわ》いを思わせる紙屑《かみくず》が風に吹かれているのを、付近の商家の小僧達が懸命に掃き寄せていた。屋敷を出る時にはかかっていた靄《もや》が晴れて、今日は五月晴《さつきば》れとなりそうだった。

下っ引が指さしたのは、名の知れた菜飯屋だった。晃之助は、小遣いを渡して下っ引を帰し、足早に店へ近づいた。

大戸はおろされているが、人の気配はする。晃之助は、裏口にまわった。裾《すそ》をからげた姉様かぶりの女が、雑巾《ぞうきん》がけをしたらしい水をまいていた。菜飯屋の女中だろう。定町廻り同心の姿は、一目でそれとわかる。晃之助に声をかけられた女中の顔がひきつった。人殺しか強盗を働いた男が、近頃菜飯を食べにきた、そう思ったようだった。

晃之助は、かぶりを振った。

「幼馴染《おさななじ》みを探しているんだよ。急に姿を消しちまったんで、心配しているんだ」

女中は返事をしなかった。

「五、六日前にここへきた、十九か二十の女がいるだろう？　呼んでもらえないか」

曖昧にうなずいて、女中は店の中へ入って行った。足音や水の音が聞えていた調理場が、急に静かになった。

人の出てくるようすはない。晃之助は、辛抱強く待った。

中へ入って行こうかと思った時に、足音が聞えた。これだけ待たせたのだから多分
——と思った通り、腰高障子の陰から顔をのぞかせたのは、お才だった。

「ひさしぶりだな」

と、晃之助は言った。

「探したんだぜ。たいした用事じゃあねえのだが」

お才は障子の陰から出てこようとはしない。用心深そうな顔で、声をひそめた。

「増田留三郎に頼まれなすったんですか」

「いや……」

襲われたとは言いにくい。

「家質《かじち》をとったのとらぬのという騒ぎに巻き込まれてね。その公事師が、増田留三郎ってえ男だったのさ。お前《めえ》の話を聞いて、急になつかしくなって、三河町へ行ってみたのよ」

「ほんとに留三郎に頼まれなすったんじゃないんですか、わたしを見つけてくれって」

「お前《めえ》に逃げられたとは言っていたが」

「それだけ？」

うなずくのが少々遅れたような気がしたが、お才は気がつかなかったらしい。口許《くちもと》をほころばせたお才が障子の外に出てくると、調理場からも水の音が聞えはじめた。

「いい女になったな、お才ちゃん」

留三郎が追いかけるわけだと思った。お才は耳朶《みみたぶ》まで赤くして、陽射《ひざ》しのせいではない、まぶしそうな目で晃之助を見上げた。

「逃げ出すにゃよほどのわけがあるだろうと思ったのさ」

「で、そのわけを聞いてみようと思いなすったんですか」

晃之助は素直にうなずいた。

「心配して探し歩いたって言って下されば、もっといいのに」

そう言ってもいいが――と答える前に、お才は、「嘘《うそ》です」と言って笑った。

「一昨年《おととし》だったかしら、偶然お目にかかった時のことを覚えていなさいます？」

「むずかしい字を教えてくれる人がいると、嬉しそうな顔で言っていたよ」

「それが、増田留三郎だったのですけど。――わたし、だんだん嫌いになっちまったんです」

それはわかっていた。が、晃之助は「どうしてだえ」と尋ねた。お才は、探るような目で晃之助を見て、また笑った。気がついているくせにと言いたかったのかもしれないが、茶漬け屋で働いていた頃のように、首をすくめて舌を出した。

「留三郎に会っていると、わたしは何てばかだったんだろうと思うんですもの。あの人は、むずかしい字も読めるし、面白いことも言えるし、ほんとうに賢い人なんだと尊敬していたんですけど」

「金もあるぜ」

「そんな――。旦那《だんな》だって、むずかしい字が読めたり、お金のある人が偉いなんて、ちっとも思っていなさらないくせに」

苦笑してうなずくほかはない。

「嫌いになってしまったと、遠まわしに言ったんですけど」

留三郎は笑っていた。わるい冗談としか思えなかったようだった。

「そうなると、勝手なものですね。留三郎のいやなところばかりが目につくんです。とうにわたしが覚えた文字を、向うは教えたことまで忘れている。そんなことまで覚えていられないのかと思うし、わたしの方がずっとよく知ってることまで、教えてやると偉そうに言われたりすると、いつまでも何も知らない女じゃありませんよ、わたしは――と腹が立つんです。貧乏しながら武士にしがみついている奴《やつ》はばかだとか、人相を見て、こいつは死んでいる、金の亡者《もうじゃ》だとか、はじめは面白かったけれど、二度、三度と同じことを聞くと、少しはちがうことが言えないのかと思いました。でも、そうなった時にはわたし、留三郎と所帯を持つ約束をしちまっていたんです」

おオは、そこで口をつぐんだ。

「旦那。ほんとに、留三郎は何も言ってませんでしたかえ」

「ああ」

「旦那が留三郎だったらよかったのにな」

「断っておくが、俺あ、子曰くは苦手だよ」

「そんなこと、どうでもいいんです。少し気がつくのが遅過ぎたけど」

霽が晴れて、五月にはめずらしい、雲一つなく晴れあがった空が見えた。

「茶漬け屋へきていなすった頃の旦那と、一昨年お目にかかった旦那では、見違えるようでしたもの。それに……」

晃之助は横を向き、頰のあたりを指先でかいた。その先は聞かぬほうがよさそうだったが、おオは、ためらいもせずに言ってのけた。

「一昨年の旦那と、今日の旦那では、また見違えるほどいい男だもの」

有難うよと、晃之助は言った。わるい気持はしないが、少し重い。

とりあえず、大番屋にいる留三郎のことを考えることにした。自惚《うぬぼ》れで成長をとめてしまったらしい男に、お才に嫌われたことを納得させるには、かなり骨を折りそうだった。

からっぽ

すれちがった男をふりかえって、おたえは呟《つぶや》いた。

「定町廻《じょうまちまわ》りの森口慶次郎じゃないか」

つい先刻まで、江戸の町は夕立に洗われていた。雷神が喧嘩《けんか》をはじめたのではないかと思うほど、つづけざまに稲妻が光って雷鳴が轟《とどろ》き、横なぐりの雨が屋根や地面を叩《たた》いていたのである。

煙草屋《たばこや》の軒下を借りているだけではずぶ濡《ぬ》れになるところだったが、幸いに、煙草屋の娘が中へ入るようにと声をかけてくれた。おたえは、同じ軒下に立っていた手代風の男と一緒に、店の土間へ駆け込んだ。

店先には、賃粉切《ちんこき》りの男と無駄話をしているうちに帰れなくなったらしい若い男がいたし、向いの豆腐屋の軒下では、やはり雨宿りをしていた出前持ちの小僧と貸本屋が、亭主らしい男に手招きをされていた。一時、江戸の道は、野良《のら》犬も通らなかったにちがいない。

が、思いきりのよい雷神だった。　半刻ほど人々を怖がらせると、あっさり引き上げて行った。

雨はたちまちこやみになり、空には淡い色の虹《にじ》もかかった。おたえも手代風の男も、無駄話をしていた男も、娘に礼を言って、夕立のあと特有の土のにおいがこもりはじめた裏通りへ出てきたところだった。

豆腐屋では、出前持ちと貸本屋が亭主に礼を言っていた。傘を持っていないところを見ると、慶次郎も、どこかの家で雨宿りをしていたにちがいなかった。

定町廻りのくせに雨宿りなんて――と思った。が、二、三歩いてから思い出した。慶次郎は、娘を亡《な》くしたあと、娘の許婚者《いいなずけ》だった男に跡をゆずり、隠居をしたという話だった。

おたえは足をとめた。のんびりと雨宿りをしていられたのは隠居をしたせいだろうが、帰る方角がちがう。八丁堀は、おたえが帰ろうとしている神田の先にある。

もう一度ふりかえると、慶次郎の姿は、夕立のあとの人混みに消えそうだった。

どうせ、おたえも暇であった。慶次郎のあとを尾《つ》けてみようと思った。

おたえは、十四、五の頃から慶次郎を知っている。妙に癪《しゃく》に障《さわ》る男であった。捕えられたことはないが、おたえのような女をしばしば見逃してくれるらしく、それがかえって苛立《いらだ》たしい思いをさせるのである。「気取るんじゃねえや」と、当時、見廻り中の慶次郎を見かけると、地面へ唾《つば》を吐いたものだった。

慶次郎は、ふりかえらない。おたえが尾けていることに、まるで気づかぬようすだった。隠居をして、かつての鋭さを失ってしまったのだろう。

どこへ行くのかわからないが、米沢町あたりの裏通りで足をとめて、黒板塀にかこまれた家の格子戸《こうしど》などを叩き、中から戸を開けるのが、抜けるように色の白い女であれば面白いと思う。「気取るんじゃねえや」と叫んでも胸のつかえがおりるだろうし、与力や同心の悪口ばかりを摺《す》っている瓦版屋《かわらばんや》に教えてやってもよい。

が、慶次郎は、米沢町も、船宿の掛行燈《かけあんどん》に明りの入りはじめた柳橋の一劃《いっかく》も通り過ぎて、なお早足で歩いて行く。

色白の女どころか、色の浅黒い男が顔を出しはしないかと思いはじめたのは、慶次郎が天王社の前を通り過ぎた時だった。

浅草天王町《てんのうちょう》には、岡っ引の辰吉がいる。渋みのあるなかなかの男振りだが、気に入らぬのは、慶次郎に心酔しきっていて、時折、小さな盗みなどを見逃してやることだった。おたえがしばしば菓子を持って行ってやる母子《おやこ》などは、慶次郎が如来様《にょらい》なら、辰吉は菩薩《ぼさつ》様だと言っている。母親が病いに倒れ、空腹に耐えかねた伜《せがれ》が一つかみの米を盗んだのを見て、返してこいと諭《さと》し、かわりに百文の銭をあたえたらしい。病いが癒《なお》るまで貸してもらったのだと母子は言っているが、辰吉に返してもらう気はないだろう。百文は、気の毒な母子にくれてやったと思っているにちがいない。

胸くそのわるい話であった。百文くらいでいい気持になっている男を想像すると、胃の腑《ふ》から苦いものがこみあげてきそうだった。

気取るなと言いたい男と、胸のわるくなりそうな男が会うところなど見たくもない。とんだ無駄足をしたと、慶次郎をつけてきた自分に腹が立ったが、慶次郎は、岡っ引と二言三言話しただけで、すぐにまた歩き出した。

足は、根岸へ向っている。

ちょっと迷ったが、また尾けて行くことにした。

慶次郎がふりかえったような気がして、おたえは、糸巻の看板が下がっている店の軒下へ飛び込んだ。軒下には夕闇《ゆうやみ》がたまりはじめていて、家路を急ぐ人達の肩のあたりへ、蝙蝠《こうもり》が舞い降りてきた。いつまで遊んでいるんだよと、子供を叱《しか》る母親の声も聞えてくる。いくつになっても、おたえには一番いやな時刻だった。

慶次郎は、小川と柴垣《しばがき》にかこまれた家の中へ入って行った。

おたえは、声を出さずに笑った。藁葺《わらぶき》の屋根といい、節《ふし》だらけの木を使った門といい、粗末に見える家を金にあかせてつくったと、一目でわかる家だった。

去年までつきあっていた男なら、早速誰が住んでいるのかを調べるだろう。三十五になる男だったが、空巣以外の商売をしたことがないと言っていた。仲間の話では、今年の春、蝮《まむし》の異名がある岡っ引、大根河岸《だいこんがし》の吉次に捕えられたそうだ。未練などないが、遠島とならずにすめばよいとは思っている。

家の出入口で明りが揺れた。手燭《てしよく》の明りらしかった。

おたえは、小川にかけられた橋を渡り、柴垣の陰から門内をのぞき込んだ。

慶次郎が、家の中へ向って手招きをしていた。手招きに応じて出てきたのは、若い女でも色の浅黒い男でもなかった。いや、色は浅黒いようだったが、昼の残りの薄明りでも年寄りとわかる男だった。

「七つぁん」

と、慶次郎は、その男を呼んだ。

「今夜は二つくらい鍵《かぎ》をかけた方がよさそうだぜ」

誰かいるのかえ——と年寄りが手燭を門の方へ差し出した。その明りが柴垣まで届くわけがなかったが、おたえは思わず首をすくめ、低声《こごえ》で慶次郎を罵《ののし》った。ばかやろう。尾けられていると気づいていたなら、ここまで黙って連れてくるな。柳橋あたりで何とか言ってくれりゃ、くたびれずにすんだじゃないか。

年寄りが見廻りに出てこようとしたが、慶次郎は、「大丈夫だよ」とひきとめて、家の中へ入って行った。尾行に気づいていたのだと脅かしておけば、柴垣の陰にいる女は盗みに入らないと思ったのだろう。自惚《うぬぼ》れの強い男であった。

だが、その男の脅しに屈してしまった自分も情けない。

よほど柴垣を乗り越えて、夕暮れの押込《おしこみ》強盗となってやろうかと思ったが、押込と人殺しはしたことがない。それに、慶次郎の捕物を見たことがある男の話では、かなり腕がたつということだった。馴《な》れぬことをして、簡単に押え込まれるのも癪であった。

出直そうと思った。這《は》うようにして橋へ戻ろうとすると、橋の向う側の柴垣が動いた。

軀《からだ》が凍りついた。柴垣の破れにもぐり込んでいた野良犬が、這い出してきたように見えたのだった。

茶店の床几《しょうぎ》に置いてあった財布――正確に言えば、若旦那《だんな》風の男が何気なく置いた財布を素早く懐《ふところ》に入れて逃げようとした時に、木陰から飛び出してきた野良犬に咬《か》みつかれて以来、犬は嫌いである。恥も外聞もなく助けを求めようとしたが、声が出ない。野良犬らしきものから目を離せずにいると、白い手拭《てぬぐ》いが見えてきた。頬かむりをしているようだった。

凍りついていた手足が動くようになった。おたえは、用心深く橋まですすんだ。

相手はまだ動こうとしない。頬かむりをしているので顔はわからないが、軀つきから見て男らしい。こんな時刻に柴垣の陰にひそんでいたのだから、まともな商売の男ではないだろう。鍵を二つかけた方がよいと慶次郎が言ったのは、この男の存在に気づいたからかもしれなかった。

「そこで何をしているんだよ」

と、おたえは言った。男が襲いかかってくるようなら、大声を出せばよい。慶次郎が飛び出してきてくれる。

「こそ泥かえ」

「図星」

低い声が答えた。思いのほかに若い声だった。

「ばかだねえ」

おたえも低い声で笑った。

「ここは誰のうちか知っているのかえ」

「霊岸島《れいがんじま》の酒問屋、山口屋の寮だ」

知らなかった。教えてやろうと思ったのが教えられて、おたえは気分がわるくなった。

「そんなことを聞いたのじゃない。誰が住んでいるか、知っているのかと言ったんだよ」

「もと南の定町廻り、森口慶次郎。それに飯炊《めした》きの、佐七とかいう爺《じい》さんだ」

なおのこと腹が立った。おたえは、手燭を持って出てきた年寄りの名前も知らなかった。

「森口慶次郎が山口屋の寮番になったと聞いて、盗みに入ってやろうと思ったんだ」

「およしよ」

おたえは、立ち上がって橋を渡った。

「お前がそこにひそんでいたのを、もう慶次郎に気づかれちまったじゃないか」

「あれあ、お前《めえ》のことだ」

男も橋を渡ってきた。が、誰の目を気にしているのか、おたえの立っているあたりまで這ってきた。そのくせ、「お前《めえ》は尾けていたつもりだろうが、あれは、慶次郎にまとわりついてきたようなものだ」と、言うことは憎らしかった。

「俺あ、日が暮れる前に仕事を片付けちまうつもりだった。が、あの夕立だ。しょうがねえから時雨岡《しぐれのおか》の不動堂にもぐり込ませてもらったが、とんだ目算違いだった」

「じゃあ何かえ、飯炊きの爺さん一人の間に、盗みに入ってしまおうと思ったのかえ」

しばらく返事がなかった。おたえは、少しばかり胸の溜飲《りゅういん》が下がったような気がした。

「それにしても、慶次郎の住んでいるうちへ盗みに入ろうとは、いい度胸じゃないか」

おたえは、上野へ向って歩き出した。男は、黙って肩をならべてきた。

「だけど、山口屋が金持だからって、寮に金があるとはかぎらないよ」

何のかのとうるせえな――という答えが返ってきた。月がのぼって、男の姿を照らし出す。長身で、痩《や》せた男だった。

「俺あ、金が欲しくって山口屋の寮へ入るんじゃねえ。森口慶次郎の鼻をあかしてえだけだ」

「気に入ったねえ」

おたえは、足をとめて男を見上げた。

「わたしと組まないかえ」

去年、空巣を商売にしていた男と別れてから、おたえは、一年あまりも一人暮しをつづけている。言い寄ってくる男もいないではないのだが、ほかに女がいたり、岡っ引に目をつけられていたり、追い出したあとで塩をまくようなことが多かった。

この男は、慶次郎の鼻をあかしたくて盗みに入るのだと言っている。裏を返せば、金が目当ての盗みはしなくてもよいということだろう。女の稼ぎをあてにするような男がふえてきた近頃、めずらしく、頼もしい男ではないか。

「ねえ、そうしようよ」

月は、おたえの顔を照らしている。透きとおるように白い額や頬に、柴垣にくずされた髪がかかって、男は唾を飲み込む筈《はず》だった。

が、男は横を向いた。

「いやだよ」

心の臓を突き刺されたような気がした。おたえは、足をとめて蹲《うずくま》った。

男は頬かむりをしたままだが、おたえは男に顔を見せた。男は、おたえの顔は覚えてしまったにちがいない。口惜《くや》しさと恥ずかしさとで、涙がこぼれてきた。

あいかわらずの泣虫だと思ったが、涙は、かわき過ぎた目の痛みをとめてくれることがある。気がすむまで泣いて、ふと顔をあげると、男が立っていた。

「何をしてるんだよ」

捨鉢だった。おたえは、涙に汚れた顔を拭いもせずに男を見据えた。待っていたんじゃねえかと答えて、男は、おたえから目をそらせた。

「夜道は物騒だからさ」

「大きなお世話だ」

「ま、そう言うな」

男は、おたえに背を向けた。手をひいて立ち上がらせてくれる気はないようで、腕組みをして満月が照らす道を眺めている。

おたえは袂《たもと》から手拭いを出し、目鼻立ちが狂ってしまいそうなほど、乱暴に顔をこすった。

「お前《めえ》、今はどこに住んでいる」

「今？」

「やっと思い出したのさ」

ゆっくりと歩き出した男が笑った。

「慶次郎にくっついてきたのを見た時から、どこかで会った顔だと思っていたんだが。──空巣の文蔵さんの女房になった、おたえさんだろう？」

女房ではないと、即座に否定した。文蔵とは、去年まで一年七ヶ月を一緒に暮らしたが、それだけのことだ。

「女房だなんぞと思われるのは、迷惑だよ」

「すまねえ」

笑った男の横顔に、見覚えがあるような気もするのだが、思い出せない。

「あの時は、できることなら俺も口説きたかった」

「口説いてみりゃよかったんだよ」

腕力はなさそうだが、文蔵のように、おたえに岡っ引の目を向けさせて、反対の方向へ逃げて行く男ではなさそうだった。が、返事はない。

「お前さんは、何てえ男なのさ」

「政吉ってんだ。まだお前《めえ》と一緒にならねえ頃の文さん……いや、一人で暮らしていた頃の文さんに連れられて、お前《めえ》のうちへ行ったことがあるのだが、覚えていねえだろうな」

覚えていなかった。それどころか、文蔵の友達なら幾度か名前を聞いたことがあるだろうに、その記憶もなかった。

「文さんは、江戸お構いになったそうだね」

それも知らなかった。

「まだ、神田あたりで暮らしているのかえ。送って行ってやるよ」

「わたしのうちを覚えて、どうしようってんだよ」

我ながらいやなことを言うと思ったが、政吉は、穏やかに笑った。

「どうもしねえさ」

「だったら、お前さんのうちへ連れてっておくれよ。わたしゃ慶次郎を尾《つ》けてきて、くたくたなんだ。一杯ご馳走《ちそう》してくれても、罰は当らないだろう」

酒がないと言うのなら酒屋を叩《たた》き起こして一升買って、このひょろ長い男を酔いつぶして、手を組もうと言ったのを断られた仕返しに、どこかに隠してある筈のお宝を、残らず懐に入れてくるつもりだった。

が、案に相違して、ひややかな答えが返ってきた。

「よしな」

「何だって」

「くるんじゃねえ」

「どうしてだよ」

「労咳《ろうがい》だからだよ」

足がすくんだ。立ち止まったおたえをふりかえって、政吉は、声をあげて笑った。

「どうした。こわくなったのかえ」

答えるどころではなかった。おたえは、政吉に触れはしなかったかどうか、懸命に思いだしていた。

おたえにとって、労咳ほどおそろしい病気はない。

労咳はそばにいる人に伝染《うつ》る上、決して癒《なお》らない病いなのだと、おたえが八つの時に死んだ母親は、口癖のように言っていた。母親と暮らしていた長屋に労咳を病んでいる男がいたのだが、おたえは、その男になついていたのである。

父《てて》なし子《ご》と嘲《あざけ》る近所の子供達を、父親のない子なのだからやさしくしてやれと叱《しか》ってくれたのは、その男だけだった。母親ですら、父なし子という嘲りは聞えぬふりをして、おたえをかばってくれなかった頃だった。「小父《おじ》ちゃん、遊ぼ」と男の家へ行っては、幾度追い返され、母親に叱言《こごと》を言われたことか。

きちんと片付いている男の家へ行くのをなぜいけないと言われるのか、おたえには
そのわけがわからなかった。が、或《あ》る朝、ごみための近くに大量の血が吐かれていた。

厠《かわや》へ行った男が、そこで倒れたのだった。長屋の人達は必死でその血を土の中に埋め、
男は看取《みと》る者もないままあの世へ旅立った。

男の遺骸《いがい》を誰が引き取ったのか、おたえは覚えていない。大好きだった『小父ちゃん』の旅立った先も、当時は正確にわかってはいなかっただろう。

が、男の命を奪った大量の血の色の毒々しさは、おたえの脳裡《のうり》にこびりついた。遊んでくれとせがむおたえを男が追い返したわけも、行ってはいけないと母親が顔色を変えてとめたわけも、その時にはじめてわかった。男の軀に巣くっていたのは、その命を奪うまで、図々《ずうずう》しく居すわる病いだったのだ。

「だからさ」

政吉は笑いつづけていた。

「お前《めえ》を口説くのを遠慮したんだよ」

それならば、ならんで歩くのも遠慮してもらいたかったが、政吉は、おたえが近づいてくるのを辛抱強く待っていた。

「妙な咳《せき》が出はじめて、労咳だと医者が言ったのは七年も前のことだ。命は二年あれ

ばよい方と言われて、こつこつと簪《かんざし》をつくる錺職《かざりしょく》から、そっと大金をいただいてくる空巣になっちまったが、この通り、まだくたばっちゃいねえ。そう簡単に病いを伝染すこともなさそうだぜ」

「医者の診立《みた》てちがいだったのかえ」

「いいや」

政吉は、曖昧《あいまい》にかぶりを振った。あと二年と言われた命を、七年かかって病いが食いつぶしているだけなのかもしれなかった。

おたえは、思いきって政吉と肩をならべた。政吉の方が遠慮をして、道端へ寄って行った。

「政吉さん、年齢《とし》を聞いてもいいかえ」

「いいよ。二十七だ」

「盗みをはじめたのは二十《はたち》の時か――」

おたえは、十二で伯父の家を飛び出した。四年間も、伯父の女房やいとこ達にいじめられながら、よく辛抱をしていたものだと思う。

それからは十四と年齢を偽って縄暖簾《なわのれん》で働き、二年後に、十六も年上の古着売りと所帯を持った。この古着売りが、時折、空巣を働いてくる男だったのである。

亭主の内職に気づいたのは、所帯をもって一月《ひとつき》ほどたってからだった。さすがに呆《ぼう》然《ぜん》としたが、彼は、労咳だった隣りの男と同じくらいやさしかった。ほんとうは十二だと言っているのに中宿《なかやど》へ誘う客もいた居酒屋の、物置のような二階より、古着売りのにおいがしみついている布団《ふとん》以外何もない四畳半の方が、気持も落着いた。

おたえが内職に気づいたと知った亭主は、「出て行け」と静かに言った。おたえは、かぶりを振りつづけた。一生そばにいると言うおたえに、亭主も根負けをして、万一のことがあった場合は、浅草猿屋町《さるやちょう》にすんでいる妹の家へ逃げろと言った。そんな日のこぬことを祈ったが、その時はすぐにきた。おたえに聞えるよう、「大変だ」と叫びながら走ってきた亭主は木戸口で捕えられ、井戸端にいたおたえは、桶《おけ》を隣家の女にあずけて猿屋町へ駆けた。

盗みを覚えたのは、それからだった。指南役は、亭主の妹のおつやであった。おつやがしのび込んだ家の見張りに立っていたこともあれば、おつやが袖《そで》で隠している風《ふ》呂《ろ》敷《しき》包から金を抜き取ったこともある。

どうせ捕えられたところで、泣いてくれる人がいるわけではなかった。どうせ母親をみごもらせた男に、知らぬ顔をされたまま生れて育った娘であった。親を泣かせたくないから、兄弟を困らせたくないからと、世間の人達がやれずにいることに手を出したところで差し支えはない。窮屈な世渡りをすることはないのである。

政吉も、どうせ二年の命ならと思ったにちがいなかった。どうせ二年の命なら、うまいものを食べ、好きなところで遊んで、思う存分羽をのばしたいと考えても不思議はない。

「二十まで堅気の職人だったのなら、思い出すことがいっぱいあるだろうね」

政吉がおたえを見た。

「わたしゃ八つの時、母親に死なれてさ。昔のことなんざ思い出したくもないと思ってたのだけど」

「それでも、八つまでのことを思い出すだろう？　日暮れ時におふくろらしい女が子供を呼んでいたり、兄弟で湯屋へ行くのへ手拭《てぬぐ》いを渡していたりすると、あんな時もあったっけと、俺も思うことがあるよ」

「いくつになっても、その頃が恋しくてね。わたしだけなのかもしれないけど――。いやだね、柄《がら》にもないことを言っちまった」

「そんなこたあない。みんな同じさ」

「そうかしら」

それぞれ違う筈だと、おたえは思う。昔に戻れぬのは同じでも、或る人は自分の子供の頭を撫《な》でながら昔を懐《なつ》かしみ、或る人は、一文の銭を拾ってわざわざ差配へ届けに行った六つの自分がおかしいと、声を上げて笑うのだ。

が、おたえに子供はいない。一文の銭を差配へ届けに行った記憶はあるが、その記憶に涙が浮かんでしまうのである。今のおたえは、盗んだ財布に一文しか入っていなかったなら、「くそくらえ」とわめいて川の中へ叩き込んでしまう。叩き込んで当り前と思うのだが、でも、悲しい。差配へ届けに行った頃を思い出しても、笑えない。

「みんな同じさ」

と、政吉は繰返した。

「だけど、自業自得《じごうじとく》ってものだ」

その通りだった。何もかも自業自得だった。おつやが惚《ほ》れた男に騙《だま》されて捕えられ、吟味中に獄死してから、おたえは人を信じたことがないのである。

おつやは、盗みをやめて男と所帯を持つつもりだった。男も、そうしてくれと言っていた筈であった。が、男は或る日、青い顔をしておつやをたずねてきた。友達の誘いを断りきれずに賭場《とば》へ行き、借金をつくってしまったというのだった。

おつやは、やめる筈の盗みを働いて、金をつくってやった。そのおつやを、男が訴えたのである。

男の着物を縫っているところへ同心に踏み込まれ、おつやは簡単に捕えられた。型通り大番屋で調べをうけ、小伝馬町へ送られたが、牢《ろう》内は金がなければ地獄であった。おたえは、急いで金を届けようとした。が、おつやは、ありったけの金を男に貢《みつ》いでいた。

岡っ引の目が光っているために盗みが働けず、おたえは、春を売る地獄宿に出たりもしたが、それで得た金だけでは足りなかったのかもしれない。おつやは、変わりはてた姿で戻ってきた。女囚達にいじめられたのが原因だった。

おつやの男こそ人殺しだと訴えたが、取り上げられはしなかった。それならば――と、おたえは思った。

人を騙しても、騙されまい。

騙すより、騙されぬ方がむずかしかった。用心をしていても、立て替えてやった金を返してもらえなかったり、親しくつきあっていた女に、長火鉢の引出に入れておいた小銭を持って行かれたりしてしまうのだ。

おたえは、いっそう用心をして人とつきあうようになった。言い寄ってくる男は皆、行李《こうり》の隅に多少たまっている金めあてか、縹緻《きりよう》にひかれただけのように思えた。

それでも相手の胸のうちを探りながら冗談を言って、笑いころげる時もあったし、男に抱かれて夢心地になった時もあった。ことに文蔵は話が面白く、退屈をせずにすむので一緒に暮らすことにした。が、口先だけの薄情な男とすぐにわかり、別れて、気がついてみれば、心を許せる男も女友達もいなかった。騙されまいと用心をするあまり、おたえの方が心を閉ざしていたのだった。

「気がついてみりゃ、からっぽだったよ」

「何が」

「わたしの懐《ふところ》だよ」

「ふうん」

「財布じゃないよ」

「わかってるよ。みんな同じだ」

「胸のうちだよ。すうすう風が吹いていた」

「みんな同じさ」

それ以外の言葉を知らないのかと言ってやりたかったが、政吉の胸のうちで吹いている、風の音も聞えたような気がした。

あと二年の命ならと堅気の仕事を捨てたのに、七年も生きてしまった。なぜ後戻りができぬのだと、泣きたくなったこともあるにちがいない。そのあとで、みんな自業自得だと、自分で自分を嘲笑《わら》ったのではあるまいか。

「ねえ」

と、おたえは政吉を呼んだ。

「しつこいようだけど、わたしと組まないかえ。慶次郎のいる寮へ盗みに入る時だけでいいから」

政吉は笑っただけで、答えなかった。が、先刻のように、いやだと言ったわけではなかった。

「仏の何のと言われたって、たまたま手前《てめえ》の目についた者を助けてやるだけじゃないか。仏だというなら、小伝馬町にいる奴等《やつら》を全部、助けてやれってんだ。胸くそがわるいから、わたしゃどうしても、あいつの持っている金を盗んでやりたいんだよ」

「面白えことを言うな」

「お前さんは何とも思わないのかえ」

「思うさ。娘に先立たれて淋《さみ》しいの何のとぬかしたそうだが、立派な養子がいて、養子にゃ女房がいるじゃねえか。何が不足で寮番なんぞをしているのかと思うと、どうしても鼻をあかしてやりてえんだ」

「だから、一緒にやろうよ」

知らぬ間に、おたえは政吉の手をとっていた。つめたい手であった。

苦笑いをして手を袖《そで》の中へ入れる政吉を見て、おたえは、八つの頃を思い出した。

母は、おたえの父である男に捨てられた淋しさを、おたえで埋めていた。が、労咳の男は、からっぽの胸のうちをいったい何で埋めていたのだろう。遊びにくるおたえを、ほんとうは抱きしめたかったのではあるまいか。

「政さん――」

と、おたえは言った。

「今晩、わたしはお前さんのうちへ行くよ。お前さんのうちで、盗みの手筈《てはず》を整えることにしよう」

政吉は、黙って道の端を歩いていた。

政吉は、また道の端を歩いている。翌日の夕暮れであった。

昨夜は政吉の家へ寄って、おちあう場所と時刻をきめ、そのあとは昔話をしながら酒を飲んだ。子供の頃の話が多かった。五合あった酒は、おおかたおたえが飲んだ。

神田雉子町《きじちょう》の家に帰ったのは、明け方だった。政吉が、長屋の木戸口まで送ってきてくれた。布団を敷いて、着のみ着のままその上に倒れたが、しばらくは眠れなかった。

昔話の途中で政吉は立ち上がり、部屋の隅に置いてあった行李から木箱を取り出してきた。中には銀で細工をした簪が入っていた。

見事な細工とは言えなかった。政吉が、はじめてつくった簪だという。母親にさしてもらうつもりだったのだが、母親は、拝むようにして受け取ると、「お前の女房に渡しておやり」と言って返してくれたのだそうだ。

簪を見せられた時から、おたえの動悸《どうき》は激しくなった。政吉がてれくさそうに説明してくれた簪の由来には、涙がこぼれてとまらなくなった。

その簪を、政吉はおたえにくれたのである。病いが伝染《うつ》ると尻込《しりご》みする政吉に、どうしても一緒に飲みたいと駄々をこねて、大はしゃぎをしながら五合も飲んだのは、おたえのてれかくしであったのかもしれない。

寝床に腹這《ば》いになって、箱の蓋《ふた》を開けては簪を眺め、眺めては蓋を閉めて、眠ったのはいつ頃だったのだろう。目が覚めたのは昼過ぎで、少し頭が痛かった。湯屋の開くのを待って、慶次郎をつけて根岸まで行った汗を流して、蕎麦屋《そばや》で迎え酒を飲んだ。すっかり気分はよくなったのだが、まるで空腹を感じない。いつでもからっぽで、酒やらめしやらを詰め込んでやらなければ、枯木が風に鳴るように、胸の骨が鳴ってしまいそうだったのが、息苦しいほど満腹――いや、胸がいっぱいだったのだ。

おたえが政吉に近寄ったのを見て、この近くの農夫だろうか。空の荷車を牛に引かせてきた男が、笑いながら挨拶《あいさつ》をして行った。おたえと政吉を、散歩にきて遅くなった夫婦と思ったようだった。

「もうすぐだぜ」

と、政吉が言う。時雨岡《しぐれのおか》も通り過ぎて、鬱陶《うつとう》しく葉を繁《しげ》らせている桜の木が見えてきた。慶次郎が寮番をしている家は、桜を植えている家の隣りにある。

「一昨日《おととい》も一昨々日《さきおととい》も、慶次郎は六つの鐘が鳴る頃、風呂《ふろ》に入った」

「飯炊《めした》きの爺《じい》さんは？」

「一昨々日は、慶次郎の前に入ったが、一昨日は、七つ頃に井戸端で軀《からだ》を拭《ふ》いたからもういいと言っていた。暑気払いと称しては、二人で酒を飲んでいるらしい。慶次郎が湯から上がったら、居間の空いている時はなくなるよ」

「おまけに慶次郎は、烏《からす》の行水《ぎょうずい》だってんだろう」

「その通りだ」

暮六つを知らせる上野の鐘が聞えてきた。二人は、曲がりくねった柿《かき》の木でつくられた、小さな冠木門《かぶきもん》の前に立っていた。

「柴垣《しばがき》は、わたしが飛び越えるよ」

「よしてくんな」

政吉は、垣根の枝に手をかけたおたえの袖を引いた。

「身軽なことにかけては、俺あ、文さんにも負けなかったんだぜ。門のくぐり戸を開けてやるから、お前《めえ》はそこから入ってきな」

わたしも身軽だと、強情を張りたいような気がした。が、言い争っている時間はなかった。「お先に」と言う声は、湯に入る慶次郎のものだろう。烏の行水だという慶次郎が、湯殿にいる時間はごく短い。

政吉は、簡単に折れてしまいそうな枝に足をかけ、言葉通り、身軽に垣根を越えて行った。

が、くぐり戸の開けられる気配はない。

いやな予感がした。

おたえは手早く裾《すそ》をからげ、枝で頬を傷つけぬように手拭いをかぶった。わざと粗雑につくられている垣根くらい、わけなく越えられる筈だったし、事実、ふくらはぎを枝にこすられただけで、尻餅《しりもち》もつかずに飛び越えられた。飛び越えられたが、地面にどろりとしたものが撒《ま》かれていた。しかも、撒かれたばかりらしく、見るまにひろがってくる。

悪寒《おかん》が走った。ごみためのそばに大量の血が吐かれていた朝の光景が、同時に目の前をよぎった。

「政さん」

おたえは、血の中に倒れている政吉にすがりついた。

「政さん。しっかりしておくれよ、政さん」

静かにしねえかと言う声が聞えた。政吉が、うっすらと目を開いたのだった。

「慶次郎に聞えちまったら、どうするんだ」

そうだったと、おたえは思った。政吉とおたえは、慶次郎の鼻をあかすためにしのび込んだのだった。

大声を出せば、慶次郎が駆けてくる。駆けてきて、何をしていると大声を出すだろう。出すだろうが、慶次郎の養子は南町奉行所の同心で、町奉行所には、養生所見廻りの与力や同心もいる筈だった。

「助けて」

と、おたえは叫んだ。

「助けて。政さんを助けておくれ」

出入口で明りが揺れた。おたえの声を聞きつけた慶次郎と飯炊きが、飛び出してくるにちがいなかった。

養生所は、小石川薬園内にある。

享保《きょうほう》七年に小川笙船《おがわしょうせん》という町医者が、貧しい人達のための施薬院設立を幕府に訴えて、採用されたという。収容できる人数が百十七人と制限があったが、幸い、あと二人という余裕があったそうだ。無料で八ヶ月の治療がうけられる。

「無駄だよ」

と、政吉は、荷車ではこばれている時にも半身を起こして言った。

「二年と言われたのに、七年も生きたんだ。それも、自棄《やけ》っぱちで生きていたんだ。俺のような男が、養生所の寝床を塞《ふさ》いじゃいけねえんだよ」

「うるせえな」

と、荷車をひいていた慶次郎は、おたえに言った。

「荷車が揺れて、歩きにくくってしょうがねえから黙らせてくんな」

おたえは、慶次郎に詫《わ》び通しだった。何が仏だ、ただの気障《きざ》な野郎じゃないかと罵《ののし》りつづけていた男に、しまいには頼ることになったのである。その上、頼る原因をつくった男が、慶次郎の好意を拒もうとしているのだった。

養生所では、本道《ほんどう》の医者が待っていた。見習いではなく、小普請《こぶしん》の医師だという。診察を終えた医師は、おたえと慶次郎にかぶりを振ってみせ、「この前に血を吐いたのはいつだ」と政吉に尋ねた。

「忘れた」

それが政吉の答えだった。おたえは昨日、労咳《ろうがい》は医者の診立てちがいではないかと尋ねた時、曖昧《あいまい》にかぶりを振った政吉を思い出した。診立てちがいかと自分も思いはじめた頃に、政吉は血を吐いたにちがいなかった。

「それよりも」

と、政吉は、おたえへ目をやりながら医者に言った。

「俺は、この人に頼みてえことがあるんだよ。早く頼みをきいてもらった方がいいんだろうね」

医者は苦笑して答えなかったが、政吉は、勝手に言葉をつづけた。

「すまねえな。昨日渡した簪《かんざし》を、返してもれえてえんだよ」

「返すの？　あれを？」

「考えてみりゃあ、おふくろのために彫った簪だ。あの世へ持って行きてえんだよ。わるいが、すぐに取ってきてくんな」

「わかったよ」

簪など欲しくはなかったが、昨夜からたった今まで、胸のうちに詰まっていたものには未練があった。簪を返して、それが霧のように消えてしまえば、おたえの胸のうちではまた、夏だというのに木枯しが鳴る。

が、考えてみれば、政吉がもったいないと思いながらくれたのかもしれない簪に喜んで、胸をいっぱいにした方がわるい。政吉のくれた簪を、枕許《まくらもと》に置いて眺めたりした方が間違っていたのだ。

おたえは、駕籠《かご》を呼べという慶次郎の言葉には耳も貸さず、養生所を飛び出した。決して人には騙《だま》されまいと、用心をするようになってから、金はとられなかったのに、お前にやると渡された銀簪には騙された。そう思うと、口惜《くや》し涙がにじんできた。

おたえは月明りの道を、すれちがう人がふりかえるほどの形相《ぎょうそう》で駆けて行き、簪の箱を懐へねじ込んで、同じ形相で養生所へ駆け戻った。

門の外で、慶次郎が待っていた。簪を突き返す前に政吉が息をひきとってしまったのかと思ったが、そうではないようだった。

「病人に会うのは、ちょいと一息ついてからにしねえかえ」

と言う。大きなお世話だと断ったが、慶次郎は、強引に近くの蕎麦屋へ誘った。蕎麦屋も、暖簾《のれん》をはずそうとしていたところだった。店の中の明りは消えていて、客は誰もいない。「売れ残りでいいよ」と慶次郎は申訳なさそうに言って、座敷の隅に上がった。蕎麦屋の女房が、一度消してしまった行燈《あんどん》に、明りをいれて持ってきてくれた。

「話は聞いたよ」

苦笑いをした慶次郎の顔で、つけたばかりの明りが揺れた。

「しのび込んだところで、俺の手文庫にはいくらも入っていねえが、それはまあ、おくとして、簪の一件だ」

おたえは、懐から箱を出して、慶次郎の前に置いた。

「政吉は、俺にあずかってくれと言ったよ」

明りはまだ揺れている。

「あの世になんぞ、持って行く気はねえんだよ」

おたえは慶次郎を見つめた。

「お前《めえ》も覚悟をしているだろうから言っちまうが、政吉の命は長くねえ。そんな男からもらった簪は、ちと重荷過ぎるんじゃねえかと政吉は考えてくれたんだよ」

お前《めえ》は昨日、大喜びしたそうじゃねえかと、慶次郎は言った。

「政吉も、お前《めえ》の喜んでくれるのが嬉《うれ》しかったそうだ。ひさしぶりに、胸がいっぱいになったと言っていたよ」

よかった――と、おたえは思った。これで政さんの胸のうちでも、空っ風の鳴ることがなくなった。

だが、慶次郎はちょっと口ごもってから言葉をつづけた。

「簪は、政吉のかたみになる。お前《めえ》が思いきりよく簪を捨てて、別の男を好きになってくれりゃいいが、いつまでも簪を抱いてめそめそしていたら困る、政吉は、そこまで考えてくれた」

ばかやろう――と、おたえは口の中で言った。

ばかやろう。つまらないことを考えてないで、どうすれば癒《なお》るかを考えりゃいいんだ。

「どうするえ?」

「どうするったって、今、あの男がいなくなるなんて考えられるわけがないでしょう。あとのことを考えられるのは、いなくなるのは手前《てめえ》の方だと思ってる、気楽な奴《やつ》だけですよ」

「その通りだが」

政吉の吐いた血は、ごみためのそばにたまっていた血よりも多かった。

「どうするえ？」

あらためて慶次郎が尋ねた。

「簪は、俺があずかっておくかえ。政吉は、銀につぶして金にかえてやってくれと言っていたが」

「冗談じゃない」

おたえは、慶次郎が奪おうとでもしたように箱の上へかがみ、頰を押しつけた。

「誰がつぶすものですか」

「そう言うと思ったよ」

売れ残りの蕎麦がはこばれてきたようだった。慶次郎はあとじさりをして、丼《どんぶり》を置く場所をつくった。

おたえは、簪の箱を抱いたまま動かなかった。

胸は今、いっぱいだった。その中には、政吉を奪い取ろうとしている神や仏への恨みもあった。手遅れだと言って、政吉を見離した医者への不満もあった。が、大半を占めているのは、政吉への思いだった。

おひで　一　油照り

寝返りをうつと、汗まみれの浴衣《ゆかた》が肌に触れた。油の壺《つぼ》につけてあったような感じだった。

起きて、行水《ぎょうずい》を浴びようかと思ったがやめにした。傘問屋の主人と会う約束になっていたが、汗のにおいをいやがるならそれでもいいと思った。

向うは四十二の醜男《ぶおとこ》、こちらは十七の縹緻《きりよう》よしだというのに、二朱より多く小遣いをくれたことがない。先日、吉原へ行っても岡場所へ行っても、見世《みせ》の者への心附や料理代がかかる筈《はず》だと頰をふくらませてみせると、五十文の銭を渡してくれて、若いうちから大金を持つのはよくないと真顔で言った。

そのあとで、十日後に会えるかと尋ねたのである。頭の中がどうなっているのか、のぞいてみたいような気がした。

寝転んでいる畳が熱くなってきた。おひでは、もう一度寝返りをうった。昨日、鉄次に殴られた左目の下がうずいた。

隣りの家の赤ん坊がむずかりはじめた。つられたように二歳の姉娘が泣き出して、二十《はたち》だという母親が、「どうすりゃいいってんだよ」と癇癪《かんしゃく》を起こしている。子供達が泣きやむわけがない。

「うるさいねえ、まったく」と、聞えよがしに言っているのは向いの女房で、転んで怪我《けが》をしたと泣きながら帰ってきたのは、その隣りの男の子だった。

おひでは、幾つもの声を追い払うようにうちわを激しく動かした。

すぐに腕が疲れ、また目の下がうずきはじめて、腹の虫が鳴いた。昨夜、角《かど》の蕎麦《そば》屋《や》で代金あと払いのもりを二枚、なかば自棄《やけ》っぱちになって食べたきり、ほかは汲《く》み置きの生ぬるい水を飲んだだけで、腹の虫が鳴いても不思議はないのだが、おひでは腹が立った。二年も尽くしてきた鉄次にあんな仕打ちをされ、おひでは起き上がる気力もないというのに、腹の虫は元気に鳴いているのである。できるものなら腹からひきずり出し、殴りつけてやりたかった。

おひでは、部屋の隅まで転がって行って、天井のしみを眺めた。しみが鉄次の顔に見え、「あの野郎——」と呟《つぶや》きかけて、ふっと気がついた。

一昨日《おととい》の夜、鉄次の弟が、一杯飲ませてくれないかとたずねてきた。鉄次の弟がたずねてくるのはめずらしいことであり、姉さんと呼んでくれたのにも気をよくして、近くの縄暖簾《なわのれん》へ連れて行き、へべれけになるまで飲ませてやったのだが、あれは、おひでを鉄次の家へ行かせぬ策略だったのではあるまいか。

弟に酒を飲ませれば、おひでも飲まずにはいない。調子にのって、安酒を浴びるように飲んで、翌日は必ず宿酔《ふつかよ》いで昼まで寝込む。その上にこの暑さだった。鉄次の家へ出かけるとしても、日暮れになるだろう。それが狙《ねら》いだったにちがいない。

「そういえば」と、おひでは呟いた。鉄次の弟は、おひでが得意先と呼んでいる男達と会う日をしつこく尋ねていた。それを鉄次に教えてやれば――。

「ちくしょう」

おひでは、畳を叩《たた》いて起き上がった。

「人をばかにしやがって」

一月ほどまえ、木挽町《こびきちょう》六丁目から日本橋の万町《よろずちょう》へ越して行ったわけもそれでわかった。お前と裏長屋で所帯をもつのはいやだと言っていたが、嘘《うそ》だったのだ。

「殺してやる」

おひでは土間へ飛び降りた。出刃庖丁《でばぼうちょう》を手拭《てぬぐ》いで巻き、帯にはさむ。

外へ出たとたんに、湯の沸きそうな陽射《ひざ》しが押し寄せてきた。おひでは、浴衣の背に汗をにじませたまま、長屋の木戸を出た。

昨日、おひでは、昼過ぎに鉄次の家へ行った。弟の——というより、鉄次の策略にはまるで気づいていなかった。今日と同じように暑い日で、金さえあれば、暑い盛りに家を出はしなかった。おひでは日暮れてから出かけるつもりだった。

が、『得意先』に会って稼ぐのは、今日だった。鉄次の弟に気前よくおごりはしたものの、財布にはさほど金が入っていず、おひでは、浴びるほど飲むことができなかったのである。

お蔭《かげ》で宿酔いにならなかったかわり、腹が空《す》いた。おひでは、鉄次に昼飯をたべさせてもらうつもりで家を出た。おひでの稼ぎをあてにしている鉄次が金を持っているわけはなかったが、湯屋へ行くぐらいの銭も借りたかった。

外から声をかけても、鉄次の返事はなかった。そのくせ格子戸《こうしど》も、二階の窓も開いている。おひではいつもの気楽さで、「わたし——」と言いながら家の中に入った。

階段を駆け降りてくる足音がした。鉄次が下帯一つで降りてきたのだった。

「帰《けえ》ってくれ。俺あ、具合がわるいんだ」

その言葉を信じる女は、この世に一人もいないだろう。おひでは力まかせに鉄次を突き飛ばし、階段を駆け上がった。

うだるような暑さだったにもかかわらず、廊下の障子は閉まっていた。おひでは、階段と離れている方の障子を、力まかせに開けた。

敷居《しきい》にはたきを置いて、心張棒がわりにしようとしていた女が、覚悟をきめたようにおひでを見て笑った。おひでが鉄次を奪った女も、おひでと同じように華奢《きやしや》な軀《からだ》つきをしていたが、はたきを持っていた女も、ほっそりとした女だった。

「何だい、暑苦しいね」

と、おひではわめいた。さすがに寝てはいなかったのだろうが、部屋には布団《ふとん》が敷かれていて、その枕《まくら》もとに蕎麦の入れものがあった。寝床の上で、昼飯を食べていたのかもしれなかった。

「だらしがない真似《まね》をするんじゃないよ」

「うるせえや、でがらし」

と、二階へ上がってきた鉄次が叫んだ。

「いくら湯をそそいだって、手前《てめえ》なんざ味も素気《そつけ》もねえ。女房面《づら》をするなってんだ」

「偉そうに。そっちこそ亭主面をするなってんだ」

「誰がするものか。別れたくってしょうがなかったんだ」

胸ぐらを摑《つか》んでやろうと思ったが、鉄次は裸だった。爪《つめ》でわずかな掻《か》き傷《きず》をつくってやったが、目から火花が出るほど殴られた。窓の近くまでよろめいて行って倒れたのを、女が笑って見ていたのを覚えている。

「誰に食わせてもらってたんだよ、こんちくしょう」

摑みかかったが、小柄で華奢なおひでと、大柄でがっしりした体格の鉄次とでは、勝負になるわけがない。つまみ上げられるように立たされ、歩かされて、日盛りの裏通りへ放り出された。追いすがる腹を蹴《け》られ、目の前で戸をおろされ、すがりついた戸に錠をおろす音を聞かされた。

おひでは、軒下に蹲《うずくま》って泣いた。おひでが鉄次を奪った時、女に庖丁を振りまわされたことも、鉄次だけはよせと言った嫂《あによめ》に、鉄次を諦《あきら》めて後悔するより所帯をもって後悔したいと、生意気な啖呵《たんか》をきったことも忘れて泣きつづけた。

泣き声を聞きつけた女が隣家から出てこなかったなら、おひでは、いつまでもそこから動かなかったかもしれない。

女は、抱きかかえるようにしておひでを自分の家へ連れて行った。顔を洗わせてくれた上に麦茶を飲ませてくれ、目の下の痣《あざ》に当てているようにと、つめたい水でしぼった手拭いも渡してくれた。

口やかましいくせに相談事には知らぬ顔をする兄夫婦は他人、身内はこの人だけと思っていた鉄次に、つれない仕打ちをされたあとだっただけに、女の親切が身にしみた。が、帰りがけに言った女の一言も、別の意味で身にしみた。

「いつまでもうちの前で泣かれていたら、みっともないから……」

そりゃそうだよねえ。――

おひでは、すれちがう人が薄気味わるそうにふりかえるのもかまわずに笑った。血をわけた兄でさえ、迷惑をかけてくれるなと、顔を合わせるたびに言っているのだった。他人の女が、見ず知らずの娘が殴られた跡など、本気で心配してくれるわけがなかった。

それにしても今日は暑かった。鉄次に殴られた昨日より暑かった。

めまいがしたような気がして、おひでは、小間物屋の軒下へ入った。

昨日から胃の腑《ふ》へ送り込んでやったのは、もり蕎麦の二枚だけだが、軀はさほど弱くはない。華奢でひよわに見えても、疲れて熱を出すようなこともなかった。

一休みすれば、めまいなど癒《なお》ると思った。が、向いの店の看板がかすんできた。蹲ろうとしたが、その前に目の前が暗くなった。

ずいぶん涼しいところにいると思った。おひでは、あわてて半身を起こした。額にのせてあった濡《ぬれ》手拭いが、寝床の上に落ちた。

どこにいるのだろうと思った。

小間物屋の前で目をまわしたことは思い出した。昼下がりのことだったが、もう日が暮れている。おひでは広い座敷に寝かされていて、庭から入ってくる風に吹かれているのだった。

小間物屋の客間かと思った。

が、ちがうらしい。無地の唐紙《からかみ》や、何と書いてあるのかわからない文字を額に入れて飾ってあるところを見ると、武家屋敷のようだが、それにしては夜具が贅沢《ぜいたく》過ぎた。貧乏と武家は、切っても切れない間柄で、武家の大半が傘問屋に内職をまわしてくれと頼んでくるというのに、絹の夜具のあるわけがないだろう。とうに質草となり、流れていなければおかしかった。

「あら」

と言う声がした。庭を見ていた目を唐紙へ向けると、半分ほどが開けられていた。敷居の向う側に、着ているものは質素だが、美しい女が膝《ひざ》をついている。みごもっているようだった。

「お気がつかれましたね。よかった」

舌のもつれそうな言い方をするんじゃねえやと思ったが、黙っていた。

「なに、気がついたかえ」

男の声がした。

「ほらご覧な、晃《こう》さん。わたしの言った通りだっただろうが。涼しいところに寝かせておけば大丈夫、元気を取り戻すのさ。なのに、今にも死んじまいそうな大騒ぎをして――。だいたい晃さんは、わたしの腕を疑っているからいけない」

「とんでもない、誰が玄庵《げんあん》先生の腕を疑っているものですか」

藪医者《やぶいしゃ》もこの屋敷にきているようだった。「皐月《さつき》さん」と、敷居の向う側にいる女を呼んだのが、その藪医者の声らしかった。

「娘さんの顔色はどうだね。――いや、自分で見に行くか」

声の主があらわれた。総髪《そうはつ》を衿《えり》もとでたばね、髭《ひげ》をはやしている。

おひでは横を向いた。医者でござると言わんばかりの風体《ふうてい》をするなと思った。

そのとたんに、腹の虫が鳴いた。思い出せば、虫の鳴く音《ね》を聞いたのは昼過ぎのことだった。その時は鉄次の弟の策略に気がついて、鳴く音に耳を貸す暇もなく、家を飛び出したのだった。

「腹も空いていたのか」

と、医者が笑った。

「目の下の痣はどうした」

医者に答える必要はない。

「定町廻《じょうまちまわ》りの晃さんの推測によれば――」

「何だって？」

驚いたようすなど見せたくなかったのに、軀が勝手に跳ね起きた。

「定町廻りの晃さん、森口晃之助だよ。小間物屋の前で倒れたお前を、晃さんはまず、わたしのうちへはこんできたのさ」

おひでは口をつぐんだ。十二の年で兄の家を飛び出して以来、定町廻りと親しくなりたい仕事についたことはない。

が、医者は、「森口晃之助の名を知らないとは、結構なことだ」とのんきなことを言った。

「定町廻りに厄介《やっかい》をかけるようなことは、していないということだからな。――で、晃さんの推測によると、お前は昨夜、派手な痴話喧嘩《ちわげんか》をして相手に殴られた。その恨みを晴らそうとして出刃庖丁を持ち出したが――」

おひでは、あわてて帯の結びめへ手をまわした。結びめも、庖丁もなくなっていた。胸をくつろげるためだろう、帯は解かれ、枕もとの乱れ箱の中に入っていた。が、庖丁は見当らない。

「この暑さだ。口惜《くや》しくって眠れなかった寝不足も手伝って、めまいを……」

「泥棒」

と、おひではわめいた。

「庖丁返せ」

「返すさ」

と、医者ではない声が言った。森口晃之助という、定町廻り同心の声にちがいなかった。

みごもっている女が、ふりかえって口許《くちもと》をほころばせた。晃之助と視線を合わせたらしい。

人前でいちゃいちゃするなと叫ぼうとしたのだが、おひではその言葉を飲み込んだ。飲み込んだつもりだったが、ことによると、叫ぶのを忘れてしまったのかもしれなかった。

唐紙の向う側に、森口晃之助という定町廻りがあらわれたのである。女房が視線を合わせたくなって、視線を合わせれば微笑したくなる気持もわかるような、水際《みずぎわ》だった男ぶりだった。

「帰る」

なぜか、そんな言葉が口をついて出た。おひでは、晃之助に背を向けて帯を締めた。浴衣《ゆかた》の背には、汗のしみができているにちがいなかった。しかも、腹の虫がまた鳴いた。

晃之助が笑って言った。

「めしを食って行きな」

めしを食って行けだと？　ばかにしやがって。

「やだよ。誰がこんなところで食うか」

「今度は空腹で目をまわすぞ」

「だったら、おあしをおくれ。勝手に食うからさ」

晃之助が目配せをして、皐月が立って行った。いくらかの金を包みに行ったにちがいなかった。

「庖丁《ほうちょう》を忘れずに持ってきておくれよ」

「やけにこだわるじゃねえか。物騒なことは考えるなよ」

「いつも満腹している人間が、きいた風なことを言うんじゃないよ。ひっくり返るほどくたびれていて、男が刺せるかってんだ。あべこべに刺されたら、割り込んできやがった女を喜ばせるばかりだ。庖丁は、沢庵《たくあん》を切るのに持って帰るんだよ」

晃之助が、隣りの部屋の方を見てうなずいた。皐月が、渡してもよいかと尋ねたようだった。

いちいち顔を見合わせるなってんだ——と言ってやりたかった。日暮れて多少涼しくなったとはいえ、暑苦しいことこの上ない。幾度もそんな光景を見せられたなら、庖丁を受け取るなり、皐月という女房に斬《き》りかかってしまいそうだった。

が、おひでは、おとなしく金の包と庖丁を受け取った。おとなしく受け取ってしまったことに、また腹が立った。

おひでは、金包の重さをはかりながら言った。

「二朱銀かえ。あちこちから附届《つけとどけ》がある八丁堀だけあって、行き倒れの女にもはずんでくれるんだね」

「いい加減にしないか」

医者が怒った。

「晃さんは、しばらくうちで面倒をみると言って、お前を引き取ったのだぞ。まったく、何てえ口のきき方をするんだ。罰が当るぞ」

おひでは、かわいた声で笑った。

「だったら四、五日、ここに置いてもらおうじゃないか」

一瞬、間があいて、それから晃之助が「いいよ」と言った。可愛《かわい》らしい顔をしていると、おひでは自分でも思う。その顔に似げないすれっからしぶりに、たいていの男はあきれ返るのだが、

「ばかやろう、冗談だよ」

おひでは、もう一度かわいた声で笑った。

「かしこまって、めしなんざ食っていられるかってんだ。わたしゃ、いそがしいんだよ」

金包を懐《ふところ》へ押し込んで部屋を出た。医者も皐月も、晃之助もとめてはくれなかった。どうせ、わたしを待っていてくれるのは、傘問屋の親爺《おやじ》だけだと思った。が、懐には晃之助からもらった金がある。あんな親爺には待ちぼうけを食わせてやった方がいいと思ったが、なぜか涙がにじみそうになった。

角《かど》の蕎麦屋《そばや》のつけは、払っておかぬと次のあと払いができなくなる。払ったついでに、おひでは二階へ上がり、天ぷら蕎麦と酒を頼んだ。

野暮な食べ方だと思ったが、まず蕎麦をすすって、鳴く気力もなくなったらしい腹の虫を満足させてやり、それから天ぷらを肴《さかな》に酒を飲んだ。胃の腑にしみわたるようだった。

傘問屋の主人は今頃、汗のにおいがしみついているような出合茶屋の一室で、膝小僧のあたりを指先でせわしなく叩《たた》いていることだろう。「何をやっているんだ、あいつは」と、おひでを罵《のの》っているかもしれなかった。

「へん、鉄次と切れりゃ、お前《めえ》がいなくたって食って行けるんだ」

呟《つぶや》いて、酒を飲む。ぬるい酒だが、飲めば胃の腑が熱くなる。

鉄次は、あの女と冷酒を飲んでいるかもしれなかった。鉄次と冷酒を飲むために、あの女は、おひでに振られた傘問屋の主人に声をかけるかもしれなかった。

「いいよ、熨斗《のし》をつけてくれてやらあ」

だが、鉄次は、傘問屋の主人と寝て、金を稼いでくる女を待つようになる。時には、出合茶屋へ行こうとする女の袖《そで》を引いて、「たまにはじらせてやれよ」と言うようになる。

「いやだよう」

涙がこぼれてきた。おひでは、蕎麦の丼も猪口（どんぶり ちょこ）も投げ飛ばして泣いた。「またはじまった」と言いながら、蕎麦屋の女房が二階へ駆け上がってきた。

「まったくもう。お前さんとこの親は生みっ放しで、しつけをしなかったのかね」

「うるせえや」

鉄次と女の色模様が目の前にちらついているというのに、親がきちんとしつけをしてくれたかどうか、思い出せるわけがない。

第一、おひでの母親は、おひでが五つの時に若い男と駆落をしてしまったし、父親は、八つの時に死んだ。九つも年齢の離れていた兄は、あの母親から生れてきたことが恥ずかしいと言い、あんな風になるなとおひでに叱言《こごと》ばかり言っていた。あれがしつけなら、こちらから断るくらいのものだ。

畳にこぼれた蕎麦のつゆを拭《ふ》き取っている女房に、おひでは、徳利を投げつけて階段を駆け降りた。

「これだもの。転んだって知らないよ。それから、小父《おじ》さんに銭を払っておゆき」

わかってらあ——と言い返したかったが、唇の外へ出てくるのは泣声だけだった。おひでは、手に触れた銭をかぞえもせずに亭主へ渡し、蕎麦屋を飛び出した。

泣声はとまらなかった。さすがにみっともないと思い、家へ帰るまでこらえようとしたが、嗚咽《おえつ》は背を震わせてこみあげてくる。ままよと手放しで泣き出して、家へは帰らず、四丁目の長屋に住んでいるおしげをたずねることにした。

おしげとは、一年ほど一緒に暮らしたことがある。おひでより二つ年上だが、男に好かれない女で、当時十四のおひでが朝帰りをするようになっても、出合茶屋へ誘われたことすらないと言っていた。

片思いの相手のつれない仕打ちや、付文《つけぶみ》をしても返事のこない情けなさを、おひでは、どれくらい打ち明けられたことか。はじめのうちは面白かったが、しまいには聞き飽きて居眠りをし、薄情だと恨まれたこともあった。

そのおしげが、今年の春に所帯をもった。秋には子供が生れるといい、産み月までの勘定が合わないのだが、噂《うわさ》によると、みごもったと知らされた男が、やむをえず一緒になる覚悟をかためたのだという。当然のことながら亭主には女がいて、夫婦喧嘩が絶えないらしい。

鉄次を奪われた話など、聞かせたくない相手ではあった。が、おひでと男の数を競っている女友達には、なお聞かせたくなかった。おひでは、泣きながら四丁目へ走った。

おしげは、路地の縁台に、お腹《なか》を突き出して坐《すわ》っていた。隣りに坐っているのは長屋の住人の女房のようで、足許の欠けた皿の上では、蚊やりの松葉がくすぶっている。亭主は留守のようだった。

「あら」

おしげは、路地へ入ってきたおひでを見て言った。

「めずらしいじゃないの。それに、ずいぶんと粋《いき》な恰好《かっこう》をしているんだね」

汗まみれの浴衣へいい加減に締めた帯、それに寝乱れているにちがいない髪で泣き顔ときては、おしげならずとも怪訝《けげん》な表情を浮かべるだろう。

「話があるんだよ」

「鉄次かえ」

隣りに坐っていた女が、向いの家へ入って行った。おひでの身なりが薄気味わるかったのかもしれず、おしげが亭主の浮気の愚痴をならべたてていて、飽きていたところだったのかもしれなかった。

「だから、あんな男とは手を切れと言ったじゃないか」

「だって、別れようったって別れてくれなかったんだもの」

「そんな甘ったるいことを言ってるから、ざんばら髪で泣いてくるようなことになるんだよ。さっさとわたしの言う通りにすりゃよかったんだ」

おひでは、どぶへ唾《つば》を吐いた。おひでが鉄次と知りあった頃、おしげが別れろ、手を切れと繰返していたのは、やきもちからではないか。当時のおひでは仁吉という若者がいて、そのほかにも才助や友五郎や松……松三といったか松助といったか忘れてしまったが、とにかく大勢の若者から口説かれていた。

そこへ鉄次があらわれたのである。二年前の鉄次は、今よりひきしまった軀《からだ》つきをしていたし、喧嘩も強かった。鉄次と一夜をともにしたいと願っていた女は、十人や二十人はいた筈《はず》で、おしげも二十一人めの女だった。が、鉄次はおしげを、二十一人めどころか、三十一人めの女とも思っていなかった。おひでと一緒に暮らしている女、それだけだったのである。

おしげは、鉄次がきても席をはずそうとせず、それどころか、鉄次へおひでの悪口を言いに行った。それが原因でおしげとは別に暮らすようになったのだが、おしげは、六丁目に借りたおひでの長屋まで詫《わ》びにきた。やはり、一緒に住もうというのだった。

魂胆はわかっていた。おひでと別れれば、鉄次に会えなくなる。会えなくなれば、髪の毛の十分の一くらいの細さで残っている「もしかしたら――」という望みも、まったく消えてしまう。おしげは、おひでに別れろと言い、鉄次にはおひでの悪口を言いながら、ひそかに髪の毛の十分の一くらいの機会を待っていたにちがいなかった。

「捨てられたんだろ、やっぱり」

　おひでは口を閉じた。

「今になって、一緒に暮らしてくれと言われても困るよ。わたしゃ見ての通り、亭主持ちで、もうじき子供が生れるんだからね」

「誰がそんなこと……」

「それじゃお金かえ」

「お金？　何で？」

「お金を貸してくれっていうのでなければ幸いだよ。その身なりだもの、わたしゃ鉄次に何もかも吸い取られて、一文なしになっちまったのかと思った」

「お前にそんなことを言われる覚えはないよ」

「それじゃ何の話できたんだよ。ざんばら髪で、お暑うございますでもあるまい」

「ざんばら髪は、今年の流行《はや》りさ」

「言っておくけど、わたしゃ、まともな女房なんだ。再来月《さらいげつ》には子供が生れるんだよ。浮気者じゃないとは言わないけど、亭主も古着屋や、損料物《そんりようもの》の蚊帳《かや》の店を手伝ったりして稼いでいるよ。わるいけど……」

「そっとしといておくれってのかえ。昔の仲間となんざ、おかしくってつきあえないってんだ」

「そうは言わないけど」

「言ってるじゃないか」

　わかったよと、おひでは、蚊やりの皿を蹴飛《けと》ばして立ち上がった。

　どいつもこいつも、手前達《てめえ》の幸せを見せつけることばかり考えてやがる。どうせわたしゃ、鉄次に振られて、待つ人も待っている人もいなくなった女だよ。

「暑いな、ちくしょう」

「暑さに八つ当りをすることたあないだろ」

「お前は暑くないってのかえ。六丁目までこの恰好で歩いて、わたしはおしげの友達だと触れまわってやらあ」

　おひでは、浴衣《ゆかた》の衿《えり》もとを大きくひろげ、裾《すそ》を端折《はしよ》った。

　おしげは顔色を変えて立ち上がったが、すぐに縁台へ腰をおろした。おひでに飛びかかっていって、転びでもしたらお腹の子が大変なことになると思ったのかもしれなかった。

　おひでは、両手で裾を握りしめたまま歩き出した。飛びかかってきてくれぬおしげが、哀《かな》しかった。

部屋の隅に押しつけてある布団《ふとん》をひろげ、横になったが眠れるものではなかった。駆落をした母親を恨み、のんだくれだった父親の顔を思い浮かべて悪態をつき、父親とは反対に、まじめだが石頭の兄の顔に毒づいた。それでも、大岩を飲み込んでしまったような胸の重苦しさはとれず、涙ばかりがこぼれてきた。

そうだ——と膝《ひざ》を叩いて寝床の上に起き上がった時、暁七つの鐘が鳴った。

あと半刻《はんとき》もすれば、長屋の女房達が起き出して、目をこすりながら路地へ出てくる。へっついに薪《まき》をくべ、七輪に火をおこし、めしが炊《た》けて味噌汁《みそしる》のできあがったところで、亭主と子供を叩き起こすのだ。

おひでは、土間へ飛び降りた。へっついの横の棚の上に、定町廻り同心の妻から返してもらった出刃庖丁が、手拭《てぬぐ》いを巻いたまま放り投げてあった。

おはよう——という声が聞えた。向いの女房が、あくびまじりに路地へ出てきたのだった。「朝から暑いね」と、これもあくびまじりに答えているのは、筋向いの女房だろう。

「まったく、こう暑くっちゃ眠れやしない」

「ほんとだよ。ゆうべなんざ、開けっ放しの出入口から、野良猫《のら》が入ってきやがってさ。鼠《ねずみ》を追いかけて、どたばたやるんだもの、たまったものじゃないよ」

「あの物音は、それだったのかい。わたしゃ、何かと思ったよ」

おひでは目を開いた。右の腿《もも》から流れていた血は、やっとかたまりかけている。それほど深く斬《き》ったつもりはないのだが、畳に血溜《だま》りができていた。

動けば痛むのをこらえて、おひでは上がり口へ這《は》って行き、土間へ転がり落ちた。地響きがした。出入口の戸は開けっ放しだった。その音に驚いたらしい向いと筋向いの女房が、中をのぞき込んだ。

「助けて」

と、おひでは叫んだ。芝居ではなく、痛みを半刻近くもこらえていた気力が、もう品切れの状態になっていた。

「助けて」

が、女達は悲鳴をあげて、自分の家の中へ逃げ込もうとした。おひでの姿は、おひでの予想以上に、ひどいものになっていたのかもしれなかった。

「逃げないで。お願い」

哀願するまでもなく、悲鳴を聞きつけた人達が路地へ飛び出してきた。天秤棒《てんびんぼう》を持った魚屋もいたし、箒《ほうき》を持った隣りの女房もいた。左隣りに住んでいる独り身の大工は、悲鳴で目を覚ましたのかもしれない。下帯一つの姿で飛び出してきて、向いの女房がおひでの家を指さしているのを見ると、寝ぼけ眼《まなこ》のまま駆け込んできた。

「どうしたんだ、いったい」

土間に転がっているおひでと、畳の血溜りを見て、大工ははっきりと目が覚めたらしい。家の中をのぞき込んでいる人達に向って、「戸板」と怒鳴った。早く医者へ連れて行かねばと思ったのだろう。

「待っとくれ」

おひでは、夢中で男の腕にすがりついた。

「鉄ちゃんを、……鉄ちゃんを呼んできとくれよ」

「鉄ちゃん？」

おひでちゃんのいい人だよと言う声がした。穿鑿《せんさく》好きな、隣りの女房のようだった。

「ほら、この向うの長屋に住んでいたじゃないか。何でも、日本橋の方へ引っ越して行ったって話だけど」

万町——と教えてやったが、息がはずんだ。思いのほかに、血が流れてしまったのかもしれなかった。

「早く……早く呼んできておくれ。頼むよ」

「わかった」

隣りと向いの女房が大工と交替して、おひでを抱きかかえてくれた。向いの女房は、お喋《しゃべ》りな女として、この界隈《かいわい》では名高かった。

「明け方にさ」

と、おひでは言った。静かにしておいでよと、隣りの女房がたしなめたが、それほど強い調子ではなかった。

「押込《おしこみ》に入られたんだよ」

「まさか。こんな貧乏長屋に」

「女の押込だった」

隣りと向いの女房が顔を見合わせた。

「一昨日《おととい》、鉄ちゃんのうちで、鉄ちゃんに惚《ほ》れてる女と鉢合わせをしちまったんだ」

二人の女房は、もう一度顔を見合わせてうなずきあった。

「わたしゃ、鉄ちゃんが今朝までその女と一緒だったかどうか、確かめてみたいんだ」

「その女だよ、きっと」

と、向いの女房が言った。

「まったく、近頃の若い子ときたら、何をしでかすかわかりゃしない」

おひでは目を閉じた。あとは鉄次のくるのを待てばよかった。

薄情な鉄次でも、おひでが斬られて息も絶え絶えになっていると聞かされたならば、仮にあの女と床の中にいたとしても、驚いて駆けつけてくれるだろう。その庖丁《ほうちょう》は、血を拭って手拭いで巻き、帯の結び目に入れてある。その庖丁で、「大丈夫か、おひで」とのぞき込む鉄次の胸を突いて、自分ののどもかき切ってやる。「何をする」と鉄次がわめこうが、「ばかやろう」と罵《ののし》ろうが、木挽町心中おひで鉄次地獄道行《じごくのみちゆき》の幕は上がる。油照りの江戸の町で、暑さに辟易《へきえき》しながら一人で生きてゆけるかってんだ。

「しっかりおしよ」という声が聞えた。眠かったが、おひでは笑ってみせた。

おひでと鉄次が心中を遂げたあとは、あの女が残される。しかも、おひでを傷つけた女として、後指をさされることになる。一晩中一緒だったと証言してくれる筈の鉄次は、おひでが地獄へ誘ってしまったのだから、言訳のしようがない。

いい気味——と、おひでは呟《つぶや》いた。
「しっかりおし」という二人の女の声が、ますます遠くなった。

地獄にしては静かなところだと思った。その上、暗いところだと聞いていたのだが、明るい陽がさしている。難を言えば、風通しがわるく、軀にかけられている浴衣が暑苦しかった。

浴衣？——

おひでは、あたりを見まわした。

しみのない天井に無地の唐紙、三畳くらいの部屋で、頭の上の障子が開けられている。障子の向う側は縁側で、思いきり首を曲げると、あまり手入れのよくない庭も見えた。おひでの家でも鉄次の家でもなく、まして地獄でもなかった。

「生きてたんだ」

と、思った。そういえば、鉄次が駆けつけてくれぬうちに、眠ってしまったような気がする。

唐紙が開いて、「目が覚めたかね」という声がした。横を向くと、昨日、森口晃之助とかいう定町廻りの屋敷で会った医者が笑っていた。おひでは、医者の家の一室に寝かされていたようだった。

「鉄ちゃんもきてるよ」

と、医者が言う。

どうせ、帯の結びめに隠した庖丁は取り上げられているだろう。どこかの女にとられた上、心中もできない男に会ってもしょうがなかった。おひでは、反対側を向いた。消毒され、繃帯《ほうたい》が巻かれているらしい右腿が、急にうずきはじめた。

顔をしかめたのが見えたのかもしれない。

「無茶をするからだよ」と言いながら、医者が部屋へ入ってきた。そのうしろから、医者と同年配の品のよい男と、肩をすぼめた鉄次が入ってくる。男と鉄次の年齢は、親子ほどもちがうだろうに、鉄次が妙に老《ふ》けて、みすぼらしく見えた。

「晃さんの親父《おやじ》さんだよ」

と、医者が言った。

「森口慶次郎ってえ名前は、どこかで聞いたことがあるだろう」

あるような気がした。家を飛び出してまもない頃、今のおひでと同じ商売をしていた女が、置引をして捕えられたが相手が森口慶次郎でよかったと、言っていたのではなかったか。その女も今は所帯をもって、二人の子供を育てているそうだ。

「傷の方は心配ないがね。暑気当りの次が、押込事件だってんでね。慶さんにきてもらったんだよ」

「こんなところでお調べかえ」

「俺は隠居でね」

森口慶次郎という男が言った。

「どこかの女がお前を刺しにきたってんで長屋中大騒ぎだが、猫が鼠を追いかける物音が両隣りに聞える長屋で、女どうしの取っ組みあいが聞えねえわけがねえ」

「見かけによらず、頭がいいじゃねえか」

おひでは、精いっぱい声を張り上げて笑った。静かにしろと怒鳴られるのは覚悟の上だったが、慶次郎は、何も言わなかった。

「帰るよ。血をとめてくれて、有難うよ」

「ばか。動けるものか」

と、医者が言った。

「少しは加減すりゃいいものを。深く斬り過ぎてるんだよ。ゆっくり養生してゆきな」

「隠居かどうか知らないが、定町廻りの親父を呼んでおいて何を言やあがる。それで、ゆっくり養生できるわけがないだろう」

「そう言うな」

慶次郎が笑った。

「俺も呼ばれたが、鉄ちゃんも駆けつけてくれたし、文句をつけるとこなんざありゃしねえだろうが」

その通りだった。汗まみれだった浴衣は、洗いざらしだが、こざっぱりとしたものに着替えさせられているし、天ぷら蕎麦《そば》が食べたいと言えば、玄庵とかいう医者は、苦笑しながら出前を頼んでくれるだろう。玄庵の手前、鉄次もしばらく看病してくれるだろうし、当分の間、一人きりになることはない。

なることはないが、いずれはあの長屋へ帰ることになる。鉄次も日本橋へ戻って、あの女と暑苦しい真似《まね》をするだろう。おしげは薄情で、隣りの女房は穿鑿好きで、向いの女房はお喋りだ。

何も変わりはしない。

泣くまいと思ったが、頬に涙がつたった。

それを、真新しい手拭いが拭《ふ》いてくれた。手拭いを摑《つか》んでいるのは、少々節くれだった指だった。慶次郎の手であった。

「泣くな」

と、慶次郎は言った。

「今になって心細くなっちまったのだろうが、足を傷つけたのは手前《てめえ》じゃねえか。ま、玄庵先生のところには、ほかの病人もいる。そう長くいられねえだろうから、そのあとは俺がひきとることにした。が、言っておくが、ちゃんと歩けるようになるまでだぞ」

よけいなお世話だと言おうと思った。手前《てめえ》のやったことの後始末くらい、手前《てめえ》でつけらあと啖呵《たんか》をきってやりたかったが、どうしてもその言葉が出てこなかった。が、そのかわりに、自分でも思いがけない言葉が口をついて出た。

「小父《おじ》さん、二朱でどうだい」

ばか――。

玄庵がそう言うより先に、鉄次のこぶしが額を叩《たた》いた。

「ばかやろう。旦那《だんな》に向って言うことか」

「お前のために稼いでやろうってのに」

「よけいな心配だよ。俺にゃお前のほかに……痛て」

鉄次の手をとったおひでが、思いきり嚙《か》みついたのだった。頭の上の庭から風が入ってきて、昨日からの暑さが、少しやわらいだような気がした。

「手がかかるぜ、この娘は」

玄庵が慶次郎に話しかけている声が聞えた。

おひでは、慶次郎を見た。慶次郎も、おひでを見て苦笑していた。

「ねえ」

おひでは指を二本突き出して見せた。慶次郎は苦笑を浮かべたままの頬に、人差指を当てた。あかんべえをしたのだった。

おひで　二　佐七の恋

昨日まで、庭から吹いてくる風を湯上がりの軀《からだ》に心地よいと感じていたのだが、今日は障子を閉めた。縁側に立つと、風が、熱い湯に噴き出した汗につめたかった。風がつめたくなると、昼の時間が短くなる。慶次郎は夕暮れ七つの鐘が鳴る前に湯《ゆ》殿《どの》へ入り、鐘の鳴り終わる頃には浴衣《ゆかた》を着ていたが、佐七は長湯だった。まだ少し足をひきずっているおひでは、そのあとで入ると言っていて、彼女が湯から上がってくる頃には、暮六つの鐘が鳴っているかもしれなかった。

が、その間に、佐七はおひでの好物の卵焼を、一寸近い厚さに焼き上げているだろう。腿《もも》の傷がようやくふさがったおひでをひきとってから五日め、佐七は昨日の晩まで三日連続して卵を焼き、おひでも、嬉《うれ》しそうな顔をして慶次郎の分までたいらげていた。

行燈《あんどん》に、明りをいれておこうと思った。仏壇の中へ手を入れたが、いつもその隅に置いてある火打石がない。おひでが煙草《たばこ》を吸ったにちがいなかった。

あいつが吸わねえように煙草盆を片付けて、こっちも我慢してるのに。おひでめ。

慶次郎は、おひでを探して台所へ出て行った。湯殿から、おひでと佐七の悲鳴が同時に聞えたのはその時だった。

蛇が出たのかと思った。慶次郎は台所から飛び出して、湯殿の戸を開けた。湯槽《ゆぶね》に飛び込んだらしい佐七と、髪から雫《しずく》を垂らして外の出入口に立っているおひでが目に映った。

二人は黙って慶次郎を見たが、どうしたのかと慶次郎が尋ねると、同時に口を開いた。

「どうしたもこうしたも、いきなり入ってくるから……」

「背中を流してやろうと思ったのに、いきなりお湯をぶっかけるんだもの……」

「ま、仲よくやってくれ」

慶次郎は、ずぶ濡《ぬ》れのおひでに手拭《てぬぐ》いを投げてやり、湯殿の戸を閉めた。

取付《とつつき》の部屋の横にある三畳を自分の部屋にしているおひでは、そこで髪を拭《ふ》き、浴衣に着替えて、今度は廊下から湯殿の戸を開けたようだった。笑い声が聞えてくるのは、佐七も背を流してもらう気になったのだろう。

が、その和やかさは、例によってわずかな間のことだった。隣家へも届きそうな、おひでの罵声《ばせい》が聞えてきた。負けじと言い返す佐七も、あらんかぎりの声をふりしぼっている。

慶次郎は、しばらくの間、その争いを聞いていた。縄暖簾《なわのれん》へ飲みに行こうという誘いを佐七が断って、おひでがつむじを曲げたらしい。せっかく誘ってやったのに、よくも恥をかかせてくれたということなのだろう。けち、素寒貧《すかんぴん》、おいぼれのへちゃむくれと、語彙《ごい》の豊富なことに驚くほどの悪態をついている。対する佐七は、今からそんなに酒を飲むようでは、先々ろくなことがないの一点張りだった。

悪態の勝負はついている。慶次郎は、苦笑いをして立ち上がった。仲裁は時の氏神《うじがみ》と言うが、おひでと佐七の間に立つ氏神は、しばらく双方からの攻撃を受けるのだった。

おひでが頰をふくらませて台所へ入ってきた。慶次郎に小遣いをねだり、はねつけられたらしい。

今になって思えば、庄野玄庵の家からひきとった時に、床上げのささやかな宴をはったのがわるかった。その翌々日、おひでは、佐七の寝酒を横取りして行ったのである。飲みたくてしょうがないんだよと、貧乏徳利に頰ずりをした姿が可愛《かわい》くて、慶次郎には黙っていたのだが、すぐに相談をするべきだったのかもしれない。

だが、その次の夜は、するめを肴《さかな》に飲んでいる佐七の部屋へしのんできた。女、それも若くて縹緻《きりよう》のよい女が、たとえするめのにおいにつられてきたにせよ、部屋へしのんでくるなど、佐七にははじめての経験だった。

飲みたいというおひでに台所から茶碗《ちゃわん》を持ってきてやって、ついでにするめをもう一枚あぶってやって、「あちち」と小さな悲鳴を上げながら、あぶったするめを裂いてやった。

「ああ、うまい」と言いながら、おひでは酒を飲んだ。もう一杯どうだとすすめたくなったのも、むりはないだろうと佐七は思う。おひでは、するめの足を噛《か》んでは、自分の生れた家のことや、女房をもらうまではやさしかった兄のことを話した。鉄次という、薄情な男についても愚痴《ぐち》をこぼした。

そんなことを、慶次郎に話す気になれはしない。慶次郎も、気づいているようだが何も言わなかった。居酒屋に連れて行けとおひでが言ったのも、佐七同様に深くは考えていなかったようだった。

おひでは、台所でそっと酒を飲むようになった。最初に佐七が気づいたのは、慶次郎が八丁堀の屋敷へ出かけた留守のことで、それも黙っていた。酒を飲むと昔を忘れられるというおひでの気持が、少しはわかるような気がしたからだった。

若い娘の行くところではないと叱《しか》った居酒屋へ、連れて行ってやろうかと考えたこともある。家で飲めばこころよく酔ったところで寝られるものを、わざわざ出かけて飲む奴《やつ》の気が知れぬと思っていたのだが、おひでと一緒なら帰り道が苦になることはない。誘えなかったのは、縄暖簾をくぐったことがなく、それを、おひでにからかわれるのがいやだったからだ。

そんなわけで、おひでの酒が、湯呑《ゆの》み一杯から二合、三合にならぬかぎりは黙っていてやるつもりだったが、八丁堀から帰ってきた慶次郎が気づかぬわけがない。それほど飲みたがるのはおかしいと慶次郎は言って、佐七に寝酒の残りを捨てさせた。おひでが「酒、酒」と騒ぐようならば、ふたたび庄野玄庵の家へ連れて行くつもりらしかった。

想像すまいと思っても、泣きながら慶次郎に手をひかれてゆくおひでの姿が脳裡《のうり》をよぎった。そのたびに佐七は、おひでが根岸にいられるよう、不動堂のある時雨岡《しぐれのおか》の方向に向って手を合わせた。

不動尊も、佐七の切なる願いを聞き届けぬわけにはゆかなかったのだろう。おひでは、徳利をさかさにして舌打ちをしていたが、格別に飲みたいようすも見せなかった。

昨日などは、「けち親爺《おやじ》、隠していする煎餅《せんべい》をご馳走《ちそう》しておくれ」と憎まれ口を叩《たた》きながら佐七の部屋へ入ってきて、でがらしの茶を飲んで行ったのである。これで大丈夫だとほっとした矢先に、おひでが慶次郎に小遣いをねだったのだった。下駄《げた》の鼻緒が切れたとか、手提袋《てさげぶくろ》が欲しいとか言っていたが、嘘《うそ》であることは佐七にもわかった。おひでは、酒を飲みに行きたいのだった。

佐七は、上がり口に腰をおろしているおひでを見た。おひでは背を丸めて、意味もなく動かしている足を眺めているようだった。

よほど「出かけよう」と言ってやろうかと思ったが、思いとどまった。佐七は、部屋から煎餅の袋を持ってきて、茶をいれてやった。袋には、あとで食べようと思っていた大事な一枚が入っていた。

「食いな」

と、佐七は言った。

「下駄の鼻緒くらいなら、俺が買ってやるよ」

「ほんとかえ」

おひでは佐七をふりかえった。切長の大きな目が、嬉しそうに輝いていた。が、おひでは佐七の片方の手を佐七の前へ突き出した。金をくれというらしい。

佐七は、かぶりを振った。

「用事があって、下谷《したや》へ行くんだよ。その時に買ってきてやる」

おひでは、舌打ちをして横を向いた。

「けち親爺が気のきいたことを言うと思ったら、やっぱりそうか」

「何が、やっぱりだよ。ほかに欲しいものがあるなら言ってご覧」

「親爺――」

おひでは、板の間を佐七の近くまで這《は》ってきた。

「一緒に下谷へ行ってもいいかえ」

「いいともさ」

と答えたものの、佐七は不安になった。下谷までついてきたこの娘が、一緒に入ろうという店は下駄屋でも小間物屋でもなく、居酒屋にきまっている。腕にすがられて甘えられれば、「旦那《だんな》には内緒だよ」と言ってしまいそうだった。

「でも、断っておくよ。縄暖簾には行かないよ」

「どうしてさ」

おひでは、佐七の目の前で軀をよじってみせた。若い娘特有の、甘い香りが漂ったような気がした。

「いいじゃないか、一度くらい。毎朝毎晩、こやかましい旦那の顔を見ていてさ、言うことを聞いていたんじゃ息が詰まっちまうよ」

「そんなこたあない。ああ見えても旦那は、なかなか話のわかるお人だよ」

おひでは首をすくめた。

「親爺は、旦那の味方をする気かえ」

「味方をするわけじゃないが……」

「だったら旦那の言うことばかり聞いていないで、わたしの頼みをきいてくれたっていいじゃないか」

「そりゃ、お前の頼みなら何でもきいてやるよ」

「ほんとだね」

おひでは、佐七の膝《ひざ》に手を置いて揺すった。

躯に稲妻が走った。そう思った。佐七はかすかに身震いをしてうなずいた。膝に手を置いたまま佐七を見上げているおひでは、孫娘のように可愛かった。が、おひでを『孫娘のように』と思うのは自分への言訳で、その奥に別な感情のあることは、佐七自身が気づいていた。佐七は、膝に置かれている手を、畳へ移した方がよいのか、或《あ》るいは軽く握ってもよいのかと迷い、結局そのままにしておいた。

「それじゃあ、居酒屋へ連れて行っておくれよ」

「何だって」

「大きな声を出すんじゃないよ。これは二人の秘密じゃないか。あのくそ旦那に知れたら、おじゃんになっちまう」

「だけど、何だってそんなに酒が飲みたいんだ」

「知らないよ、そんなこたあ。でも、昔のことを考えたり、ここを追い出されたあとのことを考えていると、飲まずにはいられなくなっちまうんだ」

「追い出しゃしないよ。安心しておいで」

「お前の女房にしようってのかえ。笑わせるんじゃないよ」

誰がそんなことを――と佐七はうろたえて、おひでは肩をそびやかした。

「居酒屋へ連れて行くのか行かないのか、はっきりしておくれ」

ちょっとためらったが、佐七は首を横に振った。おひでの唇が、べそをかいたように歪《ゆが》んだ。

「やっぱり、そうなんだ。やっぱりお前は、あのくそ旦那がこわいんだ」

「こわかないよ。でも……」

「てやんでえ、何が、でも……だよ。頼みは何でもきいてやると言っておきながら、居酒屋と聞いたとたんに尻込《しりご》みしてやがる」

「そうじゃない。そうじゃないんだよ」

「だったら聞くけど、親爺は、わたしとくそ旦那と、どっちが大事なんだよ」

お前だよという、その場しのぎの言葉が頭にうかばなかったわけではなかったが、佐七は、どちらと別れる方がつらいだろうかと真剣に考えた。おひでがいなくなった時を思っても、慶次郎が八丁堀へ帰ってしまった時を想像しても、涙がにじんできそうだった。

が、おひでは、低く押し殺した声で「いいよ、わかったよ」と言った。

「わかったよ。どうせ、わたしゃ居候《いそうろう》だよ。男にゃ捨てられ、医者にゃ愛想をつかされて、行きどころがなかったのを、お情けでひきとってもらった女だよ。ろくでなしの厄介者だ」

「言わせておけば。いったいいつ、誰がお前を厄介者扱いしたってんだ」

「くそ旦那の腹ん中をのぞいて見な。ちょいと厄介な女だが、ここでひきとっておけば、また仏の慶次郎の名が上がるってもんだ、そう考えてるよ」

「ばかやろう」

佐七は、生れてはじめて人の頬を叩いた。よい感じではなかった。自分が人を殴ってしまったことに驚いて、うろたえもしたが、その狼狽《ろうばい》がすぐに消えてしまうほど腹が立っていた。

「何が、仏の慶次郎の名が上がる――だ。お前がそんなことを言っていると知ったら、旦那は泣くぞ」

おひでは、叩かれた頬に手を当てて、上目遣いに佐七を見た。佐七が怒ったことに驚いているようにも見えたが、佐七がその肩へ手を置こうとすると、乱暴にはねのけて土間へ飛び降りた。

「へん、手前《てめえ》の腹ん中も同じじゃねえか。男に捨てられて、手前《てめえ》で手前《てめえ》の足を切ったばかな娘をあずかってやりゃあ、よいことをしたと寮の旦那が喜んで、給金でも上げてくれると思ったんだろう」

「ばかな。誰がそんな……」

「図星をさされたからって怒るなよ」

おひでは、下駄を両手に持った。

「ちょいとの間、可愛がってやるふりをしようぜと、お前とくそ旦那とで相談していやがったんだろう。だから、お前は、わたしのことなんざ、これっぽっちも大事だと思っちゃいない――」

拗《す》ねた子供の言草だった。が、その言草を、おひでは頰をひきつらせてわめいていた。

「煎餅を食えの、茶を飲めのと言ってくれるお前を、やさしいと思っていたわたしがばかだったよ。ああ、大ばかのこんこんちきだったよ。が、親からは兄貴の方が可愛いと言われ、惚《ほ》れた男にゃどこかの女の方がいいと言われた女の身になってみろってんだ」

「待て、おひで」

「うるせえや」

抱きとめようとした佐七を突き飛ばして、おひでは台所を走り出た。

上がり口で腰を打った佐七は、大声で慶次郎を呼んだ。が、鼻紙でも買いに行ったのか、返事はなかった。

慶次郎は、それからまもなく帰ってきた。何気なく煙草を買いに出たのだが、おひでを思い出して、途中から引き返してきたのだという。

右の腰骨の下にできた痣《あざ》を、思いきり軀《からだ》をよじって眺めていた佐七は、おひでが家を飛び出して行ったことを話した。

気がつくと、おひでに渡してやった煎餅の袋が土間に落ちている。お前が一番好きだと言ってやれば、おひでは上機嫌で煎餅を齧《かじ》っていたかもしれなかった。

「しょうがねえな」

と、慶次郎が言った。おひでのあくたれぶりに眉《まゆ》をひそめたにちがいなかったが、佐七は、お前が一番だと言ってやらなかった自分が咎《とが》められたような気がした。とにかく探してくると言って、慶次郎も寮を出て行った。下谷の縄暖簾《なわのれん》にでも飛び込んで、酒をあおっているのではないかと見当をつけたようだった。

おひでと行き違いになってもよいように、留守番をしてくれと頼まれたのだが、一刻《いっとき》近くたっても二人――おひでも慶次郎も帰ってこない。八月も末近く、萩《はぎ》の見頃の話が出るようになれば、定斎売《じよさいう》りがかついでいる薬箱の金具の音も侘《わび》しく響く。油売りが、隣家の女中に油と長い無駄話を売って行き、陽《ひ》が傾いてきた。佐七はじっとしていられずに、門の外へ出た。

ひぐらしも、そろそろ鳴きおさめだろう。つるべ落としの秋の陽は、山口屋の寮の藁葺《わらぶき》屋根も、隣家の桜の木も向いの草叢《くさむら》も、同じように赤く染めている。曲がりくねった道には、いつものことだが人影はなかった。

佐七は、おひでと慶次郎を迎えに行くつもりで、時雨岡の不動堂まで行った。しばらく待ってみたものの、反対側から帰ってこないともかぎらない。

寮の門前へ戻り、もう一度不動堂まで行ってみようかと思っていると、道の向うに、黒い影が見えた。慶次郎のようだった。が、そのうしろにある筈《はず》の、おひでの影がない。

慶次郎も、佐七の姿を認めたようだった。裾《すそ》を端折《はしょ》って走ってきて、「帰ってきたか」と言う。佐七は無言でかぶりを振った。

「しょうがねえ奴だな」

慶次郎は、先刻と同じ言葉を呟《つぶや》いて、「もう一度探してくる」と言った。俺が行くと言いたかったが、佐七は黙っていた。人を探すなら、自身番屋に顔が知れている慶次郎の方が、万事に都合がよいことはわかっていた。

その慶次郎が、見つからないと溜息《ためいき》をついて戻ってきた。宵《よい》の口《くち》五つの鐘が鳴っていた。下谷から浅草、両国、神田周辺まで、下っ引の手を借りて探したが見当らないという。

「おひでが住んでいたうちは?」

と、佐七は言った。「ぬかった」という答えが返ってきたならば、自分が探しに行くつもりだったが、慶次郎は、「行ってきたよ」と太い息を吐いた。

「帰った跡はなかった。ついでに鉄次とかいう色男のうちにも寄ってきたが、あれから一度もおひでに会っちゃいねえと言っていた」

当り前だと佐七は思った。

根岸へきてからのおひでは、庭へ降りたいから手を貸せの、寝酒を飲ませてくれのと、佐七に駄々をこねていたのだ。薄情な男へ、むだとわかっていながら尽くしたくなる時もあっただろうが、「けち親爺《おやじ》――」とわめいたあとで、おひでが悲しい涙や口惜《くや》し涙にくれていたとは思えない。

「友達のうちへ、もぐり込んだのかもしれねえ。そう思って、いったん引き上げることにしたのだが」

いやな予感がした。慶次郎も、胸騒ぎがしたのかもしれない。めしを食ってから、もう一度探してみようと言った。

大根河岸《だいこんがし》の吉次が門を叩《たた》いたのは、その夕飯を食べている時だった。茶碗《ちゃわん》を放り出して出て行った慶次郎と佐七を、吉次は、息をはずませながら見上げた。

「おひでが……刺されました」

佐七は裸足《はだし》で土間へ飛び降りて、月が欠けて暗い道へ駆けて行った。行先を聞いてから走れという、慶次郎の声が追いかけてきた。

「玄庵先生のうちへ、はこび込まれました」

と、吉次が大声で言っている。

「当人が、そこへ連れて行ってくれと頼んだそうで」

「わかった」

走り出そうとした佐七を、慶次郎が大声で呼びとめた。

「吉次に連れて行ってもらえ。——下谷に行きゃあ、辻駕籠《つじかご》がある。親分、七つぁんと駕籠で行ってくんな」

吉次が礼を言ったところをみると、駕籠賃を渡してくれたようだった。


おひでは、足を切った時と同じ部屋に寝かされていた。

が、佐七は、おひでに言おうとした「ばかやろう」という言葉を思わず飲み込んだ。おひでの枕《まくら》もとには、庄野玄庵と森口晃之助が、暗い顔つきで坐《すわ》っていたのである。

「まさか……」

その先の言葉も飲み込んだ。十七歳のおひでが、五十を過ぎている佐七を残して、あの世へ旅立って行くわけがなかった。

佐七は、眠っているように見えるおひでの耳許《みみもと》へ顔を近づけて、名前を呼んだ。

おひでは眼を開けなかった。佐七は、寝床に膝が乗ってしまうほど、おひでににじり寄った。それでも反応のないおひでがじれったくなって、肩を揺さぶろうとしたが、その手は玄庵にとめられた。

「どういうことですか、いったい」

佐七は、咎めるような目で玄庵と晃之助を見た。玄庵が晃之助を見、晃之助は吉次を見たが、吉次に横を向かれて口を開いた。

おひでは、亀島町《かめじまちょう》の居酒屋にいたという。

亀島町は、八丁堀組屋敷の東側にある。決して賑《にぎ》やかなところではないが、近頃は、霊岸島《れいがんじま》で働く人足をめあてにした矢場などもできたそうで、縄暖簾も一、二軒はあるのだろう。おひでは、それほど組屋敷に近いところにいたのだった。

「だったら、なぜ……」

これほどひどい傷を負う前に、おひでを助け出してくれなかったのだと、佐七は、玄庵と晃之助を恨んだ。おひでの住まいがある木挽町《こびきちょう》まで足をはこびながら、八丁堀へ寄らずに帰ってきた慶次郎にも腹が立った。仏と異名がつくほどの名同心であったのなら、もう少し勘が働いてもよいではないか。

「なぜってのは、こっちの言う科白《せりふ》だぜ」

吉次がしわがれた声で言った。

「森口の旦那《だんな》があずかっていなさる娘だそうだが、いったいなぜ、その娘がこんなところへきていたんだ」

お前が一番大事だと言ってやらなかったからだと、佐七は胸のうちで自分に言った。二度でも三度でも、おひでの気のすむまでそう言ってやれば、こんなことにはならなかったのだ。

佐七は、かすかに唇を開いているおひでの顔をのぞき込んだ。慶次郎など八丁堀へ帰して、おひでと二人、寮番をつとめることにしてもよかったのである。

その一方で、このきれいな娘が五十を過ぎた皺《しわ》だらけの親爺に、一番大事だと言ってもらえなかっただけで家を飛び出すだろうかとも思った。佐七は、女から「いい人なのだけど」と言われたことはあっても、「惚れた」とまとわりつかれたことがない。そんな男の「一番大事」という言葉を、口説かれることに慣れていそうな娘が欲しがるとは、とうてい思えないのである。

「お前《めえ》さん、何をしたんだよ、この娘に」

吉次が鋭い目を向けた。

「何をしただと？」

目の前が真赤になったのか真白になったのか、真暗になったのかわからなかった。我に返った時の佐七は、吉次に向って振り上げたこぶしを、晃之助に押えられていた。

「親分。お前さんの言い方もよくないぜ。──佐七つぁんも、吉次親分の口のわるさは、うちの親父から聞いているだろうが」

「でもさ、あんまり……」

「おひでは妙な刺され方をしたんだよ」

悲鳴を聞いたのは、偶然にその居酒屋の前を通りかかった吉次だった。吉次は、十手を握って縄暖簾の中へ飛び込んだ。

華奢《きやしや》な娘が、くずれるように倒れるところだった。娘の胸からは血があふれていて、そのすぐそばには出刃庖丁《でばぼうちよう》を持った若い男が立っていた。

どう見ても、男が娘を刺したとしか思えなかった。が、若い男も、その連れらしい男も居酒屋の亭主も、呆気《あつけ》にとられたような表情を浮かべていた。娘──おひでが男に喧嘩《けんか》を吹っかけて、刺せるものなら刺してみろと、庖丁を握らせたというのである。

「その上、男が庖丁を握るや否《いな》や、おひでの方からぶつかって行ったというんだ。居酒屋の亭主は、男が自害の手伝いをさせられたようなものだと言っている」

妙な話だろうと、晃之助は言った。

「根岸で何かあったのじゃないかとは、吉次親分でなくっても考えるよ。おひでを刺した男は、ひっくくって番屋にあずけてあるが、わたしは放免にしてやってもよいと思ってるんだ」

唐紙が開いて、慶次郎が顔を出した。寮を明けると、山口屋に断ってきたという。そのわずかな物音が聞えたのか、おひでが目を開いた。佐七は、無我夢中で布団《ふとん》の中にあるおひでの手を握りしめた。

「何だい、雁首《がんくび》を揃《そろ》えて」

と、おひでは言った。低くて聞きとりにくい声だった。

「そうか。わたしゃ、しくじっちまったんだね」

「何を――何をしくじっちまったんだよ」

おひでへ乗りかからんばかりに身をかがめた佐七の脇腹《わきばら》を、玄庵が突ついた。おひでに喋《しゃべ》らせるなという意味かもしれなかった。

おひでは、けだるそうに目を閉じたかわり、口許をわずかにほころばせた。

「ちっとばかり怪我《けが》をしてさ――ここへはこばれるつもりだったんだよ。それが、大怪我になっちまったんだろ？」

「ばかやろう……」

「ばかは、わかってるだろうに」

おひでは、目を開いて佐七を見た。

「でも、きてくれたんだね」

「当り前だ。俺は……」

唾《つば》を飲み込んでから、佐七は言った。

「俺は、世の中で一番、お前が大事だ」

「ばか親爺……」

おひでは目を閉じた。目は閉じたが、口許の笑みを頰にまでひろげて言った。

「好きだよ、ばか親爺……」

それきり、おひでは目を開けなかった。痛いだろうと思うほど手を強く握りしめても、布団の外へ引っ張り出しても、おひでの指に力がこめられることもなかった。

「ばかやろう」

佐七は、おひでを抱き上げて泣いた。

「まだ寝酒を飲んでないじゃないか」

が、いくら酒を飲めと叫んでも、おひでは何も言わずに笑っていた。

おひでの兄という男は、吉次が探し出してきた。が、遺骸《いがい》をひきとりにきた時の顔を見て、佐七が追い返した。慶次郎も晃之助も、玄庵も「どうする気だ」とは言わなかった。

佐七はおひでを根岸へ連れて帰り、両親の墓がある谷中《やなか》の寺院から住職を呼んだ。あの世へ行ったおひでは、当分の間、両親にあずかってもらうつもりだった。佐七同様に頑固な親ではあったが、おひでの兄のように、迷惑そうな顔をすることはない筈であった。

野辺の送りには、晃之助も玄庵も吉次も、誰が知らせたのか、鉄次までが顔を見せた。

飲んで帰ろうかと慶次郎が言い、晃之助と吉次が蕎麦屋《そばや》の二階までつきあってくれたが、最後は寮へ帰ることになる。慶次郎と二人で戻った日暮れの寮は、まだ青い楓《かえで》の葉を揺さぶって行く風の音ばかりが耳についた。

慶次郎は、将棋盤も出さずに縁側へ腰をおろしているし、茶簞笥《ちゃだんす》の戸棚を開けても煎餅《せんべい》の袋はない。

「ちょいと出かけるよ」

と、佐七は、慶次郎の背に声をかけて寮を出た。時雨岡のよろず屋で、うまくない煎餅を買ったついでに、老夫婦と世間話でもしてくるつもりだったが、気がつくと店の前を通り越していた。

佐七は下谷も通り過ぎ、御徒町《おかちまち》、神田を抜けて、日本橋から八丁堀へ向った。八丁堀組屋敷の間を抜ければ亀島町だった。

居酒屋の名を、吉次に聞いておけばよかったと思った。数は多くなさそうだが、おひでが入ったのとちがう店の縄暖簾をくぐった時が困る。煎餅を買うつもりだった財布には、さほど金は入っていない。

川沿いの道に出ると、まず丸太屋と書かれた掛行燈《かけあんどん》が見えた。まもなく暮六つの鐘が鳴る薄闇《うすやみ》の中で、つけられたばかりらしい明りが揺れていた。出入口には、手垢《てあか》に汚れていそうな縄暖簾が下がっていて、中からは、もう酔っているらしい濁った声が聞えてくる。

佐七はしばらく縄暖簾を眺めていたが、自分で自分の腰を叩いて、丸でかこまれた太の字が書かれている障子を開けた。

店の中の人間が、いっせいに佐七を見た。足の爪先《つまさき》から頭のてっぺんまで、無遠慮に眺めまわす者もいた。踵《きびす》を返したくなったが、佐七は平静をよそおって、店の真中あたりに置かれた樽《たる》に腰をおろした。

隣りにいる男を真似《まね》て、片方の足を樽にかけ、ちろりや皿などがのせられている台に肘《ひじ》をついた。

「酒――」

そんなこたあ、わかっているよという言葉が返ってきた。想像以上に気の荒い場所のようだった。

「二合。それから、ええと卵焼」

笑い声が聞えた。佐七はあたりを見廻して、「おかしいかえ」と言った。返事はなく、しばらくしてから、「ま、人それぞれだわな」と亭主が言った。つくってくれるようだった。

「それから……」

「飴玉《あめだま》かえ」

「ついこの間、ここで騒ぎがなかったかえ」

店の中は、急に静まりかえった。やはりしばらくの間は返事がなく、同じことをもう一度尋ねようとした時に口を開いたのも、卵を手に持った亭主だった。

「爺《じい》さん。お前《めえ》、あの娘の身内かえ」

佐七は黙ってうなずいた。

「善さん――ってのが、その男だけどね。身内とすりゃあ、善さんがご放免になるのは納得がゆかねえのだろうが、あれは善さんが気の毒だ。善さんは、騒ぎに巻き込まれただけだよ」

「わかってるよ」

と、佐七は言った。

「わかってるから、飲みにきたんだ」

亭主は口を閉じた。佐七と卵を見比べていたが、調理場に入ると、片口《かたくち》になみなみと酒をついできた。三合は入りそうな片口だった。

「一合は、俺の気持だ」

と、亭主は言った。

礼を言って、佐七は片口の酒を湯呑《ゆの》みについだ。山口屋が届けてくれるものとは、くらべものにならぬ酒なのだろうが、味はわからなかった。

が、佐七は、おかわりを頼んで飲みつづけた。塩辛い卵焼も、黙ってたいらげた。

酒を飲まずにはいられない軀《からだ》になりかかっていたらしいおひでが、あの世で寝酒が欲しいと泣かぬよう、もっと卵焼が食べたかったと嘆かぬよう、胃の腑《ふ》がはちきれるまで、飲んで食べてやるつもりだった。

それにしても——と、佐七は思う。親からは兄貴の方が可愛《かわい》いと言われ、惚《ほ》れた男にゃどこかの女の方がいいと言われた者の身になってみろとおひでがわめいて飛び出した時、なぜ追いかけて行かなかったのだろう。なぜ、腰にできた痣《あざ》などを、のんきに眺めていたのだろう。

一番大事にしてもらいたいというおひでの気持を、誰よりもわかってやれるのが、佐七ではなかったか。慶次郎とのどかに暮らしているとはいえ、慶次郎には養子夫婦がいて、まもなく養子夫婦に子供も生れる筈《はず》だ。

万に一つと、佐七は考えたことがある。万に一つ、晃之助夫婦に子供が生れ、その子を連れて根岸へ遊びにきた時に、隣家から突然炎が舞い上がったとしたら、慶次郎は誰を助けようとするだろう。晃之助が子供を抱き、慶次郎は、晃之助の妻の手をひいて走り出すのではあるまいか。

それが当然なのだ。当然なのだが、晃之助の妻を外へ連れ出した慶次郎は、必ず佐七を探しに戻ってきてくれる。これほど有難い友人はいない。

が、二番めだ。

おひでと同じように、一番大事な存在ではないのである。

慶次郎は、そんなことに順番をつけるものではないと言うだろう。仮に順番をつけるとしても、お父上が一番好きと言っていた娘に恋しい人ができれば、父親は二番めの存在になり、嫁いで子供が生れれば、三番めの存在になる。みんな、二番め、三番めの存在になって死んでゆくのだと言って、佐七のひがみを怒るにちがいなかった。

「でも、旦那には、三千代という娘さんに、一番好きと言われている時代があった」

それが、佐七にはない。そして、おひでにもなかったのである。

「こんな老いぼれでよけりゃ、お前が一番大事だくらい、幾度でも言ってやったんだ。俺は、ほんとうにお前が可愛かったんだ。何だってお前は、俺を突き飛ばして出て行っちまったんだよ」

男に喧嘩を吹っかけて傷を負い、玄庵の家へはこばれようとしたのは、佐七に自分のいない淋《さみ》しさを味わわせてみたかったのか。

「ばかやろう――」

佐七は、片口に残っていた酒を一気にあおった。

財布ごと台の上に置いて店を出たが、帰る気にはなれなかった。おひでの住んでいた木挽町へ向って歩きながら、佐七は、目についた縄暖簾《なわのれん》の中へ飛び込んだ。

暮六つの鐘が鳴っても、佐七は帰ってこない。

木挽町をうろついているのだろうと見当をつけ、しばらく待つことにしたのだが、五つの鐘が鳴る頃になっても、門のくぐり戸の開く音はしなかった。

まさか、おひでのうちで泣き明かすような真似はしないと思うが。

慶次郎は、少々不安になってきた。

木挽町の長屋は、おひでの兄に立ち会ってもらい、一月分《ひとつきぶん》たまっていた家賃を払ってひきはらった。まだ住み手はいないようだと吉次が言っていたので、雨戸が閉められているだろう。こじ開けられぬことはないが、断りもなしに入ってよいわけがない。

探しに行くつもりで戸締りをしていると、くぐり戸が開いた。慶次郎は、帯を締め直しながら出入口へ出て行った。くぐり戸から飛び込んできたのは、天王橋《てんのうばし》の辰吉だった。

「旦那《だんな》、佐七つぁんが……」

「おひでのあとを追ったのか」

「まさか」

「よかった──」

全身の力が抜けてゆくようだった。

「ただ、番屋に突き出され、ひっくくられてました」

「何だと」

慶次郎は、草履を帯にはさんで裾《すそ》を端折《はしょ》った。走るには裸足《はだし》の方がよい。

出入口に錠をおろし、門へ向って駆けて行きながら、慶次郎は辰吉をふりかえった。

「どこの番屋だ」

と、尋ねてから気がついた。佐七が行くところといえば、亀島町の居酒屋のほかにないではないか。

「あいかわらず勘は鋭くっていなさいやすね。が、ひっくくられた佐七つぁんを見て、こっちもそのままにしちゃおきやせん。佐七つぁんは今、晃之助旦那のお屋敷で眠っていやす。おひでちゃんと、夢ん中で会っているかもしれやせん」

慶次郎は帯にはさんだ草履を放り出し、足の裏を手拭《てぬぐ》いではたいて鼻緒をつっかけた。

「心配させやがる。で、何だって番屋に突き出されたんだ」

「ただ飲み、ただ食い」

と言って、辰吉は笑った。

「ほとんど一文なしで、一升近い酒を飲んで、卵焼を三枚も食ったそうで」

卵焼か――と、慶次郎は呟《つぶや》いた。佐七は、卵焼を子供の食うものだと言って、おひでがくるまではつくったことがなかった。生みたての卵が手に入ると、佐七は醤油《しょうゆ》をたらし、熱いめしにかけていたのである。

「どうなさいやすか」

と、辰吉が言った。

「旦那が心配していなさるだろうから、とにかく知らせに行けと晃之助旦那に言われ、素っ飛んできやしたが。明日、粥《かゆ》でも食わせて帰してやると、晃之助旦那は言ってなさいやす」

「迎えに行ってやろうよ」

慶次郎がくぐり戸を開けると、辰吉は黙ってついてきた。

もっと早く佐七とおひでが出会っていればとも思うが、会っていれば会っていた時の出来事があるのかもしれない。辰吉はおたかという女に出会い、おたかの命を他人に奪われて、今でも独り身を通している。

三千代の面影が脳裡《のうり》に浮かんで、足許《あしもと》がおろそかになったとたん、小石につまずいた。

「提燈《ちょうちん》を取ってきやしょうか」

と、よろめいた慶次郎を素早くささえた辰吉が言う。

「いいよ」

慶次郎はかぶりを振った。

あと三日で九月となる月は、細く痩《や》せているが、そのたよりなげな光でも、辰吉と歩くには充分な筈であった。

秋寂《あきさ》びて

一度だけ、おひさはあやまちを犯したことがある。神山左門《こうやまさもん》という吟味与力《ぎんみよりき》の家に奉公をした時だった。左門の娘、皐月《さつき》の婚礼衣裳《いしょう》を隠してしまったのである。

なぜ、そんなことをしてしまったのかわからない。おひさのしわざと見抜いた左門にわけを尋ねられた時は、皐月の幸せが妬《ねた》ましかったからだと答えた。妬ましくなかったことはないのだが、そんな気持を押し殺すことに、おひさは馴《な》れていた。

おひさの父は、算盤直《そろばんなお》しだった。江戸の町を日がな一日、こわれた算盤を直してまわっても、収入はたかがしれている。疲れを顔ににじませて帰ってきた父が、黙って自分の母親に渡すのは、その日の米代がやっとということもめずらしくなかった。

貧乏は生れつき——と、おひさは思っている。そのかわりに、生れつき金持という娘もいる。おひさだって金持の娘に生れたかったが、すべての娘が金持の家に生れたなら、皆が皆、もっと金持にと思う筈《はず》だ。今のおひさが金持だと思う暮らしが、貧乏な暮らしになってしまうかもしれないのである。

それゆえ、幼い時は、何があっても金持の家へお嫁にゆこうと思っていた。が、父が逝《い》って、子守をしたり、使い走りをしたりして祖母との暮らしを支えるようになってからは、来世《らいせ》に賭《か》けようと思うようになった。

不平を言っていたならば、きりがない。ずっと貧乏をしていた家に生れてしまったのだから、貧乏は孫子《まごこ》の代までつづくだろう、この世で金持になるのは諦《あきら》めようと考えたのだった。

そう考えれば、皐月の着物も日傘も羨《うらや》ましくなかった。

しかも、神山家の暮らしぶりは、案外に質素だった。吟味与力は二百石取りだが、その収入を上まわる附届《つけとどけ》がある。諸大名はじめ武家も、商家も、不測のことが起こった場合は何分よろしくと、季節を問わず、さまざまなものを贈ってくるのである。同じ二百石の旗本など足許《あしもと》にも及ばぬほど、その台所は豊かだった。が、おひさが雇われたのも、皐月の婚礼を前にして左門の妻が寝込んでしまったというやむをえない事情からで、おひさが知っている金持のすることとは大分ちがっていた。おひさは神山家の人々を、「めったにいないいい人」と思っていたのである。

が、皐月の夫となる森口晃之助を垣間見《かいまみ》た時は、心に波が立った。算盤直しの娘では、あれほど上品で、しかも粋《いき》な感じのする美男には出会えないと思った。

皐月は、その男の妻になる。それだけは羨ましかった。わたしの方が飯炊《めした》きも裁縫もうまいのにと、その時だけは、貧乏な家に生れたことを恨みたくなった。それが、婚礼衣裳を隠してしまった原因だと、おひさは思う。

今でもこの世では不運と諦めているし、その時もそう思っていたせいか、晃之助への思いに身を焦《こ》がして、夜毎《よごと》の枕《まくら》を涙で濡《ぬ》らすこともなかった。森口家の門前に佇《たたず》んで、晃之助の帰りを待つようなこともしなかった。

皐月の婚礼衣裳を隠してしまったのは、ただのやきもちではなかったような気がすると、おひさは時折、苦い気持で思い出すのである。

去年の秋から、おひさは、神田三河町の縄暖簾《なわのれん》、小萩屋《こはぎや》で働いている。嫁《ゆ》き遅《おく》れと陰口をきかれる二十一歳を、十八と偽って雇ってもらったのだが、それと気づいているらしい主人夫婦は何も言わないし、泥酔してくだをまくような客もいなかった。「おひさちゃん、幾つになった」と尋ねられて、十九と言わねばならぬところを、二十二と答えてしまいそうになる心配をのぞけば、居心地のよいところだった。

昼に食べるにぎりめしを祖母につくってやり、隣りへ「よろしく」と声をかけてから小萩屋へ出てくると、亭主夫婦が二階から降りてきたところだった。

女房のおすえは、手に香《こう》の物《もの》の小鉢を持っている。仕込や掃除の仕事をはじめる前に、おひさをまじえて入れ込みの座敷に腰をおろし、ありあわせの茶うけで茶を飲むのが、しきたりのようになっていた。

この時に、亭主の徳兵衛は、神田明神は来年が大祭だが、だらだら祭りの芝神明宮《しばしんめいぐう》は、もう境内に見世物小屋がつくられているなどと、客の話の受け売りをする。おすえが遮らなければ、徳兵衛の話はいつまでもつづいた。その日も「さ、仕事」とおすえが言って、それを合図におひさは表へ飛び出して行った。

表障子の腰板は、昨夜少し降った雨に汚れている。かたくしぼった雑巾《ぞうきん》で汚れを落としていると、「おはよう」という声がした。乾物屋の善助だった。

「ずいぶん涼しくなったねえ」

と、善助は言う。

おひさは、曖昧《あいまい》な笑みを浮かべてうなずいた。善助の女房、おきよが、どこかで見ているような気がしたからだった。

おきよは、善助とおひさの仲を疑っている。町内のちょっときれいな女と善助との間柄を疑うのは、おきよの病気のようなもので、放っておけと徳兵衛は言うのだが、乾物屋の前を通るたび、おきよにねめつけられるのは迷惑だった。

が、善助は、「お祖母《ばあ》ちゃん、元気かえ」と話しかけてきた。

小柄だが、垢抜《あかぬ》けのしたいい男で、一人娘だったおきよが、両親に泣いて頼んで聟《むこ》に迎えてもらったのだという。以前にも、煙草屋《たばこや》の娘が善助に惚《ほ》れていると騒ぎたて、煙草屋の夫婦と大喧嘩《おおげんか》になったことがあるそうだ。

「お蔭《かげ》様で」

と、おひさは微笑した。おひさにとって、祖母のことを案じてくれる人は、それだけでよい人だった。

「夏風邪が抜けないって言ってたから、どうしたかなと思ってたんだ」

「有難うございます。風邪は大分前に癒《なお》ったんだけど、今度は足をひねっちまって——。そういえば、善助さんとは、ずいぶん会っていなかったんですね」

「同じ町内なのになあ」

誰に聞かれても困ることのない話であった。が、疑われているとわかっていながら立話をして、声を上げて笑ったりしたのは迂闊《うかつ》というものだった。乾物屋の看板の陰から女が飛び出してきたと思った瞬間に、おひさは突き飛ばされていたのである。

「いつまでも何をしているんですよ。みっともないじゃありませんか」

おきよは、用水桶《おけ》で身を支えたおひさには見向きもせず、善助の前に立って言った。

「朝のうちから、ひそひそ話しあったり、くすくす笑ったり。ご近所の目ってものも考えておくんなさいよ」

「ばかなことを言うな」

善助は呆《あき》れたように横を向いて、おひさに目で挨拶《あいさつ》をした。勘弁しておくれと目で言って、おきよを店へ連れて帰ろうと思ったのだろう。その目の動きが、おきよの癇《かん》に障《さわ》ったようだった。

「何ですよ、今のは。わたしに店番をさせておいて、あとでゆっくり話のつづきをしようってんですか」

「うちのお祖母ちゃんの加減はどうだって、心配をしておくんなすっただけなんですよ、善助さんは」

宥《なだ》めるつもりの言葉が、嫉妬《しっと》の炎に油をそそいだようだった。

「お祖母ちゃんですって？　そうやって、二言《ふたこと》めにはお祖母さんの話をして、うちの人の気を惹《ひ》こうとしてなすったたんですね」

おきよの言っていることの意味が、よくわからなかった。

「ついこの間のことですよ。うちの人が、お店のお金を持って出て行ったから……」

「よせ、みっともない」

「いいえ、言わせてもらいます。あんなに口惜《くや》しかったことはないんだもの。——お金を持って出て行ったから、あとをつけて行くと……」

「よせと言ってるじゃないか」

「鰻屋《うなぎや》へ入って行って、すぐにお誂《あつら》えの蒲焼《かばやき》を持って出てきましたよ。うちの伜《せがれ》も風邪をひいて寝ていたので、わたしは、てっきり伜への土産だと思いました。ところが、うちと反対の方角へ歩いて行くじゃありませんか」

「いい加減にしないか」

善助はおきよの腕をつかみ、ひきずるようにして歩き出した。おきよは、善助の腕をふりほどいて、大声で言った。

「呼びとめたら、うちの人は何と言ったと思います? おひささんとこのお祖母ちゃんが風邪をひいて寝ているからって、そう言ったんですよ。うちの伜だって寝ているというのに」

「ごめんなさい」

聞いていられなかった。おひさは、店の中へ駆け込んだ。そういえば善助は今年の正月、祖母へ粟餅《あわもち》を持ってきて、大喜びをさせてくれたこともあったと思った。

九月九日は重陽《ちょうよう》の節句で、この日から綿入れを着る。今年は例年より暖かく、綿入れは暑いのではないかと思ったが、夜になると、開け放しの出入口から入ってくる風がつめたくなった。「季節ってなあ、よく忘れずに暖かくなったり涼しくなったりするものだね」と客達は言って、その夜は燗酒《かんざけ》と湯豆腐がよく売れた。

善助が小萩屋へきたのは、その夜のことだった。親父《おやじ》と喧嘩をしたと言って、入れ込みの座敷に酔いつぶれていた経師屋《きょうじや》の伜を起こし、暖簾をしまおうと出て行った軒下に立っていたのである。

もうお終《しま》いなんだけど——と言いかけたおひさに、善助は、唇へ指を当ててみせた。静かにという意味のようだった。

「もう帰れるんだろう？」

おひさは、黙ってうなずいた。

「話を聞いてくれないか。ほんの少しの間でいい」

おひさは、善助の視線を避けたくて店をふりかえった。善助の話が何であるか、見当はついたような気がした。

「頼むよ。一丁目の蕎麦屋《そばや》の路地で待ってるから」

誰かいるの？――という、おすえの声がした。おひさは善助にうなずいてみせて、「いいえ」と答えた。

「有難う」と囁《ささや》いて、善助は軒下を駆けて行った。後姿だけを見ると、男にしては小さくて、いたわってやりたいような気がした。おひさは、胸を両手で押えた。善助はともかく、自分にやましい気持はないと思っていたのだが、これから善助が話すかもしれないことを考えると、胸の動悸《どうき》が激しくなった。

おひさは、甘酒を飲んでゆけというおすえに礼を言って、帰り支度をした。髪を撫《な》でつけるしぐさが艶《つや》めいていたのか、おすえと徳兵衛は顔を見合わせて、待っている人がいるのかと尋ねた。「お祖母ちゃん――」と、おひさは答えて外へ出た。

一丁目の蕎麦屋は、通りを一つ横切って、米屋、瀬戸物屋、仕舞屋《しもたや》とならぶ裏通りの、その次にある。

夜廻りの拍子木の音が聞えていた。おひさは、二丁目の乾物屋のあたりに人がいないことを確かめて通りを渡り、米屋や瀬戸物屋の軒下を走って、路地へ飛び込んだ。月の光が屋根に遮られ、路地は暗い。が、「こっちだよ」という低い声が聞えて、羽目板に寄りかかっていたらしい影が動いた。

おひさは思わず手を差し出した。路地の中にいて、闇《やみ》に目の馴れている善助にはそれが見えるのか、その手をとってくれた。

拍子木の音が近づいてくる。

善助は、おひさを抱いて蹲《うずくま》った。一瞬、おひさは軀《からだ》を離そうとしたが、どこかで「善助さんならいいじゃないの」という声がした。自分の声だった。

善助が何か囁いたようだった。が、通り過ぎて行く拍子木の音で、よく聞えなかった。顔を上げると、そこに善助の顔があった。

「別れようと思っているんだ」

と、善助が言った。

「わかってくれるだろう?」

うなずこうとすると、善助が頬を押しつけてきた。

「よその町へ行かないか。お祖母ちゃんと三人で」

「お祖母ちゃんと?　お祖母ちゃんを連れて行ってもいいの?」

「当り前だろうが」

嬉《うれ》しいと言いたいのに、声が出なかった。おひさは、夢中で袖《そで》を握りしめた。が、気がついてみると、それは、おひさの肩に手をまわしている善助の袖だった。

おひさは、息を大事そうに吐いた。昨日まで、こうなるとは思っていなかった。多分、おひさが嫁ぐことを諦めていたからにちがいなかった。

おひさに言い寄ってきた男もないではない。ないではなかったが、乱暴であったり、祖母をひきとれぬ事情があったり、添えば苦労がふえそうな男ばかりだった。穏やかな人柄で、祖母を気遣ってくれると思えば、善助のように女房がいる。この世で嫁ぐのは諦めて、来世の楽しみにしようと、おひさは自分に言い聞かせていたのだった。

「わたしは、三河町へ越してきたおひささんが、お祖母ちゃんと挨拶にきた時から好きだったんだよ」

そういえば挨拶に行った時、善助は、曲がり角まで祖母の手をひいてきてくれた。

「その時がはじめてではなかったけれど、何だっておきよの聟になっちまったんだろうと思ったものさ。わたしは酒屋の次男坊で、どうせ養子に出される身だったし、相手が患《わずら》うほど恋い焦がれていると聞かされたんで、ついその気になっちまったんだが。――わたしは、おひささんのように働き者で、陽気で、お祖母ちゃんの面倒をよくみる人と所帯をもちたかったんだよ」

善助さんは酒屋の伜だったんだ。そう思った。

酒屋の倅なら暮らしに不自由はなかっただろうし、おきよが恋患いをするほどの男前なのだから、娘達に騒がれもしただろう。わたしのように貧乏で、年寄りの面倒をみなければいけない女が、好かれてもよいのだろうか。

「ここ二、三日中に話をするつもりさ。おきよが半狂乱になることはわかっている。これまでにも幾度かその話を切り出したことがあるのだが、おきよが、口から泡を吹くのではないかと思うくらい気を昂《たかぶ》らせるのでね、それきりになっていたんだよ」

生家の親父や兄貴も――と、善助は溜息《ためいき》をついた。

「みっともない真似《まね》をするなと怒ることもわかっている。うちの身内はみんな、世間《せけん》態《てい》ばかり気にするのさ。が、わたしはもう、おきよの顔を見るのもいやなんだよ」

おひさは、善助の腕の中でうなずいた。煙草を買いに行くだけで、その店の娘との仲を疑われるのでは、たまったものではないだろうと、善助が気の毒になった。

「おそらく親父や兄貴には、恥さらしな奴《やつ》とか、葦田屋《あしだや》……これがうちの屋号なんだが、葦田屋の暖簾に泥を塗ったとか、半日くらい説教されるだろうが、わたしは辛抱して、おきよとの縁を切ってもらうつもりだよ」

「切れますかえ」

「切らなくってどうする。おひささんを迎えにくるのは、そのあとになるが、待っていてくれるかえ」

　おひさはうなずいた。今年十九という嘘《うそ》に知らぬ顔をしてくれる小萩屋なら、もう四、五年は働かせてもらえそうだった。

「そんなに待たせやしない」

と、善助は言った。

「待たせやしないが、おきよがいやがらせをするかもしれない」

大丈夫——と、おひさは笑った。

八つの時から、子守や使い走りをしていたのである。寺子屋から帰ってくるあくたれに、持っていた風車をとられたこともあるし、足許《あしもと》へ石を投げられたこともある。小萩屋の前に働いていた縄暖簾では、ほとんどの客に、いくらで軀を売るのかと尋ねられた。

　あくたれ達の悪戯《いたずら》や、酔客の侮蔑《ぶべつ》には理由がない。おひさが、貧乏に生れついたというだけで、風車を奪っていじめたのだし、軀を売っている筈《はず》と思い込んだのだった。が、おきよのいやがらせには理由がある。善助をおひさが奪い取ったという、いやがらせをしても仕方のないわけがあるのだ。子供の時に味わった口惜しさや、これまでに幾度も泣かされた情けなさにくらべれば、我が身にも非があるだけに辛抱できそうだった。

「待ってます、小萩屋で」

「一年——、遅くとも一年半後には、迎えにくる」

と言って、善助はおひさの手を探った。小指をからませて、指きりをしたのだった。

「善助さん、好き——」

善助の腕の中で、夜を明かしたいとさえ思うようになったおひさの背を叩《たた》き、善助はそっと立ち上がった。

「まもなく、わたしはいなくなるからね」

言葉通り、善助は、十日ほどのちに姿を消した。おきよは毎日のように小萩屋へきて、お前のせいだと泣きわめいた。

善助の兄がおひさをたずねてきたのは、これでは商売に差し支えると、おきよのいやがらせに小萩屋の夫婦がいやな顔をしはじめた時だった。

あれから、ちょうど二年がたつ。

善助の兄がたずねてきた一月《ひとつき》後、おひさは、善助と所帯をもった。住まいは、江戸橋に近い青物町《あおものちょう》の仕舞屋だった。善助と祖母との暮らしを支えているのも、おひさだった。今は、北紺屋町《きたこんやちょう》の裏長屋にいる。霊岸島《れいがんじま》の酒問屋、山口屋の、通いの女中として働いているのである。善助は、おひさの祖母の面倒をみながら、質屋の帳付でもよいと、懸命に仕事を探している最中だった。所帯をもった時、生家からもらった金に高利で借りた金を足して、酒屋を開いたのだが、ものの見事に失敗してしまったのだ。

おきよとは、結局、金で話がついたようだった。三河町界隈《かいわい》での評判を聞いた父親がまず、離縁したくなるのもむりはないと苦笑して、兄も、ようやくうなずいてくれたのだという。が、おきよは、子供を育てるための金が欲しいと言い出した。途方もない金額だったそうだ。

父親は、黙ってその金を払ってくれた。おひさに会って、あの女なら――と、多少のもとでも出してくれた。

その上での失敗だった。善助は身一つで乾物屋を飛び出していて、一文の金も持っていなかった。店を閉めたあとには、高利貸からの借金だけが残った。

善助の父は、これ以上の手助けはできないと言ったらしい。もとでさえ返すつもりでいた善助にも、父や兄に泣きつくつもりはなく、夫婦二人が働いて、しばらくの間は利息だけでも返済してゆこうと決めたのだった。

「それにしても」

と、おひさは、落葉を掃き集めながら思った。

自分に、貧乏神がついているのだろうか。親が貧乏だったのだと思っていたのだが、おひさが貧乏神にとりつかれていたからこそ、貧乏な家に生れたのではあるまいか。

とすれば、人柄は穏やかで目鼻立ちも整っていて、いやな顔もせず祖母の面倒をみてくれる善助のような男にめぐり会えたのは、貧乏神が、幸運というものを見せびらかしただけにすぎないのかもしれない。貧乏神は、幸せに酔っているおひさを嘲笑《あざわら》いながら、その幸運をさっさと取り上げたにちがいなかった。

「きれいねえ」

という声がした。山口屋の内儀《おかみ》のおえんだった。たすきをかけながら縁側へ出てきたのをみると、夕飯の支度にとりかかるところだったのだろう。

「ねえ、ご覧なさいな。空も楓《かえで》もきれいでしょう? 陽《ひ》が沈みかけた頃って、一時《いっとき》、空が金色に明るくなるけれど、その色が、楓にもうつるんですよ」

世の中には、福の神に守られているような人もいるのだと思った。

山口屋の主人は、楓が好きだという。が、内儀のおえんは、「ほんとうは、わたしの方が好きなの」と笑っていた。小僧の着物の綻《ほころ》びをつくろう針箱を縁側へ持ち出して、髪の油を針につけながら庭を眺めていることもあったし、焼魚の上に散らす落葉を拾って、「いただきましたよ」と楓に話しかけてゆくこともあった。

「不思議なんですよ」

と、おえんはおひさに言った。

「今は、楓の色が明るく見えるでしょう？　それがね、秋が深まるにつれて、何か侘《わび》しげな色に見えてくるの。同じ赤い色なのに」

その頃まではぜひ、山口屋で働いておいでなさいなと言って、おえんは台所へ入って行った。

おひさを山口屋へ紹介してくれたのは、善助の実家の葦田屋だが、ほんの短い間でよいから働かせてやってくれと頼んだらしい。おえんは、それを真にうけているのである。

おひさは、やめてくれと言われぬかぎり、いつまでも働いているつもりだった。帰る時には台所の残りものを包んでくれるし、時には卵や米までくれることがある。給金もわるくなかったし、楓の色が変わって、侘しげな秋寂《あきさ》びの興趣を味わっても、やめるつもりはなかった。

いつまでも居坐《いすわ》っているおひさを、山口屋の主人もおえんも、妙だと思うだろう。が、やめてくれとは言わぬと思う。番頭がしぶい顔をして見せても、葦田屋さんからの紹介だし、よく働いてくれるのだからいいじゃないかと、鷹揚《おうよう》に答えてくれる筈であった。

もらいものを目当てに居坐ろうと考えているおひさと、一人ぐらいよけいに雇っていてもよいと答えるおえんと、その差は天と地ほどもある。そしてその差は、善助が商売に失敗した時についたのではなく、おひさが貧乏神を背負って生れてきた時からついていたにちがいなかった。

風が吹いて、箒《ほうき》の目がついている庭へ、また赤い葉が落ちてきた。風情《ふぜい》があるから、そのままにしておいてくれとおえんは言うのだが、おひさは、容赦なくちりとりへ掃き寄せた。

台所から、おひさを呼ぶおえんの声が聞えてきた。おえんは、庭掃除が終ったなら、こっちへおいでなさいなと言っている。先刻、出入りの八百屋が里芋を届けにきていたので、わけてくれるつもりなのかもしれなかった。

里芋は、祖母の好物だった。煮っころがしをつくってやれば、ご飯もいらないと言って喜ぶだろう。ただ、おひさは善助と所帯をもった時、芋を人からもらって煮てやるようになるとは思わなかった。

善助の出した店が繁昌《はんじょう》していれば、芋は買えた。庭の隅に、小さな楓の木の一本くらいは植えられたかもしれないのである。

おそらく、善助もそう思っていた。その夢をこわし、善助に借金を背負わせて、祖母の面倒をみさせ、さらに仕事を探すかたわら蕎麦《そば》屋の出前持をさせているのは、おひさだった。おひさの背にいる貧乏神だった。

貧乏神にとりつかれたのは諦《あきら》める。諦めるが、なぜ、おひさが貧乏神にとりつかれなければならなかったのだろう。なぜ、おえんが福の神に守られていて、貧乏神にとりつかれなかったのだろう。貧乏神を背負って生れたのは、おひさが望んだことではない。おひさだって、福の神に守られて生れたかったのだ。

足許へ、また楓の葉が落ちてきた。

「おひささん、何していなさるの」と言うおえんの声が聞えてくる。

「楓の葉が落ちてきたってかまわないんですよ。どうせ、明日の朝になれば、緋毛氈《ひもうせん》を敷いたようになるんですもの。それより早く帰っておあげなさいな」

そういう鷹揚な言葉を言ってみたかった。

おひさはふと、かつてのあやまちを思い出した。

吟味与力の娘の婚礼衣裳《いしょう》を隠してしまったのは、貧乏神を背負わされていることに腹が立ったからではなかったか。吟味与力の娘、皐月も、一度は定町廻り同心の娘と祝言《しゅうげん》がきまった森口晃之助を、自分の腕の中へ取り戻したという。福の神がついていなければ、できることではない。

「この世に生れる時、あの子には貧乏神をあの子には福の神を背負わせるって、いったい誰がきめるの」

わかりはしない。

「文句の持って行きどころがないってこと？」

おひささん、いないの？――

おえんはまだ、おひさを呼んでいる。

「もっとも、文句を持って行ったって、どうなるわけでもないかもしれないし」

しょうがないじゃないかと、善助は笑っている。貧乏神も、おひさに惚《ほ》れているんだろう、根気よくつきあっておやりよ。

善助のその言葉を聞いて、祖母は涙をこぼした。おひさが前世でよいことをしているからこそ、こんなよい人にめぐり会えたので、文句を言っては罰が当るとも言った。文句は言わない。言わないが、善助を思えばせつない。善助は、おひさとさえ一緒にならなければ、乾物屋の亭主でいられたのである。おきよは嫉妬《しっと》深い女だが、貧乏神にとりつかれてはいなかった。おきよと夫婦でいるかぎり、善助は、女房の祖母の面倒をみながら仕事を探し、その合間に蕎麦屋の出前持をして稼ぐという、情けない思いはせずにすんだのだった。

おえんが箪笥《たんす》の引出を開けて、また探しものをしていた。

裁縫は達者だし、煮物もうまいのだが、おえんは、片付けという仕事を覚えぬうちに生れてしまったらしい。

金の入った手提袋《てさげぶくろ》を違《ちが》い棚《だな》の上に置き、置いたことを忘れてしまうなどは日常茶飯事だったし、思いたって居間を片付けると、亭主の煙草《たばこ》入れがどこへいったか、姪《めい》に人形の着物を縫ってやる筈の小布《こぎれ》をどこへしまったか、まるでわからなくなってしまうのだった。

「何を探していなさるんですか」

と、おひさは庭から声をかけた。

「足袋」

おえんは、首をすくめて答えた。

「昨日洗ったのが見つからないの。確か、ここにしまったと思うんだけど」

おえんは素足だった。芋を煮ようとして醬油《しょうゆ》をたらしてしまい、洗い桶《おけ》につけてきたのだという。

「新しいのはあるのだけど。昨日も、新しいのをおろしたばっかりなの。まったく、どうしてこう探しものって見つからないのかしら。そのくせ、とんでもない時に、探した筈のところから見つかるの」

話している間に、おえんの足許には襦袢《じゅばん》や腰紐《こしひも》の山が築かれてゆく。おひさは、見かねて縁側に近づいた。

「あの、よろしいですか、お部屋に上がっても」

「どうぞ。一緒に探して下さるの？」

おえんは、人なつこい笑みを浮かべて答えた。

おひさは、高箒を戸袋にたてかけた。庭土を浴びているかもしれない足を手拭《てぬぐ》いで拭《ふ》いて、縁側に上がる。軽く頭を下げて座敷に入ると、おえんは、その場所をおひさにゆずって、隣りの簞笥の前へ行った。桐の簞笥が二棹《さお》もあるのだった。

おひさは、簞笥から目をそらせた。軀《からだ》は一つではないか。二棹の簞笥に入っている着物の中には、むなしく出番を待っているものもあるだろう。

「ほんとにどこへ隠れてしまうのかしら」

おひさは、おえんがひきずり出した襦袢を黙ってたたみ、腰紐をくって引出におさめた。襦袢も、洗い替えがあれば沢山ではないかと思った。

襦袢を入れた引出を閉め、次の引出を開ける。目がくらむのではないかと思った。おひさにも一目で高価とわかる着物が、無雑作に重ねられていたのだった。

おひさは、おえんから畳紙《たとう》を借り、畳にひろげて、引出から出した着物をその上にのせた。春から夏にかけての着物が入っているのだとおえんは言ったが、まだ袖《そで》を通していないらしいものもあった。

「あら――」

と、隣りでおえんが言っている。

「鬼女の面の帯は、どこへいってしまったのかしら。紅葉の着物と一緒にしておいた筈なのに」

足袋どころではなくなったようだった。おえんは、おひさにその帯を探してくれと言った。

おひさは、引出ごとに着物や帯を出してはしまい、二棹めの簞笥もおえんにかわって探してやったが、鬼女の面の縫取があるという帯は見つからなかった。

「古い着物の葛籠《つづら》へ、間違えて入れてしまったのかしら」

このほかにまだ、着物があるらしい。おひさは、葛籠のありかを教えてくれれば探すと言った。

「それじゃ明日、探してみて下さいな。ええと三日後、……いいえ、四日後に上方からお客様がみえるので。その時に締《し》めたいの」

足袋も、風呂敷《ふろしき》の入っている小引出の中にあった。おえんは、「ほんとに探し下手ねえ」と言いながら、おひさに背を向けて足袋をはいた。

おひさの手が、ひとりでに動いた。小引出の中から風呂敷を一枚引き抜いて、袂《たもと》へ放り込んだのだった。

足袋をはいたおえんが立ち上がった。

小引出は開いたままになっていて、しかも、きちんとたたんで入れた筈《はず》の風呂敷が乱れていた。

が、おえんは何も気がつかずに小引出を閉め、店へ出て行った。まもなく、根岸の寮の留守番を頼んでいるという、もと定町廻り同心がくるようだった。

翌日、おえんは、おひさに手伝わせて納戸《なんど》の葛籠を縁側へはこび、まかせっ放しにしてすまないと言いながら、妹の嫁ぎ先へ出かけて行った。妹の娘、おえんには姪に当る子供が熱を出したと聞いて、ようすを見に行ったのだった。

葛籠の中には、おえんが嫁いできた頃のものと思われる着物や帯が入っていた。見当らないと言っていた鬼女の面の帯も、蝶《ちょう》をあしらった派手な着物と帯の間にあった。似合いそうなものがあれば差し上げると言っておえんは出かけたが、自分の着物は欲しいと思わなかった。おひさは、鬼女の面の帯を出して蓋《ふた》をしめた。が、簞笥の戸棚の中にあった手拭いと懐紙は、それぞれ一つずつ抜き取って懐《ふところ》へ入れた。

昨日、袂へ入れて持ち帰った風呂敷は、山口屋の内儀にもらったと言って祖母に渡した。紅葉した楓の明るさや侘しさを、感じている暇もなく働いていたにちがいない祖母は、風呂敷の柄を「きれいだねえ」と言って喜んだ。

手拭いと懐紙は、善助に渡すつもりだった。善助の懐には今、煮しめたような手拭いが入っている。懐紙は持っていなかった。蕎麦屋の出前持をしている時は、汚れのしみついた手拭いで汗を拭いてもよいが、帳付をさせてくれと頼んでいる質屋で働けるようになった時は、懐紙で額の汗をおさえた方がよい。

おえんは、手拭いと懐紙がなくなったことにも、まるで気づかぬようだった。紅葉の着物に鬼女の面の帯を締めて上方からの客を迎え、「お蔭《かげ》で褒《ほ》められた」とおひさに礼を言い、お祖母《ばあ》さんに食べさせてやってくれと栗《くり》をくれた。

台所の仕事も手伝うようになったおひさは、おえんや女中の目を盗んで、塩や味噌《みそ》を小さな壺《つぼ》に詰めて持ち帰った。おえんが米をくれぬ時は、持参の布袋に黙って三人分の米を入れることもあった。

百文の米代が、借金返済にまわせるのは大きかった。おひさは夢中で米を盗み、塩や味噌や、はては茶の葉や歯磨粉にまで手を出した。善助も祖母も、おえんにもらったというおひさの嘘《うそ》を、まったく疑わなかった。

九月の末、善助は、質屋で働くことがきまったと言った。山口屋の楓が、秋寂びという言葉を思い出させるように、赤く暗い葉をしきりに庭へ落とすようになった頃だった。

暇をとろうと、おひさは思った。質屋へ出かける善助を見送り、夕飯の支度をして善助の帰りを待つという、夢にまで見た暮らしがしてみたかった。

だが、暇をとれば、当然のことながらおひさが得ていた収入はなくなってしまう。善助にはこざっぱりとした身なりをさせてやりたいが、借金をすべて返してしまわぬうちは、古着すら買う余裕はない。

おひさは、主人夫婦の居間へ入った。

入れば、すぐに箪笥がある。

ためらわずに箪笥の引出を開けた。主人の着物は、おえんのそれほど数は多くなかったが、粋《いき》で高価なものが揃《そろ》っていた。

おひさは、足袋を探した時に目をつけておいた結城紬《ゆうきつむぎ》を取り出した。主人も気に入っていたのだろう、幾度も着て、洗い張りをし、縫い直しをしたようだが、今は引出の一番下に入っている。着古したものだからと、粗末にあつかわれているにちがいなかった。

仕立ておろしの結城紬があるのだものと、おひさは思った。古い結城紬は、おひさがもらってもかまうまい。引出の底にしまわれているより、善助に着てもらった方が、紬だって嬉《うれ》しいにちがいない。

おひさは、その着物を風呂敷で包もうとした。それを着た善助の姿ばかりが脳裡《のうり》にあって、唐紙を開けた人の姿は目に入らなかった。

「おひささん、お前……」

その場に蹲《うずくま》ったのは、おえんの方だった。

晃之助が奉行所から帰ってくると、山口屋の手代が門前に立っていた。大至急きてもらいたいことができたので、奉行所まで迎えに行こうかと考えていたところだという。

が、手代と一緒に山口屋へ駆けつけると、意外そうな顔をされた。番頭の文五郎は、慶次郎を頭において森口様を呼んでこいと言いつけたらしい。手代は晃之助だと思い込んで、八丁堀へ駆けてきたようだった。

話を詳しく聞いてみると、慶次郎を呼びに行けと言った文五郎の気持がよくわかった。確かにこういう出来事は、慶次郎の方がむいている。そう思いながら、晃之助は、座敷の隅に坐《すわ》っている二人の女を見た。

泣いている方が、内儀のおえんだった。「わけを話してくれれば差し上げたのに」と言って、しきりに袖で涙を拭っている。あれがおひさだと文五郎が教えてくれた女は、わずかにうなだれて身じろぎもしない。かなりの数を盗んでいるが、値の張るものは一つもないと文五郎は言った。どこかで見かけたような気もするのだが、どこで出会ったのかは思い出せなかった。

「いいご亭主がいるそうじゃないか」

と、晃之助は言った。

「盗んだものを着せたら、そのご亭主が泣くぜ」

山口屋は、商人の常で、店から縄つきの者が出ることを望んでいない。文五郎は、晃之助を物陰へ呼んで、不心得をさとしてくれるだけでいいと言っていた。

が、おひさは顔を上げると、かすれた声で言った。

「亭主は何も知りません。山口屋さんは、ほんとうに親切だと喜んでいます」

「それが、女房の盗みだったとわかった時を考えてみねえな」

おひさは、しばらくの間口を閉じていたが、思いがけないことを言い出した。

「旦那《だんな》も覚えておいでてでございましょう。旦那が奥様と祝言《しゅうげん》をおあげなさるという時に、そのお着物がなくなるという騒ぎがあったじゃございませんか」

そうか――と、晃之助はうなずいた。神山左門の屋敷をたずねた時に、おひさに会ったのだった。左門も皐月も、看病してもらっていた皐月の母も、素直で気のきく娘だと褒めていた。それがなぜ、婚礼衣裳を隠すような真似《まね》をしたのだろうと、のちのちまで首をかしげていたものだ。

「あの時はなぜそんなことをしたのか、自分でもわからなかったんです。でも、わたしは貧乏神を背負って生れてきたんだと、だんだんにわかってきたんです」

おひさが晃之助を見た。強い日の光だった。

「わたし一人のことなら、貧乏神にとりつかれているのはこの世だけのことだと諦《あきら》めます。来世は、旦那の奥様より幸せになれるかもしれないのに、祝言のお着物を隠すなんて、ほんとうにわるいことをしたと、あやまる気持にもなれます」

あの時は申訳ないことをいたしましたと、おひさは両手をついた。

「でも、亭主にまで貧乏神が手を出すとなると……」

おひさの言葉がとぎれた。晃之助を見つめていた目がふいに閉じられて、瞼《まぶた》の下から大粒の涙がこぼれてきた。

「わたしは、いても立ってもいられないじゃありませんか」

「だから盗みをしていいとは言えねえぜ」

「わたし——」

と、おひさは言った。

「奥様のお着物を隠した時は、奥様が背負って生れなすった福の神にいやがらせをしたんです。でも、今度は、いやがらせなんざできやしません。福の神を背負ってなさるこちらのおかみさんの幸せを、盗み取ってゆかないと、亭主までうだつが上がらなくなっちまうかもしれないんです。こざっぱりしたものを着せてやって、きれいな手拭いを持たせて、鼻緒のゆるんでいない草履をはかせてやらなければ、質屋だって雇ってくれなかったかもしれないじゃありませんか」

「だから、福の神に嫌われるんだよ」

と言ったものの、晃之助は言葉に詰まった。ここがおひさをさとすところだ――とはわかるのだが、もっともらしい言葉は、いくら頭の中を探しても見つからない。どんなことを言ってくれるのだろうと、おひさより熱心に見つめている文五郎やおえんの視線がむずがゆくなって、晃之助はこめかみを指先でこすった。

「福の神がお前んとこへ行きたいと思っても、幸せなんざどこかから盗んでくるからいいとお前《めえ》がむずかしい顔をしていたら、そりゃ二の足を踏むわな。機嫌よく福の神にきてもらえるように……」

言っているうちに冷汗が出てきた。これでは子供の言う科白《せりふ》だと思った。慶次郎と晃之助を間違えて呼びにきた手代が、今更ながら恨めしくなったが、文五郎もおえんも、そしておひさも真剣な顔で聞いている。それに力を得て、晃之助は、「ま、何事も望みを捨てないことだ」と言った。

待てば海路の日和《ひより》、棚から牡丹餅《ぼたもち》などという諺《ことわざ》もある。

福の神もそのあたりに蹲っているかもしれぬと言おうとして、ふと目をやった庭に、また赤い葉が落ちてきた。風が吹いて、晃之助もおひさも口を閉じ、文五郎もおえんも黙っている座敷に、赤い葉が吹き寄せられてゆく音が聞えてくる。人恋しくなった福の神が、そっと座敷へ上がってきたかもしれなかった。

豊国の息子

柳島妙見堂《やなぎしまみょうけんどう》の境内を出て、直次郎は、源森川《げんもりがわ》沿いに歩き出した。

四年ぶりの江戸だった。その割に、「変わった」という思いがないのは、有名な料理屋の前を過ぎてしまえば、あたりは水田と畑になるせいだろう。直次郎は今、下総《しもうさ》の八幡《やわた》に住んでいるのだが、八幡の町並も小半刻《こはんとき》と歩かぬうちにとぎれ、水田や畑がひろがりはじめる。今年の夏は、仕事の合間をみては二つになる真吉を背負って、とんぼや蟬《せみ》をとりに行ったものだ。

晩秋にはめずらしく、空に一片の雲もなかった。直次郎は、深く息を吸い込んだ。

妙見堂の境内には、父親の浮世絵師、歌川豊国《うたがわとよくに》を讃《たた》える碑が建立《こんりゅう》されている。父が使っていた絵筆を、百本ほど埋めたのだそうだ。瘞筆《えいひつ》（筆を埋める）の碑と呼ばれ、先月の八月に完成したという。

四年前、勘当されて家を飛び出した頃の直次郎ならば、碑に唾《つば》を吐きかけぬまでも、柳島村へ足を向けようとは思わなかったにちがいない。

それが、自分でも不思議なのだが、少しむずかしすぎる碑文を懸命に読み、親父《おやじ》もたいしたものだと素直に感心することができた。その上、父の死に目に会えなかったことが悔やまれて、涙までにじんできたのだった。直次郎は、自分の変わりようが嬉《うれ》しかった。

「さて」

と、直次郎は、声を出して言った。

母は、直次郎の到着を待ちかねていることだろう。勘当されてからも母は直次郎の住まいをたずねてきたし、手紙も始終書いてきた。今日は、母のいる本郷春木町《ほんごうはるきちよう》の家に泊ることになっている。

が、碑文を読むのに時間がかかり過ぎた。この時刻になったのなら寄り道をして、遅くなった言訳の種をつくってから行った方がよさそうだった。

母はおそらく、到着の遅れたわけを執拗《しつよう》に聞き出そうとする。その頭のうちには、妙見堂の境内が描かれている。正直に答えれば、たちまち不機嫌になるにきまっていた。

母は、碑が建てられることを喜んでいなかった。「国貞《くにさだ》やら国芳《くによし》やら弟子達は言うに及ばず、戯作者《げさくしや》の桜川慈悲成《さくらがわじひなり》さんや山東京伝《さんとうきようでん》さんまでが、歌川豊国の碑を建てようと言っている」と知らせてきた手紙には、「画風おのずから一家をなしとか、近世浮世絵師の冠たりとか、そんな言葉が入るらしいけれど、お前の父親は、そんなに偉い人だったのだろうか」と書かれていた。

母をひきとっている養子の二代目豊国は、人気絵師の国貞に、「豊国の名を辱《はずかし》めぬ絵を描いているつもりかえ」などといやみを言われながらも、建立についての相談があると言われれば出かけていたそうだ。が、母は、ついに一度も顔を出さなかったという。直次郎が生れてまもなく、父が一緒に暮らしはじめた女と顔を合わせるのがいやだったと書いているのだが、女と同時に、まだ豊国を許すことができないのだろう。

八丁堀には、昔、世話になった岡田晃之助がいる。森口慶次郎の養子となり、その跡を継いで、南町奉行所の定町廻《じょうまちまわ》り同心となったことは、母が知らせてきた。あの時の礼を言いに八丁堀へ寄ったと言えば、母も納得する筈《はず》だった。

直次郎はよく晴れた空を眺め、もう一度深く息を吸い込んでから足を早めた。

門のくぐり戸を開けようとした時に声をかけられた。ふりかえったが、駆け寄ってくるその男が誰であるか、すぐには思い出せなかった。

が、男は晃之助の戸惑いなど目に入らぬようすで、なつかしそうに近寄ってくる。

今月の月番は南町で、晃之助は、奉行所から帰ってきたところだった。

「おひさしゅうございます。直次郎です」

と、男はなのったが、どこの直次郎かわからない。下総の八幡から出てきたと聞いて、ようやく記憶の糸がほぐれた。

「あの時、若い彫師だった……」

「さようでございます。歌川豊国の伜《せがれ》だった直次郎でございます」

「思い出したよ」

当時の直次郎は、痩《や》せて背の高さばかりが目立つ若者だった。それが今は、胸板の厚いがっしりとした体格の男となっている。それでかつての姿に結びつかなかったのだが、よく見れば、二重瞼《ふたえまぶた》の目や、まくれあがったような口許《くちもと》に面影が残っていた。

が、直次郎は、養父の慶次郎に会いにきたにちがいなかった。あの時、定町廻り同心だったのは慶次郎だし、穏便《おんびん》なとりはからいをしてやったのも慶次郎だった。直次郎は、慶次郎が隠居をして根岸で暮らしているのを知らず、八丁堀へきたのだろう。そう思った。

親父は——と言いかけたが、直次郎はなつかしそうな顔をして、「もう五年前のことになります」と話しつづけている。

「暑い盛りでございました」

そうだった。晃之助は二十で、三千代も生きていた。婚約が整った頃で、その年の十一月には祝言《しゅうげん》をあげることになっていた。

「手前《てまえ》は十八でございましたが……」

「親父は根岸だよ」

やっと口をはさんだが、直次郎は、「存じております」と言って笑った。

「明日、八幡へ帰る前に寄らせていただきます。今日は、まず若い旦那《だんな》にあの時のお礼をと思いまして」

「礼？　俺にかえ」

「はい。有難うございました」

記憶違いをしているのではないかと思ったが、晃之助はともかく門のくぐり戸を開け、直次郎に中へ入るように言った。

声を聞きつけた皐月《さつき》が迎えに出てきたが、直次郎はいぶかしそうな顔をせず、皐月にも礼を言った。

晃之助は、居間に入って着替えをした。その間に、皐月は直次郎を客間へ案内したようだった。湯の沸いている鉄瓶をとりにきて、直次郎はこのあと、母親がひきとられている本郷春木町へ行くそうだと言う。むりに食事をすすめるのは、かえって迷惑かもしれないと、晃之助も思った。

くつろいだ姿になって客間に入ると、皐月が、甘いものの嫌いらしい直次郎に煎餅《せんべい》をすすめていた。昨日、慶次郎が買ってきたものだった。一緒に暮らしている佐七の好物で、つきあって食べているうちに好きになったのだと笑っていた。

皐月は、慶次郎が話していったことをそっくり直次郎に聞かせて下がって行った。晃之助は、湯吞《ゆの》みに手をのばして直次郎を見た。

「今は、何をしているのだえ」

「あいかわらず、板木《はんぎ》を彫っております」

「錦絵《にしきえ》の？」

「とんでもない」

直次郎は、頭と一緒に両手も振ってみせた。

「宿場の絵図やら子供が遊ぶ双六《すごろく》やら、仕事はいろいろあるんですよ。親子三人、食うには困りません」

「三人？」

「へえ」

直次郎は、てれくさそうに頭をかいた。

「覚えておいででしょうか、おみわってえ女を」

「覚えているともさ。あの時、お前さんにしがみついて泣いていたじゃねえか」

「そいつが女房でして」

「が、それからも、すったもんだがあったじゃねえか。あげく、翌《あく》る年には勘当されちまう」

「面目次第《めんもくしだい》もございませんが」

てれくささに耐えられなくなったのだろう。直次郎は茶碗《ちゃわん》を両手で持ち、顔を隠すようにして茶を飲んだ。

「実は、追いかけてまいりまして」

「情にほだされたというわけか」

「ま、そんなとこで」

茶碗を置いた直次郎は、懐《ふところ》から手拭《てぬぐ》いを出して汗を拭った。痩せていた頃の直次郎が、なぜかその姿に重なって見えた。

「親父さんの豊国から、絵師になれと言われたが首を横に振って、彫師になったと聞いたが」

「その通りでございます」

「おみわさんは、絵師になっていれば国貞にも国芳にも負けなかったのに——と言っていたぜ」

「とんでもない」

直次郎は、ゆっくりとかぶりを振った。

「親父は浮世絵の名人でも、母親は普通の人間でございます。母親の血をひけば、普通の人間に育ちます。名人の伜が、名人になるとはかぎりません」

「親父が名人で、お前もとんだ苦労をしたな」

「いえ」

またかぶりを振ったが、直次郎もあの頃を思い出したのだろう。苦みの濃い笑みを口許に浮かべた。

当時、浮世絵師歌川豊国の人気は、すさまじいの一語につきた。草紙問屋からの注文がひきもきらず、一つをうけている間に別の草紙問屋からの催促が幾つもくるというありさまで、しまいには問屋に仕事場をつくらせたという。それも、日本橋通油町《とおりあぶらちょう》の問屋に七日いて、次が馬喰町《ばくろちょう》の問屋に五日、そのあとが芝神明町《しんめいちょう》の問屋で五日と、江戸中の問屋をまわっていたというのである。しまいには、それさえつらくなって、『浮世風呂《ぶろ》』や『浮世床』で有名な戯作者、式亭三馬《しきていさんば》と遊廓《ゆうかく》へ逃げ込んだそうだ。

ある板元《はんもと》が、ぜひとも豊国に挿絵を描いてもらおうと、従来のきまりを無視して先に潤筆《じゅんぴつ》の代金を払ったという話もある。それでも描こうとせぬので、羽二重《はぶたえ》の着物を仕立てるやら初物に酒を添えて届けるやら、こざっぱりとした家を借りて住まわせるやら、衣食住の世話をやいた上に芝居や遊廓で遊ばせて、花の季節には満開の桜の枝を樽《たる》に活《い》けるほど取り寄せたとか、皆、懸命に豊国の機嫌をとりむすんでいたらしい。

が、これでは家に帰る暇もなかっただろう。直次郎の母は、せめて顔を見せに帰ってきてくれと豊国に言ったそうだが、その気持は晃之助にもよくわかる。慶次郎が家に帰らぬ日は淋《さみ》しいと、三千代が少し恥ずかしそうな顔で訴えたことがあるのだ。

下手人を捕えるのが定町廻り同心のつとめではない、下手人をつくらぬことだというのが慶次郎の口癖だった。その言葉通り、慶次郎はしばしば、罪を犯しかねぬ者を見張ったり、ひとりぼっちの若者の家に泊り込んだりしていたようだ。それが父のつとめだとわかっていても、人を救うことに夢中で、娘のことを忘れているのではないかとひがみたくなる時もあると、三千代は言ったのである。

だが、慶次郎は子煩悩《ぼんのう》でもあった。人に罪を犯させまいとしている時は、脳裡《のうり》から三千代の面影が消えていたかもしれないが、役目を終えればやさしい父親の顔に戻って、三千代の待つ屋敷へ駆けるように戻った筈であった。

豊国は傲慢《ごうまん》な男だったという。異常とも思える人気がそうさせたのだろう。描くと約束した挿絵を途中でやめてしまったり、本の奥付《おくづけ》に自分の名を戯作者より先に書いたり、傍若無人《ぼうじゃくぶじん》な振舞いが多かったといい、よき相棒であった三馬や、柳島妙見堂にある碑の文字を書いてくれた京伝との間柄も、一時、険悪になったと聞いている。せめて顔を見せてくれという直次郎の母の願いなど、「うるせえ」と一蹴《いっしゅう》されたにちがいない。

うるせえ、俺はいそがしいんだ、人気者の女房になったのだから、それくらいは我慢しろ。

人気絵師でも、わたしにとってはただの亭主だと、直次郎の母は思ったかもしれない。あの素直でほがらかだった三千代でさえ、たった一度ではあるが、一人は淋しいと洩《も》らしたのである。直次郎の母、いや、豊国の女房は、帰ってこぬ亭主への不満を伜に訴えたのではあるまいか。訴えて、父親を見返してやれと言っていたのではないだろうか。

そんな女房が鬱陶《うっとう》しくならぬわけがない。直次郎が生れて数年後、豊国は、二十五歳も年下の女と暮らすようになった。女房には見向きもしなくなり、伜にも距離を置くようになったらしい。晃之助が出会った時の直次郎は、「俺は父《てて》なし子《ご》だ」とうそぶくような若者だった。

五歳の正月だった。直次郎は紋付の羽織に袴《はかま》をはき、桜川慈悲成に連れられて父が暮らしている家へ行った。

父は大勢の弟子がならぶ稽古場《けいこば》にいて、屠蘇《とそ》と称する酒を飲んでいた。

直次郎は、席を立ってきた父を見て、慈悲成の羽織の袖《そで》を強く握りしめたのを覚えている。近寄ってきたのが父であるとはわかっていたが、幾度も会っている人ではない。酒に酔った赤い顔がこわかったのだった。

慈悲成に脇腹《わきばら》を突つかれて直次郎は正月の挨拶《あいさつ》をし、鷹揚《おうよう》にうなずいた父は、直次郎の手をひいて居間へ入って行った。文机《ふづくえ》が置かれ、その上に美濃紙と絵筆、絵皿がならべられていた。

父は、真直《まっす》ぐな線と大きくうねった線、それに丸を描いてみせた。直次郎に同じものを描けと言い、緊張しきっていた直次郎がぎごちなく線や丸を描くと、その紙を持ち上げて見て、「まあ、いいだろう」と言った。直線と曲線、それに円形は、歌川派に入門した者が、最初に習わせられる図形であった。

慈悲成は、豊国の「いいだろう」という言葉を聞いて、「祝い酒だ」とほっとしたように言った。これで、豊国への入門がきまったというのである。

直次郎は、慈悲成に手をひかれて稽古場へ戻ったが、その時、慈悲成の杯《さかずき》と直次郎への雑煮《ぞうに》をはこんできたのが、弟子達から上槇町《かみまきちょう》のおかみさんと呼ばれている若い女だった。

直次郎は、目を見張って女を見た。はじめて会う人であったし、しかも、みごもっていたのである。慈悲成は、今のままでは直次郎の方が日陰の身になってしまうと心配し、上槇町の女に子供が生れぬ前に直次郎を豊国の後継者にきめてしまおうと、急遽《きゆうきよ》、弟子入りをさせたのだった。

この時、女の身にやどっていたのが、のちに一鳥斎国花女《いつちようさいくにかめ》となる娘であった。直次郎は十歳から上槇町へ通いはじめ、国花女と遊んだりもした。が、十歳となった国花女が、父について稽古をはじめた頃からすべてが狂いはじめた。直次郎は十四歳になっていたが、まだ人物を描くことすら許されていなかったのである。

豊国に弟子入りした者はほとんど、四、五年で『国』の字をあたえられる。国貞、国芳などとなのって板元から仕事もくるようになるのだが、直次郎は、彩色の段階で足踏みをしていたのだった。それにひきかえ国花女は、線描から彩色、彩色から人物像へと順調にすすんでいた。豊国は娘の成長に目を細め、弟子達は国花女のまわりに集まるようになった。

「お前が豊国の伜なのに」

と、母は歯ぎしりをして口惜《くや》しがった。

「お父《とつ》つぁんが依怙《えこ》贔屓《ひいき》をしているんだよ。そうさ、それにちがいない、お前が帰ったあとで国花女に手取り足取りして教えているんだよ。でなければ、あんな娘がお前より早く上達するものか」

母の目には、直次郎にも画才があると映っていたのかもしれない。母にはそう見えても、慈悲成はじめ、三馬も京伝も、なぜ直次郎の引く線には生気がなく、彩色も野暮ったいのだろうと、ひそかに首をかしげていたようだった。

「直ちゃんにこそ、豊国の血が流れていていい筈《はず》なのだがな」

慈悲成達がそう言っていると直次郎に教えてくれた弟子は、彼等が直次郎の味方であると言いたかったようだ。それがわからないではなかったが、知るものか——と、直次郎は思った。

俺は、わけもわからぬうちに豊国の弟子にされ、描け描けと言われるから描きたくもない線を引き、絵の具を塗りたくっていただけだ。下手で文句があるなら、たった今、やめてやらあ。

直次郎は、翌日から上槙町へ行かなくなった。父は、直次郎の画才に見切りをつけていたのだろう。どうしたのだとも、根気よく通えとも言ってこなかった。

母の愚痴をこぼす時間が長くなった。二代目豊国の名は必ず直次郎に継がせると約束したのに――からはじまって、直次郎をみごもった時も、つわりに悩まされていると知っていながらようすを見にきてもくれなかったこと、潤筆料を小遣いにされてしまうので、米を買う金にも不自由したことなどを涙ながらに繰返し、恨んで、仕事をこなしきれずに逃げまわっていた時の板元への言訳はいったい誰がしたのだとなじって、ようやく終りになるのだった。

聞いていられるか、そんなこと。好きで一緒になったのは、手前達《てめえ》だろう。俺は、生んでくれと頼んじゃいねえ。

直次郎は、母のいる家へも寄りつかなくなった。寺院や神社の縁の下で寝ていたこともあれば、夜鷹蕎麦《よたかそば》売りの年寄りに相手をしてもらって夜を明かしたこともある。わるい仲間ができるのも当然だった。すぐに、直次郎は中間部屋《ちゅうげんべや》の賭場《とば》へ出入りするようになった。岡場所へ足を踏み入れるようになったのも、その頃だった。

が、いっぱしの遊び人のような顔をしていても、十五か十六の若者だった。賭場では鴨《かも》が葱《ねぎ》を背負《しょ》ってきたとばかりにあしらわれるし、岡場所の女の手管《てくだ》には簡単に騙《だま》された。母の財布から、幾度金をくすねたことか。それで間に合うわけがなく、直次郎は、賭場に借金をつくった。

催促はきびしかった。きびしかったが、返せるあてなどあるわけがなかった。母に泣きつきたくはなかったし、最初の博奕《ばくち》で勝たせてもらった時に、いい気持になって着物をつくってやった深川新地《しんち》の女から、それを取り返してくるわけにもゆかなかった。

そんな時に、芝三島町の地本問屋、和泉屋の番頭に出会ったのである。高利貸から借りる決心をしたものの、さすがにその家へ入りかね、向いの煙草屋《たばこや》の前に立って、ぼんやりと人通りを眺めていた直次郎に、番頭が「上槙町の倅《せがれ》さんじゃありませんか」と声をかけてくれたのだった。

番頭は、直次郎が画工《えかき》という仕事に背を向けたことを知っていた筈だった。が、豊国が父親らしく、直次郎の素行を嘆いてみせたことがあったのかもしれない。番頭は、「お顔の色がわるいようですが、どうかなさいましたかえ」と、心配そうに眉根《まゆね》を寄せた。手を焼いている倅の相談にのってくれたと知ったならば、豊国も感激して、他なかった。

の仕事はあとまわしにしても、和泉屋の錦絵にとりかかってくれると思ったにちがいなかった。

渡りに舟とはこのことだった。直次郎は、財布を落として困っているのだと答えた。

そこで番頭は、向いが高利貸の家であることに気がついたらしい。が、遅かった。

直次郎は、番頭に両手を合わせた。

「この通り、頼みます。あとで親父《おやじ》に返してもらいますから」

番頭は、懐から財布を出して、直次郎の言いなりに一分金を四つ、出してくれた。一両だった。豊国に向い、直次郎へ二両貸したなどという嘘《うそ》はつかぬだろうが、途方に暮れていて自害もしかねないように見えたぐらいのことは言うだろう。直次郎の知ったことではなかった。直次郎は二分を賭場へ返し、一分で深川へ遊びに行って、残りの一分を翌日の賭場で遣いはたした。

懐はふたたび空になったが、歌川豊国の名さえ出せば、板元が金を出してくれるとわかった。直次郎は、次々に地本問屋を訪れて、財布を掏《す》られたとか、父に頼まれた買い物の金が足りなくなったなどと嘘をついた。板元は、嘘と気づいていたにちがいなかったが、一分や二分の金は貸してくれた。

それが豊国の耳に入らぬわけがない。豊国は、直次郎の母を呼びつけて叱《しか》りつけた上、板元へ直次郎に金を貸さぬよう頼んでまわった。

豊国が貸してくれるなと言うのであれば、地本問屋に直次郎の相手をする理由はなかった。地本問屋は、直次郎が暖簾《のれん》をくぐると、小僧までが顔をそむけるようになった。

金は入らなくなったが、わるい遊びは身にしみついていた。日暮れになれば、ひとりでに足が賭場へ向うようになっていたし、深川の新地でも「歌川の直さん」で通るようになっていた。

直次郎は、娘を騙すようになった。口説いてその気にさせて、金を持ち出させるのである。

彫師の娘であったおみわも、直次郎に騙された一人であった。

ただ、おみわは、騙されたと思っていなかったようだった。直次郎が借りた金を返さずにいると、「うちで働かない？」と言い出したのである。

「遊んでいるんですもの、借金を返せるわけなんかないじゃないの。わたしは、はなっからお金は返してくれなくてもいい、そのかわり、うちで働いてって言うつもりだったの。借金を返すかわりですからね、働かなければだめ。まったく、こうでもしなけりゃ、直次郎さんは働く気になりそうもないんだもの」

彫師なんざいやだよ――と、直次郎は舌を出してみせた。

「親父は、絵師の豊国だぜ」

「それがどうかした？」

おみわは首をかしげた。

「歌川豊国と言えば泣く子も黙る絵師だけれど、でも、うちのお父つぁんのような彫師や、お隣りの小父《おじ》さんのような摺師《すりし》がいなけりゃ、錦絵《にしきえ》はできあがらないんですからね」

言われてみれば、その通りだった。簡単な下絵だけで、彫師は、女の鬢《びん》のほつれまで彫り上げる。摺師は、それを摺りつぶさぬように腕をふるう。錦絵のよしあしは、むしろ彫師と摺師の腕にかかっていると言ってもいい。豊国だ国貞だと言っても、よい彫師と摺師がついていてくれなければ、美しい錦絵は出来上がらないのである。

直次郎は、彫師という仕事に心が動いた。十六になってからの弟子入りでは少し遅いが、幼い頃から鑿《のみ》や小刀で木や竹を削り、細工をするのは好きだった。それに、同い年だというおみわの可愛《かわい》らしさに、あらためて心を惹《ひ》かれたのだった。

直次郎は、おみわの父、彫勘《ほりかん》こと勘兵衛の弟子になった。勘兵衛は仕事にきびしく、弟子の彫った板木を叩《たた》き割るようなこともしたが、普段は口数の少ない、むしろもの静かな男だった。

職人の腕前は、親方や兄弟子の仕事ぶりを見て磨くほかはない。が、勘兵衛は、直次郎が深夜の仕事場に坐《すわ》り、自分で描いた下絵を稽古用の板木に貼《は》って彫っていると、そっと起き出してきて鑿の使い方などを教えてくれた。直次郎にとって、おみわから金を借りたこととならんで、思い出すのが嬉《うれ》しい出来事であった。この二つの出来事がなかったなら、勘当された直次郎は、手に職もなく、頼る者もなくて、ずるずると悪事を働くようになっていたにちがいないのである。

やがて、直次郎は、彫りこそ自分の仕事だと思うようになった。勘兵衛も、眠る間も惜しんで仕事を覚えようとする直次郎につきあって徹夜をし、稽古用の下絵を描いてくれた。なぜ絵師にならなかったのかと思うほど、勘兵衛の下絵は巧みだった。

おみわは、直次郎が聟《むこ》になるものときめていたようだった。住み込んでいる直次郎の部屋へ幾度かしのんできて、いつの間にか直次郎もそのつもりになっていた。せまい家のことで、勘兵衛が気づいていないわけがなかったが、何も言わなかった。

職人達も、知らぬ顔をしていた。一番遅く入ってきた弟子が親方の娘と深い仲になるなど、彼等には不愉快な出来事だっただろう。が、彫勘の仕事場では、豊国の伜であることが幸いした。豊国の伜じゃあしょうがない。当人がいやだと言わないかぎり、彫勘は跡を継がせなければならないだろうと、誰もがそう思っていたらしいのである。

その豊国が仕事場に顔を見せたのは、四年前の春、職人達が仕事場にちらかる木屑《きくず》を片付けはじめた夕暮れのことだった。

「よう、元気か」

と、豊国は、ちりとりを持っていた直次郎を見つけ、仕事場の中へ入ってきた。花見帰りとみえ、肩にかついでいた満開の枝から、掃いたばかりの床へ花びらがこぼれたのを、なぜかよく覚えている。

勘兵衛は仕事の手をとめて豊国を迎え、職人達も、仕事場の掃除をほうり出して、湯呑《ゆの》みや急須《きゆうす》などが出されたままになっている茶の間を片付けはじめた。

「ここでいいよ」

と、豊国は言って、仕事場の真中に腰をおろした。離れていても、酒のにおいがした。

「どうも、不出来な伜が厄介をかけて」

「いやいや」

勘兵衛は、真顔でかぶりを振った。

「なかなか筋がよくってね。ついこの間弟子入りしたとは思えねえほど、腕を上げなすったが」


「俺の親父の血をひいちまったのかねえ」

豊国は、勘兵衛のうしろに坐った直次郎を見て溜息《ためいき》をついた。

「ご存じの通り、俺の親父は人形づくりの職人でね。絵はまったくだめだったそうだ」

「直さんの絵は、捨てたものでもねえが。――鑿は器用に使いなさるよ」

「だからさ」

と、豊国は、熟柿《じゅくし》くさい息を吐いた。

「俺の親父の血なんだよ。まったくもう」

今になってみれば、父はやはり、自分に跡を継いでもらいたかったのだろうと思う。立ち直ってくれたのは嬉しいが、なぜ絵師ではなく彫師なのだと腹立たしくもなったにちがいない。父親の住む上槙町の家には寄りつかず、彫勘の仕事場に住みついて、彫勘にかばってもらうようにそのうしろに坐っているのを見れば、妬《ねた》ましいような気持にもなっただろう。

だが、そんな気持がわかるようになったのは、自分が子供を持ってからだった。あの時の直次郎には、豊国の胸のうちを推測する余裕などありはしなかった。

「遊び呆《ほう》けたあげく、彫師になっちまいやがって」

と、豊国は執拗《しつよう》に繰返した。勘兵衛は、そのたびに苦笑いをして宥《なだ》めていた。

「そう言いなさるなよ。今に直次郎さんが、お前さんの錦絵を彫るようになるかもしれねえじゃねえか。親子でつくる錦絵ってのは、いいものだと思うけどねえ」

「わるくはねえが、錦絵にせよ、合巻本《ごうかんぼん》や読本《よみほん》にせよ、売れゆきを左右するのは絵師だ。戯作者でもなけりゃ、彫師でもねえ」

豊国は、懐《ふところ》へ手を入れて、重そうな財布をひきずり出した。

「ほらよ」

勘兵衛の膝《ひざ》の前へ、一分金が投げられた。直次郎への小遣いのつもりらしかったが、拾い上げたのは勘兵衛だった。直次郎には、勘兵衛に豊国が金を投げあたえたように見えた。

「彫師ってのは儲《もう》からねえ商売だからな」

勘兵衛は、さすがに苦笑いをした。

「親方、よろしく頼むぜ。そのかわりと言っちゃあ何だが、今度の錦絵に、お前さんの名を入れるよ」

「のぼせるな……」

そのあとのことはよく覚えていない。目の前が真っ白に光って、その光の中から、豊国が何だ、彫師のどこがわるいとわめく声が聞えていたような気がする。

その声が自分のものだったのだろう。気がついた時には、左手から血を流した豊国が壁際《かべぎわ》に立っていて、直次郎は勘兵衛に抱きとめられていた。

足許《あしもと》でおみわが泣いていた。職人達が、息をひそめて見守っていた。

誰が呼びに行ったのかわからない。若い同心が駆け込んできて、まず事情を聞こうと言った。それが、当時の岡田晃之助だった。

柳橋を渡り、浅草平右衛門町《へいえもんちょう》を歩いて行くと、陣端折《じんばしょ》りの男が手招きをしながら駆けてきた。茅町《かやちょう》二丁目の自身番屋に詰めている差配だった。定町廻り同心がくるのを、四つ辻《つじ》に立って待っていたらしい。

市中見廻りの同心は、女なら小走りになるほど足早に歩く。茅町の差配に気づいた慶次郎は、なお足早になって差配に近づいて行った。見習い同心の晃之助も、その日、慶次郎についていた天王橋の辰吉も、急いで慶次郎を追った。

お待ち申していたんですと、差配は、べそをかいているような顔で言った。町内の若者が空巣を捕えて番屋へ連れてきたものの、まだ何も盗《と》っていない者を盗人《ぬすっと》にする気かとすごまれて、もてあましていたらしい。

逃がしてしまいたいのだが、仕返しがこわいという訴えを聞いて、苦笑いをしながら番屋へ入ったところへ飛び込んできたのが、勘兵衛の仕事場で働いている若い彫師だった。

「豊国先生が斬《き》られた」

そう叫んでから、彫師の目に慶次郎と晃之助の姿が映ったらしい。歌川豊国が斬られたとなれば、瓦版《かわらばん》にものりかねない事件である。彫師はあわてて、「親子喧嘩《げんか》です」と、言い直した。

「差配さんに仲裁をしてもれえてえだけなんで」

「行ってみな」

と、慶次郎は、苦笑いの消えぬ顔で晃之助に言った。

「言うまでもねえことだが、まわりの人の話をよく聞くんだぜ」

場合によっては知らぬ顔をして戻ってこいと言ったのだった。

晃之助も、父親と言い争っていた伜《せがれ》が、つい庖丁でもふりまわしたのだろうと思った。かっとなって庖丁をふりまわし、父親に怪我《けが》を負わせてしまったことに驚いた伜が夢中で介抱をして、仲のわるかった父子の気持が通いあったという例もある。

彫勘の仕事場でも、豊国の伜だという男が鑿を握りしめたまま呆然と立っていた。事情を尋ねても、豊国は無論のこと、勘兵衛の口も職人達の口も重かった。勘兵衛の娘にいたっては、「直さんの手許が狂って鑿が先生の腕を刺しちまっただけだというのに、何だって番屋なんぞに飛んでったのさ」と、若い彫師を責めた。

定町廻りが顔を出すところではなさそうだった。

「お上《かみ》の手をわずらわせるようなことはするなよ」

と言って、晃之助は仕事場を出ようとした。

そこへ、慶次郎が辰吉を連れて入ってきた。空巣に入った男は、捕えた若者や差配を脅したことを罪にして、番屋の柱へくくりつけてきたという。

勘兵衛は、慶次郎の顔を知っていたようだった。救われたような顔で挨拶《あいさつ》をして、晃之助には話さなかったことまで打ち明けた。

「そんなこったろうと思ったよ」

と、慶次郎は笑った。

「何も聞かなかったことにしておこうよ」

「有難うございます」

勘兵衛は床に額をすりつけた。

晃之助は、勘兵衛からも慶次郎からも目をそらせた。

「それでよろしいのですか」

思いがけぬ言葉が口をついて出た。

「子が親を傷つけたのですよ。どんな事情があっても許せることではありません」

慶次郎が、意外そうな顔で晃之助を見た。

「生意気を申し上げるようですが、許すことばかりが、下手人をつくらぬことにつながるとは思えません」

「ま、そう言うな」

慶次郎は、晃之助の肩を叩いた。

「ここは俺の顔をたててくんなよ」

辰吉が、咎《とが》めるような顔をして晃之助を見つめていた。勘兵衛も豊国も、勘兵衛の弟子達も、晃之助の言葉に涙もとまってしまったらしい勘兵衛の娘も、皆、ひややかな目を向けていた。

晃之助は、一同を見廻した。胸を張っていたつもりだが、背には汗が噴き出していた。

「若かったね、俺も」

晃之助は、煎餅《せんべい》を二つに折って口へ入れた。

直次郎も、菓子鉢へ手をのばした。食べるたびに思うのだが、煎餅には、昔の味がしみついているような気がする。煎餅を嚙《か》むと、祖父や祖母や、年老いた母や、五十七で逝《い》った父を思い出すのである。

「直さんも親父《おやじ》さんが大物《おおもの》で苦労したようだが、うちの親父も、同心の中じゃあ評判のよい大物でね」

と、晃之助が言う。直次郎は、仏の慶次郎の名や顔を、悪事にはまるで縁のない勘兵衛が知っていたことを思い出した。

「のんきだと人には言われるが、苦労がなかったわけじゃない」

晃之助の言葉が、耳から胸へと入ってきた。

「三千代に惚《ほ》れて、聟《むこ》養子に入ることをきめたものの、俺はこの人の跡を継げるだろうかと始終悩んでいた」

「そうでしょうね」

大きな声を出したつもりはないのだが、直次郎の声は、静かな屋敷によく響いた。

「ほかのお方なら褒めそやされる手柄も、仏の慶次郎の聟なら当り前、失敗でもなすった日にゃ、仏の慶次郎の聟ともあろう者がと、非難が倍になりましょう」

「その通りさ」

二人は音をたてて煎餅を嚙み、少しぬるくなった茶を飲んだ。

直次郎の母が、豊国をこえる画工になれ、国花女には決して負けるなと躍起《やっき》になったように、晃之助の実の両親も、せめて下手人を取り逃がしたり、無実の人間を捕えるような失敗だけはしてくれるなと、毎日気を揉《も》んでいたことだろう。親の心配は手にとるようにわかる。周囲の目と、慶次郎の評判を傷つけまいとする自分の気持とで、晃之助は疲れはてたにちがいない。

「あの時――、直さんが親父さんの豊国を刺した時さ。俺は、はじめっから何にもなしにする気でいたんだよ」

直次郎は、口許をほころばせて晃之助を見た。

「でも、親父が何も聞かなかったことにしようと言ったとたん、つむじも臍《へそ》も曲がっちまった」

それは、直次郎だけにわかっていたことだった。

「親父が懸命に俺を宥めてくれたからよかったようなものの、俺の顔をたててやろうなどと考えていたら……。そう思うと、今でもぞっとするよ」

だからこそ直次郎は、最初に晃之助をたずねてきたのだった。

「親父は親父、俺は俺だと割り切れるようになったのは、ごく近頃のことさ」

「わたしなんぞは、十の年から二十三のこの年まで、十三年もかかりました」

直次郎が豊国の腕を傷つけたと、どこから洩《も》れてひろがっていったのかわからない。上槙町の女や弟子たちの脳裡《のうり》には、博奕《ばくち》に明け暮れ、岡場所の女にうつつをぬかして、豊国の名を使っては地本問屋から金を引き出していた直次郎の姿が甦《よみがえ》ったのだろう。このままにしておいてはいつか豊国の名に傷がつくと、真剣に忠告をする者が多くなったという。その声に押され、豊国は、直次郎に勘当を言い渡した。

無論、母は大反対をした。勘兵衛も、彫師になるつもりの倅にむごい仕打ちをすると言って怒った。

が、豊国は、頑として『勘当』の言葉を引っ込めなかった。豊国の名に傷がつけば迷惑を蒙《こうむ》るのは自分一人ではない、隆盛を誇っている歌川派の衰退を招くことになると、弟子や板元に言われてあとへひけなくなったようだった。

出て行ってやろうじゃねえか。

と、直次郎は言った。

そんなに豊国の名が大事なら、たった今、江戸から出て行ってやらあ。そのうちに、野垂死《のたれじに》した伜が化けて出るかもしれねえぜ。

一文も持たずに飛び出そうとした直次郎に、おみわがすがりついた。すがりついて渡してくれたのが、鼈甲《べっこう》の簪《かんざし》が欲しいと言ってためていた二朱銀と、三百十一文の銭が入った小箱だった。

二朱と三百十一文以上に重たい小箱だった。あの小箱が懐にあったからこそ、直次郎は博奕打の仲間に入らず、宿場町に入るたび、彫師の家を探したのだった。

彫師の腕があってよかった、そう思う。国花女に聟を――という話があったが、わたしが反対をした、豊国はわたしの意見をいれて、豊重を養子にしたという母からの手紙が届いても、まったく気持は揺れなかった。直次郎は、下総の八幡で、包紙に摺《す》る菓子屋の名前や双六《すごろく》を彫りつづけた。錦絵《にしきえ》の彫師達が、「町の仕事」と呼んで、一段低く見ていた仕事だったが、同じ鑿《のみ》を使う仕事であった。

「それが、三日前に親父の話が出ましてね」

と、直次郎は言った。

「江戸へ出かけた旅籠《はたご》の亭主が、国貞の錦絵を買ってきたんですよ」

直次郎が豊国の息子であることを知らない旅籠の亭主は国貞の役者絵を褒め、師匠の豊国は、名高い割に特徴というものがないと言った。

「親父の役者絵の中にゃ、あまり売れなかった写楽を真似《まね》ているようなものまでありますからね。けなされても仕方がないんですが、なぜか無性《むしょう》に腹が立ちました。豊国の絵のどこがわるい、のびのびとした線は、豊国にしか引けないんだと言ってやりましたよ」

「直さんが、か」

「手前《てめえ》でもびっくりしました。わたしが親父を褒めることがあるとは、まるで思っていませんでしたから」

これが歳月というものなのかと思う。おみわが勘兵衛の許しを得て八幡へきて、所帯をもった頃はまだ、豊国のことなど思い出したくもなかった。それが、真吉が生れ、晩酌をしている膝《ひざ》に這《は》い寄ってくるようになってから、しばしば豊国の顔が脳裡に浮かんでくるようになったのである。

歌川豊国の名に負けていたのは、豊国自身ではなかったか。豊国の名で錦絵が売れ、本が売れていたが、父は、弟子達に追い抜かれ、豊国の名が通用しなくなることにおびえていたのではなかったか。「俺は豊国だ」と言っていなければ不安だったのかもしれない父親の胸のうちを思うと、もっとそばにいてやればよかったと後悔することもあるのだ。

「わたしの仕事など威張れたものではありませんが、それでも直さんに彫ってもらってくれというものもあります。わたしの彫った双六の仕上がりがきれいだからと言って、遠くの宿場町から問屋がたずねてきたこともあります。のろけるようだが、その上にわたしを追いかけてきてくれた女房がいて、膝によじのぼってくる伜がいるんですよ」

「豊国を許す気にもなるわな」

「いえ、許すなんてとんでもない。ただ、無性に会いたくなっただけです」

晃之助が、唐紙に向って手を叩《たた》いた。居間にいたらしい皐月が、唐紙を開けて顔を出した。

「俺も父親になるんだよ、直さん。おふくろに会いに行く前に申訳ねえが、ほんの少しだけ、酒をつきあってくんな。どうしても、お前《めえ》と飲みたくなっちまった」

喜んで――と、直次郎は答えた。

母や勘兵衛に会いたいのは無論だが、慶次郎にも会いたいし、慈悲成にも会ってゆきたい。明日帰ってきてと言うおみわに、明々後日《しあさって》にはなると言ってきてよかったと思った。

風のいたずら

十一月の酉《とり》の日には、鷲明神《おおとりみょうじん》の祭礼がおこなわれる。酉《とり》の祭《まち》、或《ある》いは酉の市と呼ばれている祭礼で、福を『取り』込むという語呂合《ごろあ》わせが喜ばれるのだろう、葛西花《かさいはな》又村《またむら》や下谷《したや》田圃《たんぼ》の鷲神社には、毎年、少しばかり欲の皮の張っている善男善女が押し寄せる。

酉の市というと、森口慶次郎の脳裡《のうり》には、つめたい風の吹きすさぶ日が浮かぶ。よく晴れて暖かい日もあったと佐七は言い、その通りだろうとは思うのだが、人混みにもまれてうっすらと汗をかくような光景は、どうしても浮かんでこない。

その日も、晴れてはいるが風の強い日だった。身を切られるようだと言いたくなるつめたさで、慶次郎は参詣《さんけい》のあとの縄暖簾《なわのれん》より、居間の長火鉢の方を選びたかった。ひえきった軀《からだ》へ送り込んでやる酒の味も捨てがたいが、そうなるまでがつらい。それよりも、長火鉢の前にあぐらをかき、手を炭火にかざしながら、人肌にあたためたのを飲んでいる方がよかった。

「そんな罰当《ばちあた》りなことを言いなすって」

と、すでに綿入れの袢纏《はんてん》を着込むなど、出かける準備をととのえていた佐七は、顔をしかめて言った。

「旦那《だんな》の不精《ぶしよう》のお蔭《かげ》で、貧乏神にとりつかれたらどうするんだよ。のんびり根岸で暮らしていられるのも、鷲明神がくれなすった福のお蔭かもしれないいんだ」

それも一理ある。

「福ってえものは、風の吹きまわし一つで飛んでくることもあれば、どこかへ素っ飛んでっちまうこともあるんだよ。だから、俺達は福を取り込んで離さないように……」

「わかった。行くよ、行くよ」

が、慶次郎が腰を上げると同時に、出入口の戸が静かに開けられた。山口屋の番頭、文五郎がたずねてきたのだった。

佐七が慶次郎の顔を見た。

神無月《かんなづき》十月から師走《しわす》にかけて、商家は休む暇もないほどいそがしくなる。正月のための注文がふえてくるからだった。職人へ仕事を出した商家は、仕上がってきたものに失敗はないか、正月用の荷が着いた商家は、品物は万全であるか調べるなど、番頭は眠る暇もないにちがいなかった。新川二の橋近くの舟着場にも、毎日酒樽《さかだる》をのせた舟が着いている筈《はず》だった。

その番頭が、たずねてきたのである。鷲神社への参詣は二の酉まで延ばすほかはないだろうと、慶次郎は、不満顔の佐七に目配せをした。

「お出かけのところをお邪魔いたしましたようで」

申訳ないことをいたしましたと詫《わ》びはしたものの、常とはちがって遠慮をするようすはない。持参の酒を佐七に渡して居間へ上がってくる。慶次郎が脱いだ羽織を衣桁《いこう》にかけ、長火鉢の向う側に坐《すわ》ると、文五郎はそれを待ちかねていたように話しだした。

「実は、手前《てまえ》どもの知り合いに、妙なことが起こっているのでございます。おそでという、古手問屋《ふるてどんや》の内儀《ないぎ》なのですが」

かつて、山口屋の女中をしていたことがあるのだという。

「働き者で、気立てもよく、可愛《かわい》い顔立ちをしているので、手前どもと同業の者の一人息子が惚《ほ》れて、駆落をせまったようなこともございました」

が、おそでは、貧乏のつらさを知らぬ男の行末を心配して、首を横に振ったらしい。無理心中の何のという騒動もあったが、結局は別れることになり、酒問屋の主人夫婦は、雨上がりの奔流のような息子の気持を懸命に堰《せき》とめてくれたおそでに感謝して、かなりの金を渡してくれた。

それから数年後、おそでは、古着の行商をしていた男の女房となった。酒問屋から渡された金をそのもとでとしたのか、まもなく男は古手問屋の株を買い、芝源助町《げんすけちょう》の裏通り、俗に日影町と呼ばれている通りに店を構えた。なかなか繁昌《はんじょう》しているようだと、文五郎は言った。

「おそでの亭主は清吉と申しまして、人のよい男でございます。他人から恨まれることはないと思うのでございますが、まず、おそでが神明宮《しんめいぐう》へ参詣に行った帰り、石段から突き落とされて、足首を痛めました」

慶次郎は、黙って話の先をうながした。

「次も、おそででございます。昔からの友達――やはり私どもに奉公していた女でございますが、その女と会っている時に、たてかけてあった材木が倒れてきました」

友達があぶないと叫んでおそでを突き飛ばしたので難を逃れたが、痛めた足首をさらに痛めてしまったという。

「三度めは、清吉でございます。ついこの間のことだそうでございますが、日が暮れてから外へ出ましたところ、にぎりこぶしほどもある石が飛んできたとか」

「そいつは俺んとこへ持ってくるような話じゃねえぜ」

「私も、晃之助旦那にご相談申し上げた方がよいと思いました。が、手前どもへまいりました清吉夫婦が、旦那のお噂《うわさ》を耳にしておりまして、お骨折りを願ってくれと言うのでございます」

文五郎は、そこで言葉に詰まったようだった。遠まわしに言いたいのだが、その言葉が見つからぬらしい。

「はっきり申し上げることにいたします。おそでが石段から突き落とされた時も、材木の下敷きとなりかけた時も、そばにいたのは同じ女でございます。やはり手前どもに奉公していた、お梶《かじ》でございます」

この女を、山口屋の主人も自分も疑っているのだと、文五郎は言った。

そんなところかもしれぬと思ったが、慶次郎は話をそらせた。

「奉公していた――と言ったが、お梶ってえ女も所帯をもったのかえ」

「いえ。不都合がありまして、暇をとらせました。仲のよかったおそでがお梶を気の毒がり、知り合いの古手問屋に奉公させたようでございます」

「話のようすでは、おそでもお梶も三十に近い女と思えるが」

「おそでが二十九、お梶は三十になった筈でございます。――手前どもには、おそでが十二、お梶が十三の時にまいりました。おそでは、十年も一緒に働いた人がなぜそんなことをする、第一、石段から突き落とされた時、お梶は自分より下にいたと言い張っております」

行ってみることにするよと、慶次郎は言った。一方が二十九で一方は三十路《みそじ》、しかも年をとっている方がまだ独り身で、山口屋から暇を出され、そのあとも女中奉公をしているとなれば、昔の友達だと言っていられなくなることもあるかもしれなかった。

飛び込んでしまえばいいという声が、聞えたような気がした。

大川端だった。広小路《ひろこうじ》から両国橋を渡ってきた本所《ほんじょ》側で、うしろは大名屋敷の練塀《ねりべい》がつづいている。暮六つの鐘が鳴ってまもないというのに、人気はまるでなかった。

強い風に波立って、月の光を跳ね返しながら流れて行く大川も、気のせいか、早くおいでと手招きをしているように見える。

飛び込んでしまおうかなあと、呟《つぶや》いたつもりのない呟きがまた聞えた。

お梶は、小石を袂《たもと》に入れた。

その指先が、べたつくものに触れた。

袂にくっついているものを丹念に剝《は》がし、出してみると、昨日、おそでや、お梶の奉公先である下田屋の内儀の供をして、下谷田圃の鷲神社へ参詣に行った時に買ってもらった飴《あめ》だった。袂へ放り込んだまま忘れていたのだった。

鼻紙に包んでおいた筈なのだが、手拭《てぬぐ》いを出した時にでも、紙を一緒につまみ出してしまったのかもしれない。溶けて、五つ六つが一つにかたまってしまったのを、お梶は大川へ投げ込んだ。風の音ばかりが聞える浅い闇《やみ》の中へ、飴のかたまりは意外に大きな水音を響かせて沈んでいった。川は、お梶が考えているよりも深そうだった。

「わたしも飛び込んじまおうかなあ」

声に出して言ったが、もうその気は失《う》せている。

が、明日、明後日《あさって》、明々後日《しあさって》と、はてもなくつづいてゆく年月を考えると、またこの大川端へきて蹲《うずくま》るにちがいなかった。蹲って、月の光を砕いて流れる水を幾度も眺めているうちには、いつかその中へ身を躍らせることになるだろう。それならば、明日、生きている意味はない。

気がつくと、袂へ入れるつもりだった小石が、足許《あしもと》に置いてあった。大川は、黙りこくって流れている。立ち上がったお梶は、川へ向って小石を蹴《け》って、「ばかやろう」と叫んだ。

誰を罵《ののし》ったつもりでもなかったが、ふっとおそでの顔が浮かんだ。面と向って「ばかやろう」と罵れる相手ではない。それが癪《しゃく》に障《さわ》って、もう一度、精いっぱいの声で同じ言葉を叫んだ。闇が、お梶の声を吸い込んだ。

おそでは、九月の出替《でが》わりで山口屋へきた女だった。頰《ほお》の赤い太った娘で、先輩の女中は無論のこと、小僧達まで「田舎まるだし」と言って笑ったものだった。三月の出替わりに奉公し、半年先輩だったお梶も一緒に笑っていたが、頰がひきつれそうだった。江戸生れと言っていたが、実はおそでと同じ上総《かずさ》生れで、九つの時に父親と江戸へ出てきたのである。

右も左もわからず、用事を言いつけられてもうろうろするばかりのおそでを、何かにつけてかばってやったのは、そのうしろめたさがあったせいかもしれない。おそでにかわって使いに出かけてやったこともあれば、先輩女中に叱《しか》られて泣きじゃくっているおそでに、小遣いをはたいて大福を買ってやったこともある。

そのおそでが見違えるようにきれいになったのは、十六を過ぎてからだった。あどけなさを残しながら衿首《えりくび》のあたりに桃の香が漂っているような、初々《ういうい》しい娘に成長したのである。

嫉《ねた》ましかった。お梶はほっそりとした軀つきの、自分で見ても小粋《こいき》な感じのする娘——というよりは女になっていて、近所の男達からしきりに誘いをかけられていた。が、彼等が心底から好きなのは、おそでであることはわかっていた。おそでは大事にしておきたい女だが、お梶は声をかければ応じてくれる女、彼等はそう思っていたにちがいない。

しかも、おそでは、江戸の男に騙《だま》されるなという母親の言いつけを守りつづけていた。男に口説かれるのは自分が隙《すき》を見せるからだと信じていて、手代に口説かれたことを泣いて番頭の文五郎に打明けて、文五郎を苦笑させ、口説いた手代の恨みを買ったこともあった。

可愛さあまって憎さが百倍となったのか、「殺してやる」と声をうわずらせた手代をお梶が土蔵の陰へ連れて行き、唇を唇でふさいで気を鎮《しず》めてやったのを、おそでは知らない。「土蔵の陰で会ってくれって言うんですもの、何をされるか知れたものじゃない」と、おそでは手代を非難していたが、おそでがされるかもしれなかったことで、お梶は手代を慰めてやったのだ。もっとも、手代が気持をお梶に移してくれればと思ったことも事実だが。

いずれにしても、お梶は、手代からもおそでからも感謝されてよい筈だった。が、手代はお梶を避けるようになり、文五郎のはからいで別の店へ移って行った。おそでは、あどけない顔をしながら衿首に桃の香を漂わせて、言い寄る男があらわれると、お梶に相談をもちかけた。同じ霊岸島四日市町《れいがんじまよっかいちまち》の酒問屋、筒見屋《つつみや》の倅《せがれ》から、付文《つけぶみ》をされた時もそうだった。

おそでは震える手で付文をお梶に見せ、こんなことが主人や番頭に知れたなら、店を追い出されてしまうと泣き出した。

お梶は笑った。笑ったが、目はおそでを見据えていたにちがいない。筒見屋の一人息子は、惚れてもむだだとお梶が自分に言い聞かせ、ようやく諦《あきら》めた男だったのである。

「こわがることはないじゃないか」

と言ったのは、おそでを思う心からだったかどうか。

「向うがおそでちゃんに惚れたんだもの。おそでちゃんが薄情な真似《まね》をして、若旦那が患《わずら》いでもしたら、それこそ恨まれるよ」

「わたしは、若旦那に挨拶《あいさつ》をしていただけだったのに。嘘《うそ》じゃないよ。若旦那をうっとりと眺めていたことなんかなかった」

「わかってるよ。心配ないから、一度、会っておやり。若旦那だって、おそでちゃんの気持がわからないうちは、ちゃんとした話に持ってゆきようがないじゃないか。話がまとまって、おそでちゃんが玉《たま》の輿《こし》に乗れるんなら、わたしも嬉《うれ》しいよ。うだつの上がりそうもないわたし達の仲間から、大店《おおだな》の内儀が出るなんて、気持のいい話じゃないか」

誰が本気でそんなことを言うものか。

が、おそでは、「わたしも嬉しい」というお梶の言葉を真にうけて、筒見屋の倅に会った。

会えばおそでの野暮ったさが鼻につく、若旦那はたちまち嫌気がさし、おそでは捨てられる。それまでに、おそでの方がのぼせ上がれば面白いと思っていたのだが、思いをつのらせたのは筒見屋の倅の方だった。

倅が思いをつのらせても、筒見屋の主人夫婦や親類達が、上総の貧農の娘であるおそでを喜んで迎え入れるわけがない。ことに内儀は大反対で、おそでが嫁となるのなら、自分が家を出て行くとまで言ったそうだ。

仲を裂かれれば、心はいっそう燃え上がる。駆落をしようと言う倅に、おそでの心も揺れたらしい。が、駆落後に待っている苦労を説いて聞かせ、それなら心中するほかはないとせまられた時も、いやだと首を振りつづけたという。自分のような人間のために、若旦那に命を捨てさせてはもったいないと言って、おそでは泣いた。

おそでに同情しながら、お梶は、人の見ていないところで口許をほころばせた。おそでがもっと、筒見屋の倅にのぼせればいいと思った。山口屋は手がたい商売をしているが、筒見屋は、商売の手を広げ過ぎたとの噂もある。一人息子の嫁には、万一の時に頼れる商人の娘を選ぶ筈《はず》であった。

だが、それからまもなく、おそでは筒見屋の主人に会い、三十両という金をもらってきた。若旦那に命を捨てさせては申訳ないという一言が、主人を感激させたのだった。

あとくされのないように、お金なんざもらうんじゃないという言葉が口の外へ出かかったが、お梶は急いでそれを飲み込んだ。おそでは文五郎にも一部始終を話し、文五郎は、もらっておけと答えたという。お梶が返せと言えるわけがなかった。

「結局、そのお金が幸運のもとになったんだ」

お梶は、もう一つ、小石を大川へ蹴込んだ。

お梶が番頭に出世しそうな手代を探しては密会を重ねているうちに、おそでは古着売りの清吉と言い交わし、山口屋をやめた。

四つに組んだ竹に古着をかけ、裏長屋を得意先にして売り歩く『竹馬の古着売り』が亭主では、苦労をしに行くようなものだと女中達は言い、お梶もそう思っていた。

事実、おそでが、ひどい身なりで文五郎をたずねてきて、金を借りて行ったこともあったのである。

ところが、そのおそでと清吉が、古手問屋の株を買った。株を買うまでの辛抱だと、あの頃は人からもらったものを着たり、拾った草鞋《わらじ》をはいたりしたと、のちにおそでが笑って打明けてくれたが、人から着物をもらおうと拾った草鞋をはこうと、裸で暮らしていたわけではないし、裸足《はだし》で歩きまわっていたわけでもない。嗤《わら》われるような暮らしをしていたわけでもないのに、古手問屋の株を、あのおそでが買ったのである。

お梶は、騙されていたような気がした。使いに行けば道に迷い、付文をされれば泣き出して、お梶がいなければ何一つ満足にできなかった筈のおそでが、古手問屋、茜屋《あかねや》の内儀におさまってしまったのだ。騙されたとでも思わなければ、納得できないことだった。

その上、お梶は、幾人もの手代との密会がこのあたりの噂になり、山口屋から暇を出される破目になった。

上総にいとこがいるが、頼って行けるわけはない。といって、すぐに奉公先は見つからなかった。お梶は、二十三歳になっていたのである。

雇人の請宿《うけやど》で、食事代を払いながら暮らしているお梶を見兼ね、おそでが世話をしてくれたのが今の奉公先、古手問屋の下田屋だった。古着売りの頃から清吉を可愛《かわい》がっていたという下田屋の夫婦は、茜屋さんの紹介ならと、こころよくお梶を雇うことにしてくれたらしい。

有難いと思わねばならぬのは、わかっていた。わかっていたが、十三から三十までの足かけ十八年を思うと、情けなさに涙がこぼれてくる。

人の陰にかくれた生涯というのなら、話はわかる。が、お梶の場合は違う。おそでの風除《かぜよ》けになり、おそでの風下に立った十八年なのだ。

十八年のうちのどこを切り取っても、おそでがいる。どこもかしこも、おそで、おそで、おそでだ。山口屋にいた頃は、おそでをかばうふりをしていただけではないかと言われるかもしれないが、胸のうちはともかく、表面は間違いなくおそでの風除けになってやっていた。それが今のありさまでは、有難くって、おかしくって、涙が出てくるというものだろう。

おそでが下田屋をたずねてくれば、お梶が茶と菓子をはこんで行く。おそでは内儀の知り合いで、お梶は内儀に使われている女中、おそでが親しげに会釈しても、お梶は両手をついて挨拶をしなければならない。お梶さんに会いにきたのだとおそでが言えば、「外でゆっくりしておいで」と、下田屋の内儀がものわかりよさそうに微笑する。おそでの顔も見たくないと思っても、嬉しそうに出かけて行かなくてはならないのである。

「間尺《ましゃく》に合わないね、まったく」

もうこれ以上、おそでに茶をはこんで行きたくない。何がいやだといって、お梶の息抜きになるとおそでが信じているらしい外出ほど、うとましいものはない。

「ああ、もう考えれば考えるほどいやだ」

が、おそでは、二の酉《とり》に下谷田圃へ行かないかと言っている。清吉も一緒に行くのだそうだ。

誰が夫婦の間にはさまって歩くものかと思い、返事をせずにいたのだが、おそでは下田屋に遠慮をしていると勘違いをしたようだった。「おかみさんに頼んでみる」と言っていたので、そろそろ下田屋にあらわれる頃だろう。お梶の気持にまるで気づいていないところが、おそでの鈍さ、野暮ったさだった。

お梶は、三つめの小石を大川へ蹴込んで歩き出した。

今すぐおそでから離れたかったが、三十になった女の奉公先は、そう簡単に見つかりそうもない。

いったい、わたしは何のために生れたのだろう。おそでをいい気持にさせるため、この世にいるのだろうか。

それならばあの世へ行くほかはないと思うのだが、今はその気も失せていた。

暮らしに困っているようには見えない浪人者が下田屋に雇われたのは、その翌日のことだった。帳付の手伝いをさせてくれと頼んだのだという。もう五十に近いと笑っていたが、どうかすると三十八、九に見えた。

正月の着物を買い求めにくる人達でいそがしい時期ではあったが、下田屋には、主人と伜のほか、番頭と手代がいる。帳付の手が足りぬことはない。妙だと思ったが、お梶は、愛想よく挨拶をした。

「年寄りの小遣い稼ぎだよ。むりにお願い申したのさ」

と、男は、お梶の胸のうちを見透かしたように言った。

年寄りだと言っているが、ひきしまった軀《からだ》つきで、着流しの後姿などは、四十になったばかりの主人より若々しい。色の浅黒い精悍《せいかん》な顔立ちも、お梶が知っている男にはなかったものだった。

お梶は、番頭から帳面を受け取って二階へ上がって行く男を追いかけた。茶は濃い方が好きか、薄い方がよいかを尋ねるという口実があった。

「そりゃ濃い方さ」

男は、お梶をふりかえって答えた。

「このうちにゃ、薄いのを飲む奴《やつ》がいるのかえ」

「いえ、いませんけれど」

男は、二階の隅に積まれている古着の前に腰を下ろした。二階に置いてあるものは、つい先日、番頭が帳面につけたばかりで、変わってはいない筈だった。

「念には念を入れよだ――」

と、男は言った。

「それにしても、お前さんはこまかなところに気のつくお人だねえ」

「いえ」

「濃い茶が好きか、薄い茶が好きかとは、ひさしぶりに聞いてもらったよ。死んだ女房が、嫁いでくる前にそんなことを尋ねてくれたような気がするが」

「奥様は、お亡《な》くなりになったのですか」

「七つぁんなんざ、苦くっても湯のような茶でも、黙って飲めと言う――」

「七つぁんって？」

「俺の知り合いさ」

男は背を向けた。番頭から頼まれた仕事をするつもりらしい。

「羊羹《ようかん》、食べる？」

と、お梶はその背に言った。精悍な顔がふりかえって笑った。

「大好物だよ」

お梶も笑った。自分の好物が、男の好物でもあったことが嬉しかった。その嬉しさで、この男ならおそでに見せびらかしてやれると思ったことも、「死んだ女房」という一言に胸がときめいたことも忘れていた。

お梶は、跳ねるように階段を降りた。「ころぶぞ」という男の声が追いかけてきた。大丈夫――とお梶は言い、両足を揃《そろ》えて最後の一段を飛んだ。

静かにしないかと番頭が顔をしかめたが、気にならなかった。お梶は台所へ走って行き、羊羹を野暮ったいほど厚く切った。


男は、一日おきに下田屋へくる。今日は、出てくる日であった。

お梶は、朝食の後片付けを終えると、内儀に断りもせずに家を出た。足は、ひとりでに大川へ向った。

まもなく師走《しわす》となる江戸の町は、風が砂埃《すなぼこり》を巻き上げていて、こころなしか道行く人も足早だった。師走のいそがしさを思うだけで、気忙《きぜわ》しくなるのだろう。脇見《わきみ》をしていて突き当ったらしい行商と職人風の男が、罵《のの》しりあっている。空の荷車を引いて走ってきた人足が、二人に「邪魔だ、邪魔だ」とわめいて行った。

江戸橋を渡り、小舟町《こぶなちょう》から通油町《とおりあぶらちょう》、横山町を通って両国広小路へ出る。芝居小屋の客を呼ぶ声が、風にちぎれていた。小走りの足音でいっぱいの両国橋を、お梶も足早に渡り、もう一つ、駒留橋《こまどめばし》も渡った。大川の入堀にかかっている橋で、この堀に生えている葦《あし》は、なぜか片葉であるという。片葉の葦と呼ばれて、本所《ほんじょ》七不思議の一つにかぞえられている。

お梶は、大名屋敷の塀に沿ってさらに歩き、川に幾本もの波除けの杭《くい》が打たれているあたりへ出た。俗に百本杭《ひゃっぽんぐい》と言われているところだった。

足をとめ、懐《ふところ》に押し込んであった匕首《あいくち》を川へ放り投げた。山口屋に奉公していた時、つきあいのあった荷揚げ人足からもらったものだった。お梶は蹲《うずくま》って、茶色に枯れている雑草を摑《つか》んだ。

川へごみを捨てにきた若い男がいぶかしそうな顔を向けたが、お梶が見返すと、てれくさそうな顔をして、稲荷《いなり》社の赤い鳥居の中へ入って行った。そのまま稲荷社の裏へ出て、家へ戻ったのかもしれない。人の気配はせず、川の音と、風の音ばかりが聞えるようになった。

「どうしよう」

お梶は、地面へ腰を落とした。

一昨日《おととい》、お梶は、匕首を袂《たもと》から落とした。二の酉の人混みで、おそでを傷つけようとして果たさなかったものだった。捨ててしまうつもりで袂へ入れておいたのを、つい忘れてたすきをかけ、落としてしまったのである。

匕首が袂にあることを忘れていたのは、帳付の男がそばにいたせいだった。下田屋夫婦は男を「旦那《だんな》」と呼んでいて、お梶は、いまだに男の名前を知らない。手代に尋ねようとして呼びとめたこともあるが、突然恥ずかしくなり、「明日もお天気かしらねえ」などと言ってごまかした。衿首《えりくび》まで火照《ほて》っていたから、顔はさぞ赤くなっていたことだろう。お梶の気持を手代が誤解したようなことはなさそうだが、たとえ手代が自分への思いで頰を染めたと誤解してもかまわない。今の胸のうちを、人に知られたくなかった。それなのに、男の姿を目で追っている時があった。

その男が、一昨日、大福を買ってきてくれたのである。

「毎日、厚切りの羊羹をご馳走《ちそう》してくれるお礼さ」

と、男は言った。

「が、お梶さんは、酒が強そうに見えるがなあ」

「強いですとも」

お梶は、動悸《どうき》の激しくなった胸を大福の包で押えた。

「飲ませてごらんなさいな。うわばみが勘弁して下さいって泣き出すから」

「恐しいな」

「でも、甘いものも大好きなの。欲張りなんですかねえ」

「俺も欲張りだよ。酒も好きだが、羊羹も大福も好きだ」

そう言われれば、匕首のことなど忘れてしまって当然だろう。お梶は、いつか縄暖《なわの》簾《れん》へ行こうと誘われるかもしれぬと思い、それが〝今〟というわけではないのに早く掃除を片付けてしまおうと、はしゃいでたすきをかけたのだった。

袂が揺れて、匕首が落ちた。

拾おうと思ったが、軀が動かなかった。

「どうしてこんなものを持っているんだえ」

男は、拾い上げた匕首をお梶の手に渡しながら言った。

「わけを教えてくれるかえ」

うなずいたのかどうか、自分では覚えていない。今すぐでなくてもいいと男が言っていたから、多分、頬をひきつらせたまま立ち尽くしていたのだろう。

男は、何事もなかったように、帳面を持って二階へ上がって行った。そのあと、お梶は夢中で掃除をすませ、用事をつくって外へ飛び出して、つめたい風に吹かれて帰ってきた。男は、主人夫婦と居間にいた。

おそでを傷つけることなど諦《あきら》めてしまえばよかったのだと、今になれば思う。二の酉の人混みでおそでを刺すのはむずかしいことではないかもしれないが、その場から逃げ出すのは至難のわざだ。おそでを傷つけることができても、自分が捕えられては何もならない。おそでを傷つけた罪で遠島を申し渡されたなら、それこそお梶の生涯は、どこを切り取ってもおそでの名が出てくるようになってしまうではないか。

あんな女など、放っておけばよかったのだ。

帳付の旦那がいてくれれば、それでいい。所帯を持ってくれなくても、深い仲になってくれなくても、一日おきに下田屋へ通ってきてくれて、時々、大福を買ってくれればいい。手があいているなら一緒に羊羹を食おうと言ってくれれば、一月《ひとつき》くらいは幸せに暮らすことができる。

雑草から手を離して、『だんな』と地面に書いて、その上へ『すき』と書こうとして、お梶は耳朶《みみたぶ》まで赤くした。人に見られていないとわかっていても、恥ずかしかった。出世しそうな手代を口説く一方で、荷揚げ人足とのあとくされのない関係を楽しんでいたことが、嘘《うそ》のようだった。

男は、二の酉の前日に下田屋へきたではないか。その時になぜ、いつも脳裡《のうり》に浮かんでは消えているおそでに向って、「ざまあみろ」と言ってやらなかったのだろう。そうすれば、おそでになど知らぬ顔でいられた筈《はず》だ。おそでと清吉が二の酉へ行こうと誘いにきても、下田屋の内儀と行けと断れたのである。また翌《あく》る日にはきてくれる男の面影を思い描いて、羊羹で渋茶でも飲んでいれば、行李《こうり》の底から匕首を出すことなどなかったのだ。

だが、あの時、「やりかけたことじゃないか」とお梶は思った。あの時だけは、帳付の旦那と羊羹を食べる幸せより、おそでを不幸せにする幸せが勝ったのだった。おそでを見て「いい気味」と思えたなら、どれほど気持がよいだろうとは、おそでの尽力で請宿の薄暗い部屋を出た時から、ずっと頭の隅にあったことだった。その気持を味わいかけたのが今年、芝神明宮の参詣《さんけい》に出かけた時だったのである。

帰り道、おそでは、はにかみながら清吉をやさしい男だと言った。惚気《のろけ》とまではゆかなかったが、お梶は、ばかばかしくなって石段を駆け降りた。

待って——と言いながら、おそではお梶を追ってこようとした。石段横の木の陰から子供が飛び出したのは、その時だった。

ろくに前を見ていなかったらしい子供はおそでに突き当り、おそでは石段をころげ落ちた。子供は呆然《ぼうぜん》としていたが、逃げろと手を振るお梶に気づき、木立の中へ駆け込んだ。お梶は、それからおそでに駆け寄った。

「大丈夫?」

子供を見ていないおそでは、何が起こったのかわからぬようすだった。

「突き飛ばされたような気がしたのだけど」

「誰もいやしなかったよ。おそでちゃん、そそっかしいから、足を踏みはずしたんじゃないかえ」

手を貸してやったが、おそでは顔をしかめて立ち上がろうとしない。お梶は、おそでの怪我《けが》が一生癒《なお》らなければよいと思いながら茶店で休んでいた男達に助けを求め、おそでは家まで戸板ではこばれた。痛さに涙を浮かべていたようだった。

いい気味——と胸のうちで呟《つぶや》いたあの時の気分を、お梶は忘れることができない。もし、おそでが一生足をひきずるようになったとしたら、ずっとそばにいて面倒をみてやろうと考えているのに、おそで、おそでの生涯から、ようやく切り離されたような、のびのびとした気分になったのだった。

だが、おそでの怪我は、両の足首をひねっただけだった。手荒な医者の療治におそでは悲鳴を上げたというが、恢復《かいふく》も早かった。

冗談じゃないと、お梶は思った。おそでに付き添ってやる覚悟まで決めたというのに、簡単に恢復されたのではたまったものではない。

負けるものかと、お梶は思った。相談にのってくれと頼むと、案の定、おそでは二つ返事で承知した。お梶は、京橋川沿いにある大工の家に目をつけて、そこで待っていると言った。うちへくればいいのにとおそでは怪訝《けげん》な顔をしたが、それでも約束の時刻に出かけてきてくれた。お梶は、家の前にたてかけてある材木の陰におそでを誘い、おそでめがけて材木を押し倒した。いや、押し倒そうとした。

材木は倒れたが、最後の一瞬に迷いがあった。材木は、ゆっくりと二人の間に倒れてきて、お梶に突き飛ばされたおそでは、かすり傷一つ負わなかった。

二人の悲鳴に飛び出してきた大工は、たばねてある材木の一本が倒れてきたことを不思議がり、河岸地に積んであるものを調べに行った。

お梶は背筋が寒くなった。河岸地の材木をたばねている縄を切り、そのうちの一本を家の前へたてかけたのは、お梶だった。

二階の軒下にまで届く長い材木を、どんな風に一人で持ち上げてはこんだのか、思い出そうとしても思い出せない。ただ、間違いなく、「殺してやる」と思っていた。材木の下敷になったおそでを見下ろして、「いい気味」と言ってやる一瞬を思い描いていた。その一瞬を思い描けば、掌《てのひら》に幾本もの棘《とげ》を刺し、腕に擦傷《すりきず》を、着物の膝《ひざ》に鉤《かぎ》裂《ざ》きをつくっても痛いと感じず、重い材木もかつぎ上げられた。その時のお梶は、夜《や》叉《しゃ》の形相《ぎょうそう》をしていたにちがいない。

が、「いい気味」と言える時になって、こわくなった。額から血を流すかもしれないおそでの姿を見るのが恐しくなった。やめようと思ったが間に合わず、お梶の手は材木を押していて、材木はゆっくりと倒れてきた。お梶は、夢中でおそでを突き飛ばしていたのである。

が、おそでは、大工が河岸地の材木を調べている間、お梶の血のにじんでいる掌や、鉤裂きのある着物を見つめていた。飛びしさった時にできた傷にしてはおかしいと思っていたのかもしれなかった。妙なことを言ったならば首をしめてやろうと思っていたのだが、土地の岡っ引が駆けつけると、おそでは、唇を震わせて「この人に助けてもらったんです」と言った。

結局、河岸地の材木を家にたてかけたのは、酔った男のいたずらだろうということになり、お梶とおそでは、自身番屋に詰めていた差配に送られて家へ戻ってきた。気のせいかもしれなかったが、その時のおそでは、お梶から顔をそむけていた。

石を投げたのは、そんなことがあったからだった。あれは、障子に映った清吉の影をおそでと間違えたのだった。今になれば、もしほんとうにおそでだったなら——と、背筋が寒くなる。清吉だからこそ石を避けられたので、おそでは、石が飛んでくると気づいた瞬間に、軀《からだ》をこわばらせてしまったにちがいない。

「いやだ——」

お梶は、髪をかきむしって叫んだ。

そんなことだから、自分にはよい風向きがまわってこないのだ。神様や仏様が怒りなすって、あいつは一生、おそでという女の風除《かぜよ》けにしてやれと思いなすったにちがいないのだ。

「いやだよ、もう」

おそでのために生きているような自分がいやだ。おそでの風除けになり、おそでの風下にいておそでと縁を切りたいとあがきつづけているうちに終ってしまうにちがいない一生がいやだ。何のために生れてきたのか、まるでわからないではないか。死ぬほかはなかった。

お梶は、よろめきながら立ち上がって、袂に入れる石を集めた。

目の前に、いきなり人が立ちはだかった。「よせ」と言ったらしいが、返事をするのも面倒だった。お梶は、立ちはだかった人を押しのけて、川へ飛び込もうとした。頬に痛みが走った。殴られたのだった。

「何するのさ」

お梶は大声でわめき、その声で我に返った。

目の前に、一番会いたいが、今は一番顔を合わせたくない人が立っていた。帳付の男だった。

「つまらないことを考えるなよ」

と、男は言った。

「おそでさんは、死んじゃいねえんだぜ」

「だって、わたしはおそでちゃんを……」

「その先は言うんじゃねえよ」

お梶は、吐き出してしまうつもりだった言葉を飲み込んで男を見た。

「ほんとに？　ほんとに言わなくってもいいの？」

「ああ」

うなずいた男の胸に飛び込んで、お梶は泣いた。男の衿を摑んで、ただひたすら泣きじゃくった。

どれくらいの間、男の腕の中にいたのだろう。自分の泣き声が聞えるまでに我に返って、お梶はふと、なぜ男がおそでの一件を知っているのだろうと思った。

「もう、ばかな真似《まね》はしねえかえ」

男の顔が、髪に触れているようだった。男の声も、頰を押しつけている男の胸の中から聞えてきた。

「どっちのこと？」

お梶は、かすれた声で尋ねた。今になって、山口屋の文五郎が昔、森口慶次郎という定町廻《じょうまちまわ》り同心に助けられたという話を思い出したのだった。下田屋の夫婦が帳付に雇った男を、旦那《だんな》と呼んでいたわけもわかった。

「どっちとは？」

「わたしが川に飛び込むことなのか……わたしがおそでちゃんに……」

「はじめの方だ。あとの方は、決して口にするな」

男の腕は、まだお梶を抱いている。死罪になってもいいと、お梶は思った。

「何もかも忘れろたあ言わねえぜ」

男の声が、また男の胸の中から聞えてきた。

「忘れたって、お前《めえ》のしたことは帳消しになりゃしねえ」

「だから、だから死のうと……」

「それを、ばかな真似というんだ」

男の声が、少しの間とぎれた。

また風が強くなったのか、空中で風の鳴る音がして、大名屋敷の木立が騒いだ。

「誰だって、仏のままじゃ生きられねえ」

と、男が言った。

「誰の胸のうちにだって、夜叉は棲《す》んでいるさ」

あいにくお前《めえ》の夜叉も目を覚ましちまったようだが——と、男はお梶の背を軽く叩いた。

「お前《めえ》に川へ飛び込まれたら夜叉も死ぬ。それではかなわぬと、これからはおとなしくなるよ」

「それでも、いやだよ」

お梶は、男の腕の中でかぶりを振った。

「これから、わたしはどうすりゃいいんですか。これまでおそでちゃんをばかにするのが面白かったり、おそでちゃんにいい気味と言いたい一心で暮らしてきた。それが生き甲斐《がい》だったなんて、情けないじゃありませんか。おまけに、情けないと気がついちまえば、あとには何もないんですよ」

「みんな同じだよ。娘を……生き甲斐を奪い取られてしまうこともある」

「それを我慢して生きていて、何が面白いってんですか。わたしへの風向きは変わりそうにないし」

「風向きなんざ、風のいたずらだ。すぐに変わる」

「いいえ、わたしに吹く風は、何もかも裏目にひっくり返してゆく。二日に一度、顔を見られればいいと思っていた旦那だって、お奉行所のお人じゃありませんか」

「俺は、山口屋の寮番だよ」

お梶は、男の胸から顔を上げた。

「俺は、山口屋の寮番だ。下田屋の仕事は今日かぎりでお払い箱だが、寮番の方は、気のすむまで勤めてくれと言われている。大福が食いたくなったら、根岸へくりゃあいい。藪入《やぶい》りの時に、親父《おやじ》のうちへ行くと言ってきたっていいんだぜ」

親父だなんて――と呟いたが、その意味が男に通じたかどうか。

男は、お梶の袂《たもと》から石を落としている。両手で涙を拭《ぬぐ》おうとすると、手拭いを渡してくれた。

風が、しきりに虚空《くう》で鳴っている。今の風向きでは、これが精いっぱいなのかもしれないと、ふと思った。

騙《だま》し騙《だま》され

一　空騒ぎ

格子戸《こうしど》が、力まかせに閉められた。あわてて両手を桟《さん》にかけたが、相手は壁にたてかけてあった棒切れを心張棒にして、部屋へ駆け上がって行った。

部屋の障子も音を立てて閉められて、そこも物差《ものさし》かはたきかを心張棒がわりにして、開けられぬようにしたらしい。

裏口へまわろうとすると、その気配を察したのだろう、錠をおろしているような音がした。

先刻、次郎左衛門が案内を乞《こ》うた時、顔を出したのが今の娘だった。十六か七か、尖《とが》ったあごに大きな口という特徴から見て、林蔵《りんぞう》の娘にちがいなかった。

娘は、次郎左衛門を見るなり、「林蔵はいません」と嚙《か》みつくように言った。小娘を相手におとなげないとは思ったが、負けてはいられなかった。次郎左衛門は大声で言い返した。

「お前の親父《おやじ》が金を返してくれないんだよ」

昨日もこの家へやってきて、今日は留守だが明日ならいると言われたのである。言ったのは、林蔵の女房だった。

林蔵に金のないことはわかっている。が、次郎左衛門も余裕があるわけではない。二月《ふたつき》前の神無月《かんなづき》、必ずこの月のうちに返す、親子三人の命を助けると思って貸してくれと、畳に額をすりつけて頼むから貸してやったのである。

それが、もう師走《しわす》の十五日であった。次郎左衛門にも払わねばならないつけがあり、林蔵が借金を返してくれなければ、次郎左衛門の方が年を越せぬのだ。

「わたしが高利貸なら、利息だけだって貸した金の半分くらいになるんだよ」

「そんなことは、お父《とっ》つぁんに言っておくんなさい」

「だから、昨日もきたんじゃないか」

次郎左衛門は声を荒らげた。

「が、留守だという。今日ならいると言ったから、こうして出かけてきたんだよ」

「でも、いないんだから、しょうがないじゃありませんか」

「いつなら、いるのだえ」

「知りません」

その時から、次郎左衛門は格子戸を押えていた。押えていなければ、娘が閉めてしまうとわかっていたからだった。

「すみませんが、帰ってもらえませんか。林蔵は留守なんですから」

「おっ母《か》さんは、今日ならいるって言ったんだよ」

「だったら、おっ母さんに文句を言っておくんなさいな」

「それじゃおっ母さんを呼んでおくれ」

「出かけてます」

「それじゃ待たせてもらうよ」

「断ります」

「偉そうに。そんなことの言えた義理かえ。貸した金を返さないってのに」

「わたしは借りてません」

「お前のお父つぁんが借りているんだよ」

「だから、わたしは借りてないじゃありませんか。話があるなら、お父つぁんとしておくんなさい」

殴りつけてやろうかと思った。その隙《すき》を、娘は見逃さなかった。次郎左衛門が手を振り上げかけた時、力まかせに格子戸を閉めて心張棒をかったのだった。

「開けておくれ。林蔵がいることはわかっているんだ」

次郎左衛門は、格子戸を揺さぶってわめいた。が、この勝負は次郎左衛門の負けだった。次郎左衛門が格子戸を揺さぶって、心張棒をはずそうとしているうちに、林蔵も女房も裏口から逃げて行くだろう。一人残った娘が、家へ押し入った次郎左衛門を見て、悲鳴をあげるという寸法だ。なけなしの金を返してもらえぬ情けなさに、小娘にしてやられた口惜《くや》しさが加わって、涙がこぼれそうになった。

が、道行く人は、いかつい顔つきの老人が、おそろしい顔をして格子戸を揺さぶっているとしか思うまい。

向いの家も両隣りも、わずかに戸を開けて次郎左衛門と娘のやりとりを見守っていたようだが、時折、「因業《いんごう》なお人だねえ」とか、「もう少し待ってやればいいものを」などと言う声が聞えてきた。つい大声になったのではなく、聞えよがしに言ったにちがいなかった。

くそ――。

次郎左衛門は、格子戸に唾《つば》を吐いて歩き出した。よくやったと、娘を褒めている林蔵の顔が、目に見えるようだった。

貸した金を返してくれと言うのが、なぜわるいのかと次郎左衛門は思う。

先月の末、店賃《たなちん》を取りにきた家主に愚痴をこぼした時も、家主は「金があるから貸したのだろう」と言い捨てて帰って行った。林蔵が商売に失敗したことを知っていたようで、そんな男から金を取り立てるのは可哀《かわい》そうだと言わんばかりの口ぶりだった。わたしだって、可哀そうだと思ったから貸してやったのだと、家主が帰ってから幾度呟《つぶや》いたことか。可哀そうだと思ったからこそ、行李《こうり》の底にしまっておいた五両の金を貸してやったのであり、次郎左衛門が因業だと非難される理由はどこにもない。が、世間には、その理屈が通用しないようだった。

店を譲り渡して今は一人暮らしという身の上がよく似ていて、始終往《ゆ》き来をしている碁敵ですら、「師走となれば、ほかにも支払いがあるだろうから」と、林蔵に同情しているようなことを言う。

次郎左衛門に身寄りはない。女房は子供を生まずに逝《い》ってしまったし、兄弟もいなかった。今にして思えば、番頭の為八《ためはち》を養子にしておけばよかったのだが、当時は一人暮らしを淋《さみ》しいものとは思わなかった。浮世のしがらみを忘れて、一人、のんびりと余生を楽しむつもりだったのである。

が、為八を養子にせず、店を譲り渡したのは失敗だった。養子にしておけば、為八の子の竹次郎は孫となり、これほど薄情な仕打ちはできなかった筈《はず》であった。

無論、譲り渡す方を選んだのには理由があった。

次郎左衛門の店、丹波屋の商いは、乾物の小売りだった。店も家も大きくはない。為八を養子にすれば、当然のことながらその女房も丹波屋へくる。小さな家ではあり、毎日顔を合わせるようになるわけで、次郎左衛門は、それを避けたかったのである。

為八の女房は、いったいどこによいところがあるのかと首をかしげたくなるほど、欠点の多い女だった。次郎左衛門は、二、三度会っただけで彼女の品のない言動に辟《へき》易《えき》し、「番頭さんは、子供ができてしまったのであの人と所帯をもった」という小僧の告げ口に納得した。しかも、隠居をきめた当時の次郎左衛門は四十五歳で、今から思えば若かった。為八が送ってくる金で女中の一人も置いて——と考えて、日本橋新《しん》和泉町《いずみちよう》の裏通りにこざっぱりとした仕舞屋《しもたや》を借りたのだった。

林蔵は、その頃から出入りしている油売りだった。油売りは立板に水のお喋《しやべ》りも売り物にするのだが、男の次郎左衛門を相手にする時は、面倒見のよさもおまけにしていった。女中にかわって洗濯物をとりこんでくれたり、湯をわかして急須《きゆうす》の茶の葉をかえていったりしてくれたのである。

ともかく、それで思い通りの余生を送れる筈だった。筈だったが、為八は、五年前に急死した。竹次郎は十七歳だった。

あの女房が次郎左衛門に、竹次郎の後見を――と言ってくる気のないのはわかっていた。それでも、毎月届けてくれる約束の金が滞るとは思ってもみなかった。

丹波屋の利益がどれくらいであるかは、次郎左衛門が誰よりもよく知っている。番頭一人、小僧一人を置くのが精いっぱいの店だった。とはいえ、年に一度、女房を芝居へ行かせてやるくらいの贅沢《ぜいたく》はできる。商売物から得意先までそっくり譲るのに、二百両は安過ぎると知り合いに呆《あき》れられながらその値で譲ってやったのは、よく働いてくれた為八への褒美《ほうび》のつもりもあったからだ。

が、為八は、その二百両が集められなかった。

毎月二両ずつ届けることにさせてくれと言い出したのは、為八の方だった。次郎左衛門は、それだけはできぬと首を横に振った。あまり大きな声では言えないが、二百両は、寺社の名目金《みょうもくきん》を貸し付けている浪人にあずけるつもりだったのである。

名目金とは、寺院や神社が建物の修理を口実にして貸す金のことで、寺社は貸付で得た利息を修理代に当てる。町人の金をもとでにしてはならないのだが、知り合いの浪人は、「大丈夫だよ」と笑っていた。ご定法《じょうほう》通りの利息でも、二百両なら月に二、三両は渡せるという。

なのに二両ずつの分割にされてはたまらないと思ったのだが、今度は為八がかぶりを振った。二両は、次郎左衛門が生きているかぎり届けるというのである。二百両を揃《そろ》えられなかった詫《わ》びに、女中も一人、丹波屋から通わせるとも言った。

毎月二両は、大工の手間賃の半分だった。とても悠々自適というわけにはゆかなかったが、女中に通ってきてもらえるのは有難い。それに何より、人に言えぬ利息で暮らさなくてよいのが嬉《うれ》しかった。次郎左衛門は、渋面をつくりながらも承知した。暮しの費用で足りない分は、為八にも内緒でためていた金で補うつもりだった。

それが、一昨年《おととし》から二両が一両になり、去年は三分になった。さらに今年の四月、金を届けにきた小僧が「来月からこないことになりました」と言い、六月からは女中もこなくなった。為八の女房と、竹次郎の後見人となっている女房の弟が相談してやったことにちがいなかった。

腹に据えかねて、次郎左衛門は丹波屋へ行った。

竹次郎は、来客中であることを理由に、次郎左衛門を店先から帰した。

次郎左衛門は、次の日も丹波屋へ行った。竹次郎には、その日も会えなかった。理由は、『留守』だった。申訳なさそうな番頭の表情から、それが嘘《うそ》であることはすぐにわかった。

三度めには、丹波屋とは縁が切れている筈だという、ことづけが待っていた。次郎左衛門は、とめる番頭をふりきって、勝手のわかっている住まいへ上がっていった。

竹次郎は、母親と一緒に居間で茶を飲んでいた。

約束をやぶったことをなじる次郎左衛門に、竹次郎は、「そのお約束からもう、十年たっているんですよ」と言った。

「一年に二十四両、これを七年間お渡ししていましたから、しめて百六十八両、それに一昨年の十二両、去年の九両、女中の給金の三十両を合わせますと、二百両を大きく超えてしまいます。もう充分でございましょう」

次郎左衛門は、怒りに軀《からだ》が震えてきた。二百両が一度に払えぬから、為八は、毎月二両を届けることで勘弁してくれと言ってきたのではなかったか。

「それは、初耳でございます」

と、竹次郎は涼しい顔で言った。

「私は、次郎左衛門さんに二百両の借りがあるとだけ、聞いておりました」

「冗談じゃない」

次郎左衛門は、こぶしで畳を叩《たた》いて叫んだ。

「お前のお父つぁんは、わたしが生きているかぎり、金を届けると言ったんだ」

「そう言ったという証拠でもございますか」

言葉に詰まる次郎左衛門へ、竹次郎は、つめたい言葉を浴びせた。

「次郎左衛門さんとのお約束など、私はまったく存じません。私がお約束したわけでも、ここにいる母がしたわけでもありませんし」

以来、次郎左衛門は、蓄えを切り崩して暮らしてきた。行李の底にある袋が薄くなってゆくのを見れば、将来への不安に悪寒《おかん》が走り、風邪一つひかず、長生きをしそうな我が身が恨めしくなった。豆腐一丁を買うにも値切ることを覚えたのは当然だろう。

そんな時に、林蔵が泣きついてきたのである。

店を持ちたいとは、林蔵が次郎左衛門の家に出入りしはじめた頃から言っていたことだった。目をつけている貸家もあるのだとも言っていて、お蔭《かげ》様で――と挨拶《あいさつ》にきたのは、一昨年の夏のことだった。秋に店を開くと言い、日に焼けた長い顔を輝かせていた。

が、店は、一年もたたぬうちに閉める破目となった。近くに油屋がないので繁昌《はんじよう》すると思ったというのだが、次郎左衛門に言わせれば、それが間違いだった。繁昌する見込がないところだから、油屋がなかったのである。

林蔵は油売りに戻ったが、もとに戻らないのが、店を出す時に背負った借金だった。二、三年で返せるという計算がものの見事にはずれ、利息がふえる一方となってしまったのだった。

「せめてその利息を返したいんで」

と、林蔵は、畳に額をすりつけた。

「五両は何とか掻《か》き集めました。が、あと十両が足りません」

その十両を貸せというのかと、次郎左衛門は呆れて尋ねた。

「やっと五両掻き集めたお人が、どうやって今月中に十両もの金が返せるのだえ」

実は——と、林蔵は言った。

「先日、叔父が亡《な》くなりました。多少の蓄えはあった人なので、生きていりゃあ旦那《だんな》にご迷惑をかけることはなかったのですが」

「叔父さんのおかみさんから借りてくるというのかえ」

「いえ、もらってきます。十両くらいの金はもらえることになっているんですが、何せ死んだばかりで、ごたごたしていて」

だから返せるあてはある。あてはあるが、高利貸にもう少し待ってくれと言うと、二十五日を過ぎたとたんに利息がはねあがってしまうのだと、林蔵は、また畳に額をすりつけたのだった。

明後日がその二十五日、今日なら十五両の利息ですむのに、二十六日にはオドリと呼ばれる利息がふえる、親子三人首をくくるよりほかにないと言われては、行李を開けぬわけにはゆかなかった。林蔵は、命の恩人だと言って目に涙を浮かべ、次郎左衛門に両手を合わせて帰って行った。

その男が、今は居留守を使いつづけているのである。考えてみれば、油売りは立板に水のお喋りが売り物の商売だった。林蔵は、はじめから借金を踏みたおすつもりで次郎左衛門に狙《ねら》いをつけ、叔父の遺産が入るという嘘をついたのかもしれなかった。

「くそ。どいつもこいつも――」

わたしを騙《だま》しやがって。

しかも、林蔵の娘や竹次郎の言草《いいぐさ》は何だ。借金をしたのは父親で、わたしは知りませんだと？　父親が約束したことなど、わたしは知りませんだと？

お前達は、借金をした父親の娘ではないのか、二両払いつづけると言った父親の伜《せがれ》ではないのか。父親の借金を返し、父親の約束を守るのは子供のつとめだと思わないのか。

「揃いも揃って恩知らず、出来損いだ」

お前達は、わたしが野垂死《のたれじに》をしても知らぬ顔をするつもりか。借金をしたのも二両払うなどという約束をしたのも父親、子供の自分達が責めを負うことではないと言いつづけるつもりか。

「それで世の中が通ると思っているのか」

通ってしまっているのである。家主も碁敵も、薄情なのは次郎左衛門だと言っているのだ。

「わたしのどこが、薄情者だ」

次郎左衛門の声が大きくなった。

魚売りの子の為八を小僧にして、番頭にしてやったのは誰だと思う。いやな女と所帯をもったと思いながらも住まいを探してやり、子供が生れれば祝儀《しゆうぎ》を出してやったのは、どこの誰だと思っているのだ。

「わたしは、ひたすら働いてきただけだ」

明六つの鐘が鳴る前に起きて、昼めしを忘れるほど働いて、夜は帳簿の整理をして九つ近くに床へ入った。そんな暮らしを、両親が健在だった十二、三の頃から四十五までつづけてきて、人間五十年なら、あとの五年間をせめてのんびり暮らしたいと思っただけではないか。のんびり五年のつもりが、十年たってもまだ死なずに生きているけれど、それくらいの間違いは誰にでもあるだろう。

「そうだ、間違ってるのは世の中の方だ」

まじめに暮らしてきた人間を、よってたかって無一文にして、薄情者はお前だと後指をさす。

「それなら、わたしが道を踏みはずしてやる」

道を踏みはずして、わたしがわるいんじゃないと、わめいてやる。

金を借りたのは父親の林蔵、毎月二両届けると約束したのも父親の為八、金を貸したのも約束を信じたのも次郎左衛門で、わたし達は何のかかわりもないという理屈が通るなら、次郎左衛門が人を襲って金を奪うのは、娘が林蔵に会わせてくれなかったから、竹次郎が約束を守ってくれなかったからという理屈も通るだろう。

「くそ。覚えてろ」

次郎左衛門は、目の前へ次々と浮かんでくる顔に毒づきながら、台所へ出て行った。

根岸《ねぎし》へ向っていたわけではなかった。とんでもない間違いをしでかしてやるつもりで、出刃庖丁《でばぼうちょう》に手拭《てぬぐ》いを巻き、懐《ふところ》にしのばせて家を出たのだが、これという相手に出会わぬうちに、根岸まできてしまったのだった。

いや、幾度か、狙ってみようと思う者に出会いはした。暮六つの鐘が鳴った時に、寺院の塀がつづく人気のない道を歩いていた女などは、格好の相手だった。が、女の急ぎ足を見て、日暮れてからこんな道を歩くのは、よほどの事情があるのだろうと気の毒に思えてきた。次郎左衛門にも、師走《しわす》になると女房までが金策に飛び歩いた時期があったのである。薄暗い神社の境内にいた老人は、次郎左衛門より淋《さみ》しげに見えたし、質店から出てきた女を襲うのは、人の道にもとるというものだろう。

ただ、頑丈そうな軀つきの男や、逃げ足の早そうな手代に出刃庖丁を突きつけるのは考えものだった。頑丈そうな男は簡単に次郎左衛門の手をひねり上げそうだったし、手代は自身番屋へ逃げ込んで、次郎左衛門の人相を克明に教えそうだった。

「悪者になるのもむずかしいものだな」

と、次郎左衛門はひとりごちた。

もう宵の口の五つに近いのだろう。つめたく光る月がのぼってきて、人気のない道を照らしはじめた。普段なら、次郎左衛門が「物騒だ」と身震いをするところだった。引き返そうと思った。

右側の小川沿いに、わざと山家《やまが》風につくった家が何軒かならんでいるが、人の出てくる気配はない。左側の空地にある、枯草の山の陰から人が出てくる時は、次郎左衛門の出刃庖丁より鋭い匕首《あいくち》を持っていて次郎左衛門の身ぐるみを剥《は》ごうという者にちがいなかった。それに、根岸の空にかかる月の大きいこと、あれは狢《むじな》が化けたのではあるまいか。

「でも、待てよ」

次郎左衛門は、帰りたくてならない足を懸命にとめた。二軒めの家の、出入口が開いたようだった。

「すっかりご馳走《ちそう》になってしまいました」と言う、若い男の声が聞えてくる。

家の中にいる者が何か言ったのだろう、若い男は、「大丈夫ですよ」と笑って答えた。気をつけて帰れとか、夜道は物騒だとか、そんなことを言われたのだろう。

次郎左衛門は、その家の門から男の出てくるのを待った。

このあたりにならんでいるのは、裕福な商人の寮である筈だった。隠居所に当てられていることもあるが、内儀《ないぎ》や娘が療養にきていることも多い。が、今の男の声が、寮の持主であるわけがなかった。若主人なら、「ご馳走になりました」などと言いはしない。

門のくぐり戸が開いた。

女中か飯炊《めした》きの男が見送りに出てきたのだろう、「寒いからここでいいよ」と言う声が聞え、手拭いで頰《ほお》かむりをした若い男の姿があらわれた。

次郎左衛門は身震いをした。出刃庖丁を突きつける瞬間を思っての、武者震いではなかった。ゆっくりと歩き出して、次郎左衛門へ近づいてきた男の姿が、青白い月の光に照らされて、よく見えるようになったからだった。

狐《きつね》が化けたのではないかと、次郎左衛門は思った。薄鼠《うすねず》色の地味な紬《つむぎ》の着流しに、寒さしのぎらしい綿入れの袖《そで》なしを羽織った男は、男の次郎左衛門が見ても、目を見張るほどの美男だったのである。

「こんばんは」

男は、次郎左衛門に会釈《えしやく》をして通り過ぎた。つられて頭を下げたものの、次郎左衛門は、出刃庖丁の入っている懐へ手を入れるのも忘れて、男の後姿を見送った。

次郎左衛門の視線を感じたのか、男がふりかえって微笑した。

狐だ。――

と、次郎左衛門は、鳥肌をたてながら思った。

騙されぬうちに逃げようと思ったが、王子《おうじ》村ならともかく、根岸に狐が棲《す》んでいるとは聞いたことがない。寮の住人が、狐に化かされているとも思えなかった。

「わかった」

次郎左衛門は、太腿《ふともも》を叩《たた》いてうなずいた。

あの寮には、内儀がきているのだ。家つき娘だったのかどうかはわからないが、多分、内儀は亭主に愛想が尽きていて、浮気をしているのだろう。その相手が、今の男なのだ。

そう解釈すれば、狐が化けたのかと思うほどの美男であったのも納得がゆく。頬かむりをしているので、髪のかたちはわからなかったが、着ているものから見て、浪人者ではあるまい。多分、旗本の次男か三男で取柄《とりえ》は容姿だけ、芸事の師匠や水茶屋の女に貢《みつ》がせて暮らしている男にちがいない。そんな男に商家の内儀がのぼせ上がってしまったという話は、時折耳にするではないか。

「やってやろうじゃないか」

呟《つぶや》いて、次郎左衛門は身震いをした。今度は武者震いだった。

懐から出刃庖丁を出し、ていねいに巻いてあった手拭いをとって走り出す。男の足が早いのか、次郎左衛門の駆け足が遅いのか、距離はなかなかちぢまらなかったが、それでも御行《おぎょう》の松《まつ》あたりで追いつくことができた。

「もし……」

と、次郎左衛門は男に声をかけた。息がきれていた。

ゆっくりとふりかえった男に、次郎左衛門は言った。

「か、金を出せ」

出刃庖丁を突き出した手が震えていたような気がしたが、目をつむってしまったので、よくわからなかった。

男の返事はない。逃げ出す気配はなく、次郎左衛門は、男が足をすくませているのだと思った。商家の内儀に招かれて、めしを食べさせてもらい、十中八、九、小遣いをもらってきた男だった。三味線を爪弾《つまび》くのはたくみでも、やっとうはからきしだめと相場はきまっている筈であった。

次郎左衛門は、おそるおそる目を開いた。男は、美しい顔に呆気《あっけ》にとられたような表情を浮かべ、次郎左衛門を見つめていた。

「か、金だ。金を出せと言ってるんだよ」

「出してもいいが」

と、男は、のんきなことを言った。

「お前さん、楽隠居の身の上じゃないのかえ。何があったのか知らないが、そんなお人が追剝《おいはぎ》の真似《まね》をしたりして、あとで後悔するぜ」

「わたしのせいじゃない」

と、次郎左衛門は叫んだ。

「わたしがこんな真似をするのは、わたしのせいじゃない。林蔵の娘と、為八の伜の竹次郎のせいだ。恨むなら、林蔵と林蔵の女房と娘と、為八の女房と伜の竹次郎を恨め」

「ずいぶん名前をならべたなあ。覚えきれないよ」

「聞いてくれるなら、教えてやる」

次郎左衛門は、今日までの出来事を逐一説明してやった。金を奪いとろうとしているのか、愚痴をこぼしているのかわからなくなったが、意外だったのは、男が真剣な顔で聞いていることだった。

「そういうわけなんだよ。だから、金を寄越せ」

「わかったよ」

男は、懐へ手を入れた。

「いくら欲しい」

「十両」

「九両にしておけ」

「なぜ」

「十両盗めば首が飛ぶ」

次郎左衛門は息をのんだ。気がついてみれば、頰かむりをしているのは金をとられる男の方で、金を奪う次郎左衛門の方は、月の光に顔をさらしているのだった。

「ほらよ」

男が、財布から一両を抜いて差し出した。

「たちのわるい金じゃないから安心しな。いつ何があるかわからないから、これくらいの金は持っているんだ」

「亭主に踏み込まれた時に差し出す金か」

「え？」

一瞬、怪訝《けげん》な顔をしたが、密通の露見した男が示談にしてくれと頼む金のこととすぐに気づいたらしく、男は大声で笑い出した。

次郎左衛門は、渡された財布を見た。九両のほかに、銭がいくらか入っているようだった。

「わ、わたしに金をとられたことを、人に言うんじゃないぞ」

「わかってるよ」

追剝は成功した。次郎左衛門は、とんでもない罪を犯したのである。あとは「恨むなら林蔵と、林蔵の女房と娘と……」云々《うんぬん》を、念のために繰返して逃げればよかった。

が、財布の重さのせいではなしに、躯《からだ》が動かなかった。

「どうした」

と、男が言った。

「もう一両欲しいのか」

「いや、……米屋や味噌《みそ》屋へ払う金もないのだが、……でも、それには一両あれば足りるのだが」

「年が明けた時に一文なしでは心細いだろう。持って行きな」

「でも……」

「そのかわりに、お前から金を騙《だま》しとった林蔵と、金を届けなくなった竹次郎の住まいを教えてくんな」

「なぜ教えなくちゃいけない」

次郎左衛門は、用心深く目を光らせてあとじさった。男は、また声を上げて笑った。

「お前さんに九両とられたんだ。俺だって、どこかから金をもらわなけりゃ年が越せないじゃないか」

教えてくんな——と詰め寄られて、次郎左衛門は、古い水の中にいる金魚のように口を開けては閉じた。幾度口を開いても、声が出なかった。

「たど……田所……」

「日本橋の田所町か。これが林蔵の住まいだな」

男は、妙に勘がよかった。丹波屋のある神田三河町《みかわちよう》も、ようやく声に出して言って、次郎左衛門は踵《きびす》を返した。新和泉町とは反対の方角へ向うことになるのだが、かまわなかった。一刻も早く、男の前から逃げ出したかった。

が、ふりかえると、すぐ近くに男が立っていた。御行の松も、そのうしろにある。すくんでいる足は、ほとんど動いていないのだった。

男が、自分のうしろを指さした。こちらの方角へ帰るのかと尋ねているのだった。次郎左衛門は夢中でうなずいて、必死に足を動かした。

「年寄りは、こわいな——」

男の呟きが、風にのって聞えてきた。

男へ投げ返したつもりだったのだが、戸を開けようとした足許《あしもと》に焦茶色《こげちゃいろ》の袋が落ちた。男の財布だった。投げ返したのは頭の中の出来事で、実際は、握りしめたまま走っていたらしい。

どぶの中へ叩き込もうとして、次郎左衛門はためらった。

めし粒と金を粗末にするなというのは、父親の口癖だった。板の間へこぼしためし粒を踏みつけたと、頬を叩かれた記憶もある。失《な》くしてしまった一文の銭を、日が暮れるまで探させられたこともあった。

米は命のもとだと、父親は言った。命のもとを踏みつけて、生きていられるわけがない。また、金は天下のまわりもの、失くしたと言ってすましていては、手に入れる順番を待っている人達が迷惑をする。

けちに理屈をつけているだけではないかと若い時は思っていたものだが、三十を過ぎてから「もっともだ」と思うようになった。四十の坂を越えてからは、人にもそう言って聞かせていた。茶碗《ちゃわん》についためし粒を食べず、渡された銭を放り出して駄々をこねた竹次郎を叱《しか》ったこともあるが、彼は、いまだに叱られたわけがわからずにいるだろう。

林蔵の娘も、多分、米と金の有難さを教えられずに育ったのだ。それで、林蔵が騙し取った金でめしを食べていながら、「わたしが借りたのじゃない」などと言えるのだ。六つの年から丸六年も寺子屋へ通わせたと林蔵は自慢していたが、躾《しつ》けを忘れていたにちがいない。

次郎左衛門は、焦茶色の袋を手に持って家へ入った。この中の九両が世間へまわってゆけば、もう一両――いや、せめてもう一分あればと溜息《ためいき》をついている人のうち、三十六人が笑えるのである。

「ぱあっと遣うか」

派手に遣って、無一文になる。無一文になって、自身番屋へ飛び込んで、追剝をした金で只今《ただいま》大騒ぎをしてまいりましたとなのり出る。

そして、こんなに情けない真似をさせたのは、金を返してくれない林蔵一家と金を渡してくれない竹次郎一家、それに彼等の方が正しいと言いたげだった家主や碁敵のせいだと言ってやる。彼等が奉行所の白洲《しらす》へ引き合いに出されるのは間違いない。

そうなれば、「父はいない」「わたしは知らない」ではすまされない。その上、引き合いに出される者は、町役人《ちょうやくにん》、家主などに付き添ってもらう。奉行所からの帰りには、その人達に酒や料理をふるまった上、多少の金も包んで渡さねばならないのだ。

「ざまあみろってんだ」

次郎左衛門は出入口の暗闇《くらやみ》の中で笑い、手さぐりで座敷に上がった。行燈《あんどん》に火をいれようとしたが、暮六つの鐘と同時に寝てしまえばよいと、油を倹約していたことを思い出した。

四畳半の座敷は、出入口より暗い。が、林蔵一家や竹次郎一家に思い知らせてやることができると思うと、どこかから明りが射《さ》しているように思えた。

思いがけない金が手に入ったと言うと、家主も碁敵も意外そうな顔をした。が、いやなことの多かった今年を忘れてしまうため、その金で存分に飲みたいと言うと、二つ返事で承知した。

次郎左衛門は、浅草元鳥越町《もととりごえちょう》にある料理屋へ二人を連れて行った。碁敵は、料理屋へ上がるのはひさしぶりだと言って喜び、家主は、ここならば芸者も呼べると笑った。催促をされなくても、呼ぶつもりだった。

通された座敷は少々せまかったが、掛行燈の明りが目についた店へ飛び込んだのだから仕方がないだろう。そのかわり、料理はうまかった。口取りの白魚も、鴨《かも》と巻湯葉《まきゆば》の吸物も文句のつけようがない。酒も上等で、自分は口がおごっているのだと言っていた家主も、目を細めて飲んでいた。

飲めば酔い、酔えば座は乱れてくる。二十ぐらいと見える芸者が、十六、七の妹芸者を連れてあらわれればなおさらだった。

いつのまにか家主は胸をはだけ、赤く染まった胸を見せて妹芸者の手を握り、堅い男であった筈《はず》の碁敵も片肌を脱ぎ、芸者の三味線と、次郎左衛門の唄《うた》に合わせて踊りつづけていた。

「ヤンレ、お江戸日本橋師走《しわす》も暮れて、敵《かたき》を探す人通り、敵は金と誰《た》が言うた……」

口から出まかせの次郎左衛門の唄に、芸者は笑いころげながら三味線を弾いている。

が、うたっているうちに、次郎左衛門は白々とした気持になってきた。

林蔵一家は金を騙し取った。竹次郎一家は約束を破った。次郎左衛門にくらべれば、確かに彼等の方が悪党だった。が、追剝という罪を犯してしまったのは、次郎左衛門なのである。林蔵一家と竹次郎一家、それに家主と碁敵も白洲へ呼び出されるだろうが、罪人となるのは次郎左衛門一人なのだ。

「どうせ敵は薄情者、おれが前をば素通《すどお》りし……」

泣きたくなってきた。

林蔵一家に竹次郎一家、家主に碁敵を白洲へ呼び出せればまだいい。吟味与力《ぎんみよりき》が家主や碁敵のように、金を貸した方がわるい、約束を信じていた方がわるいと言って、引き合いを抜いてしまえば、すべてが次郎左衛門の一人相撲、空騒ぎとなる。

何をやっているのだ、わたしは。——

が目の端に入った。

「やめた」

次郎左衛門は廊下へ飛び出した。呆気にとられ、三味線を弾く手をとめた芸者の姿が目の端に入った。

階段を駆け降りて、何事が起こったのかと帳場から出てきた女将《おかみ》に財布を投げつけ、北風の吹く表へ裸足《はだし》で走り出た。自身番屋は、料理屋を出て右へ曲がり、真っ直《まっす》ぐに歩いて行った角にある。

こんなばかな話があるだろうかと思った。わるいのは林蔵一家と竹次郎一家なのに、なぜ自分が自訴をして、島流しにならなければならないのか。これ以上、ばかばかしい一人相撲、空騒ぎなどありはしない。林蔵一家と竹次郎一家は金を渡さずに年を越し、家主と碁敵は、うまい酒を飲んで新しい年を迎えるのである。

いつからそんな風になってしまったのだ、江戸の世の中は。

情けなさと口惜《くや》しさに涙がこぼれてきた。が、追剝《おいはぎ》を働いてしまったことの責めは負わねばならなかった。

「お願い申します」

次郎左衛門は、自身番屋の開け放しの戸の中へ転げ込んだ。

「あれ？」

と言う声が聞えた。

「昨日の親爺《おやじ》さんじゃないか」

顔を上げると、上がり口に腰をおろしているらしい定町廻《じょうまちまわ》り同心の黄八丈《きはちじょう》と黒の巻羽織《まきばおり》が見えた。さらに顔を上げると、昨日の頰かむりの美男が、一目で同心とわかる髷《まげ》を見せて笑っていた。

「どうした。昼間っから酒を飲んでいるようだが、料理屋に法外な代金でも吹っかけられたのかえ」

「お奉行所のお方でしたか……」

次郎左衛門は、茶色にしおれた花のように力なくうなだれた。

「昨日は探索に出ていたものでね」

同心は、髷に手を当てて言った。

「あんな恰好《かっこう》のまま、親父《おやじ》の住まいに寄ったのさ」

「親父の……いえ、親父様のお住まいに？」

「寮番をしているんだよ。幾つになっても働きたいってやつさ」

ちょうどよかったと、同心は言った。

「誰か、お前さんのうちへ使いに出そうと思っていたのさ」

捕えにくるつもりだったのだと、次郎左衛門は思った。が、同心の口から出てきたのは、林蔵と竹次郎の名前だった。

「今朝、何人かの親分を呼んで、二人の懐《ふところ》具合やら何やらを調べさせたのだがね」

林蔵は借金だらけだったと、同心は言った。田所町へ行った岡っ引は、ついでに林蔵を呼び出して、金を返す気はあったのかと尋ねたそうだ。林蔵は青くなって、次郎左衛門なら泣きつけば貸してくれると思ったと白状したらしい。やはり、はじめから返さぬつもりだったのだ。

「というわけで、こちらは取り立てようがない。ただ、こわい親分に脅かされて、金ができたら一番先に返すと約束したそうだ。当てになるかどうかはわからないけどね」

丹波屋も借金に苦しんでいるようだと、同心は言葉をつづけた。為八の死後、丹波屋の品物はわるくなったとの噂《うわさ》がもっぱらで、下っ引が近所の女達から聞き出してきたところでは、店仕舞いをする破目にもなりかねないという。番頭は、次郎左衛門に戻ってきてもらいたいと言っているという。今の丹波屋の内情なら、二百両どころか百両、いや、五十両でも売り払うだろう。わるい借金をかかえぬうちに、買い戻してくれるとよいのだがと、心配しているらしい。

「月々二両で買い戻したらどうだ。お前さんが丹波屋へ帰れば、客も戻ってくるだろう」

同心は、惚《ほ》れ惚《ぼ》れするような笑顔を見せて立ち上がった。見廻りをつづけようと供の小者をうながすのを、次郎左衛門は思わず呼びとめた。

「あの、わたしは……」

「これから先どうするかは、自分できめてくんなよ」

「いえ、そちらの方ではございません。昨夜の件でございます」

「九両は、利息なしで貸しておくよ」

聞き違えたのかと思った。が、同心は次郎左衛門の怪訝《けげん》な表情を勘違いしたらしく、そばへ寄ってきて、「わたしだって、小遣いがありあまっているわけじゃないんだよ」と言った。

「林蔵の真似《まね》はしてくれるなよ」

次郎左衛門は、黙って頭を下げた。昔と変わらない江戸も、まだ残っているのだと思った。

騙《だま》し騙《だま》され　二　恵方詣《えほうまい》り

江戸橋を渡りかけて、森口慶次郎は足をとめた。

代助《だいすけ》の家は、青物町《あおものちょう》の裏通りにある。

引き返して寄って行こうかと思った。八丁堀の屋敷を訪れた帰り道だった。

夕暮れ七つの鐘は、八丁堀で聞いた。忘れてきた煙管《きせる》を取りに行くだけだから、すぐに帰ると佐七に言って、昼前に根岸の寮を出たにしては帰りが遅過ぎる。いっそ八丁堀へ帰ってご養子さんと暮らせばよかろうと、佐七はまた機嫌をそこねるにちがいなかった。

晃之助と皐月《さつき》の間に女の子が生れてから、慶次郎は、口実を設けては八丁堀へ出かけるようになった。はじめのうちは、「初孫だものなあ」とこころよく慶次郎を送り出していた佐七も、山口屋の内儀《ないぎ》に頼んで赤子の着物を買ってきてもらったり、恥ずかしげもなくでんでん太鼓を持って出かけて行くのを見ているうちに、「帰ってこないでいいよ」と、べそをかいたような顔でそっぽを向くようになった。

佐七に身寄りはない。この世でただ一人の『身内のようなもの』が、慶次郎だった。

慶次郎の喜怒哀楽は、佐七の喜怒哀楽でもあった筈《はず》なのだが、慶次郎に身内がふえた喜びと楽しみは別であるらしい。その分だけ自分への関心が薄れるような気がするのだろう。

生れた女の子は、八千代と名付けられた。よく乳を吸い、よく眠って、まるまると太った可愛《かわい》い子だった。

そんな話を聞いて、佐七は、慶次郎の心をすべて奪いかねない赤子に敵意を燃やしたのかもしれない。会ってみたいというので、慶次郎は、佐七を八丁堀へ連れて行った。

眉間《みけん》に皺《しわ》を寄せていた佐七だったが、八千代の顔を見ると相好をくずし、抱かせてくれと言った。乳を吸うように唇を動かす八千代の頰《ほお》をふしくれだった指で突ついてみたり、笑ったと大声で叫んで八千代を泣かせてみたり、間違いなく佐七は上機嫌だった。が、帰り道では、話しかける慶次郎に返事もしなかった。「俺の孫じゃねえものな」と言うのである。

「いくら可愛がったって、他人に孝行はしてくれねえ」

そんなことはないと、慶次郎は言った。

慶次郎にとっても、八千代は血のつながった孫ではない。慶次郎と佐七は兄弟のようなもの、八千代から見れば大伯父ではないかと言ったのだが、佐七は首をすくめて横を向いた。兄弟『のようなもの』という一言が、癇《かん》に障《さわ》ったようだった。

「俺は、身内のようなものさ。旦那《だんな》は、晃之助旦那の養い親、赤ん坊の立派な身内だ」

江戸橋を渡らずに、慶次郎は踵《きびす》を返した。

実を言えば、煙管は口実だった。かわりの煙管は、何本かある。ただ、八千代の顔を見てすぐに帰るつもりではあった。が、寝顔を見ただけでは満足できず、目を覚ませばあやしたくなって、とうとう夕暮れの鐘に驚くまで、長居をしてしまったのだった。

佐七は多分、「すぐに帰るなど、できもせぬことは言わぬことだ」と頰をふくらませる。ひたすらあやまったのち、「明日、鮟鱇鍋《あんこうなべ》はどうだ」と機嫌をとる覚悟はきめているが、それでも帰りにくい。代助の家へ寄って話し込んでしまったのだと言った方が、佐七のつむじも曲がらぬだろう。

代助は、通《とおり》一丁目の呉服問屋、出雲屋《いずもや》の手代だった。主人と揉《も》め事があったかして去年の春にやめ、青物町の仕舞屋《しもたや》を借りて『わかやま』の暖簾《のれん》を出した。反物《たんもの》を仕入れ、得意先をまわって仕立の注文をとる商売をはじめたのである。

出雲屋は、山口屋が贔屓《ひいき》にしていた店であった。手代の頃の代助は、山口屋のかかりのようになっていて、盆暮の挨拶《あいさつ》にもきていたらしい。山口屋の内儀に頼まれて、佐七の好物の煎餅《せんべい》を根岸まで届けにきたこともあるそうだ。出雲屋は代助によい感情を持っていないようだが、人のよい山口屋の内儀は、代助が「どうかよろしく」と幾度も頭を下げると、断りきれなくなってしまうようだった。

慶次郎は十年も前、定町廻《じょうまちまわ》り同心だった頃から代助を知っている。代助はまだ、出雲屋の手代だった。腰が低く、すすめ上手で、娘が一人いると聞くと、すぐに菓子折を持ってたずねてくるような男だった。

その代助が、結城紬《ゆうきつむぎ》の包を背負って根岸の寮をたずねてきたのは、まだ夏の暑さが残っていた七月の末のことだった。今のうちに正月の晴着をつくってくれと、山口屋の内儀、おえんに頼まれたのだという。代助が、注文してくれと頼んだのだろう。が、油蟬《あぶらぜみ》の声を聞きながら汗を拭《ぬぐ》っている最中に、紬の反物を見るのは億劫《おっくう》だった。それに、山口屋へよけいな負担をかけたくないという気持もあった。佐七の着物だけつくってやってくれと、あとで番頭の文五郎に頼むつもりで、いい加減な返事をしていたのがいけなかったらしい。

九月のはじめ、代助は、大きな風呂敷《ふろしき》包をかかえてやってきた。包の中は、畳紙《たとう》に入れられた仕立上がりの着物だった。

誂《あつら》えなかったと言う慶次郎に、代助はむきになって言った。

「これはいい柄でございましょうと申し上げたら、そうだねと仰言《おつしや》ったじゃございませんか。つくって下さいと山口屋さんのおかみさんに頼まれてお持ちして、いい柄だねと仰言られれば、手前《てまえ》どもとしてはご注文をいただいたと思います」

「いい柄でございましょう」「そうだね」という会話はほかにもあった筈だったが、それを言って、できてきたものを突き返すのも大人気ない。自分で支払うことにして、慶次郎は、黙って手文庫を開けた。八千代に晴着を買ってやるつもりだった金や、香車《きようしや》が一枚なくなった将棋の駒《こま》を買いかえたかった金などが入っていた。

が、代助は、佐七の着物もつくってしまったと言った。その分も払ってくれというのである。

いい加減な返事をしていた罰《ばち》だと思うことにした。二人分となると、八千代の晴着代だけでは足りず、慶次郎は、同心時代の名残で、何があっても四、五日は暮らせるだけのものが入っている財布も空にした。

その着物の寸法が、合っていなかったのである。身丈が短か過ぎたのだ。

直してくれと代助の家へ持って行ったのが、その翌日だった。とうに縫いなおされていてよい頃だし、佐七の着物もでき上がっていなければおかしい。

代助は家にいた。

慶次郎がたずねてきたとわかると、あいかわらずの腰の低さで出入口へ飛び出してきて、「とんだご足労をおかけいたしまして」と頭を下げた。

「ご迷惑をかけまして、お詫《わ》びのしようもございません。が、実を申しますと、旦那のお着物は、仕立ての職人が短く切ってしまいましたので、反物を新しくしなければならないのでございます」

ふうん――と、慶次郎は言った。そんなことは、慶次郎にもわかっていた。これまでの代助なら、その紬より多少高値のものを仕入れてきて、差額を要求しただろう。

「その新しいのを見つけておりましたので」

と、代助は言った。

「こう申しては何でございますが、あのお値段であの品物となりますと、そう簡単に見つかるものではございません」

「が、佐七のはでき上がっているだろう」

「申訳ないことでございますが……」

代助は、右手を額に当てて見せた。

「職人が、熱いこてを当ててしまいまして。いえ、まったく私どものしくじりでございますお恥ずかしい次第で」

ふうん——と、もう一度慶次郎は言った。正月までに間に合うのかと尋ねるつもりだったが、先廻りをして代助が言った。

「こんなことは、二度とするものじゃございません。大丈夫でございます、必ずお正月には間に合わせます。あちこち駆けまわって、ようやく、これならという反物も見つけましたので」


それが、昨年の師走《しわす》はじめのことだった。

とうとうだめだったね——と、佐七が幾度めかの同じ言葉を口にした。代助に頼んだ紬の晴着は、除夜の鐘が鳴るまで待っていたが、ついに届かなかったのである。

縁側へ将棋盤を持ち出して、詰将棋の駒を置いていた慶次郎は、「しかたがないさ」とひとりごとのように答えた。

「職人の手があかなかったってんだから」

暖かで風もなく、近所の農家の子供達が羽根つきに興じている声が聞えてくる、眠気を誘われるような元日の午後だった。

慶次郎は、膝許《ひざもと》へ置いた本を見て香車を置こうとした。が、三枚あった筈の駒がない。あわてて箱をかきまわすと、二枚が底の方に入っていた。

将棋に興味がなく、目もわるくなってきた佐七は、庭に落ちている駒を、駒と気づかずに掃いてしまうらしい。はじめになくなった駒は、楓《かえで》の落葉と一緒にされて、芋を焼いたようだった。もっとも、一番わるいのは、駒をきちんと片付けぬ慶次郎なのであるが。

「元日に新しいものを着るってのは縁起のいいことだから、楽しみにしていたのにさ」

「十二月のはじめっから、できねえかもしれねえと言っておいたじゃねえか」

「そりゃ聞いていたけどさ」

佐七の愚痴はつきない。

「仕立おろしを着るなんざ、二十年、いや、三十年ぶりかもしれねえんだもの。今年は今までで一番いい年になるかもしれねえと、喜んでたんだ」

それなのに——と、佐七は溜息《ためいき》をついた。

慶次郎は、詰将棋の本を閉じて、衿首《えりくび》を指先でかいた。

仕立おろしを着て、生涯最良となるかもしれぬ年を指折りかぞえて待っている佐七を見ると、話す気になれなかったのだが、実は、代助に不審な行動があったのだった。

昨年の師走なかば、暮の挨拶にきた文五郎が、妙なことを言ったのである。根岸へ着物をおさめたという知らせがないので、おえんは、青物町の代助の家へ催促に行った。師走はじめ、慶次郎が青物町を訪れた直後のようだった。

代助は、寸法を間違えたり、こてで傷をつけたりしてしまったのだと、平身低頭して詫びたらしい。その時に、幾反かの反物をおえんに見せたというのである。が、根岸へ持って行けと命じたものとは、くらべようもない安物だった。おとなしいおえんもさすがに怒り、先のと同じくらいの品で、必ず正月に間に合わせるようにときつく言って帰ってきたのだそうだ。

いやな予感がして、文五郎が帰ったあと、慶次郎は青物町へ行った。代助は、不精髭《ぶしょうひげ》のはえた疲れた顔であらわれて、大晦日《おおみそか》には必ず届けると約束した。おえんも気がかりだったようで、晴着はできあがったかと尋ねる使いが二度も根岸へきた。そのたびにおえんも催促の使いを出していたが、代助は、大晦日に必ず――と答えていたという。

「待ってみるかね、七草まで。松の内なら、元日の次くらいのご利益《りやく》はあるだろう」

佐七は、ひとりごちて立ち上がった。

代助が、門松のとれる七日までに着物を届けにくるとは思えない。儲《もう》けの大きい安物で見映えのする紬など、そう簡単に見つかる筈がなかった。慶次郎は、代助の安請《やすうけ》合《あい》が今更のようにうとましくなったが、佐七の独り言の意味までは考えが及ばなかった。

時雨岡《しぐれのおか》のよろず屋へ煙草《たばこ》を買いに行ってくると、台所へ声をかけたが返事はない。重い板戸を開けたが、佐七の姿はなかった。

正月二日、多少寝坊をして、二人で祝った雑煮《ぞうに》の膳《ぜん》は片付けられているから、それからすぐに出かけたのだろう。しばらく台所にいたのなら、満腹でも必ず一枚はかじる煎餅の袋が出ている筈だった。

慶次郎は、首をかしげながら裏口から庭へ出た。が、佐七はいなかった。

よろず屋へ煎餅を買いに行ったのかもしれないと思った。あんなところの煎餅が食えるかといつも佐七は首をすくめているのだが、ことによると、暮のうちに谷中《やなか》あたりのを買い込んでおくのを忘れ、やむをえず出かけたのかもしれなかった。よろず屋は老夫婦のいとなむ店で、彼岸と盆のほかは休むことがない。慶次郎も、安煙草しかないのを承知で、時折、よろず屋へ行く。

しばらく待っていたが、佐七は帰ってこない。煙草なしの煙管《きせる》をくわえていた慶次郎は、我慢ができなくなって立ち上がった。

表口に錠をおろし、裏口から外へ出て鍵《かぎ》をかける。開け放しでも大丈夫だろうと思ったが、佐七は、給金のほとんどを行李《こうり》の底の袋へ入れている。それを空巣に狙《ねら》われるのを、何よりも恐れていた。

が、途中で出会うだろうと思った佐七は、よろず屋にもいなかった。「こんなものしかなくってねえ」と、気の毒そうな顔をして煙草を出したよろず屋の女房に尋ねてみたが、見かけなかったという。

慶次郎は、礼を言って店を出ようとした。そして、あわてて店の中へ引き返した。不動堂の陰から、佐七が出てきたのである。孫らしい子供の手をひいた女が、そのすぐうしろを歩いていた。

「あら――」

と、よろず屋の女房は、遠慮なく二人に声をかけた。

「おめでとうございます、佐七つぁんとおよねさん。今年もよろしく。あったかくって、いいお正月だねえ」

およねと呼ばれた女は、わるびれた風もなく挨拶を返したが、佐七は、軽く頭を下げただけだった。声をかけられて迷惑と言いたげな表情でよろず屋の女房を見て、ようやくそのうしろの慶次郎に気がついたようだった。

「きいちゃん」

と、よろず屋の女房は、およねに手をひかれた女の子を呼んでいる。おばあちゃんからのお年玉だよと言って紙袋を持ったのは、飴玉《あめだま》でも渡すつもりなのだろう。

走ってきた女の子を追って、およねも店へ近づいてきた。

年の頃は四十六、七か、おそらくは、この近くに住む農家の女房だろう。日焼けした額や頬に深い皺《しわ》がきざまれているが、大きな目のあたりに若い頃の面影が残っている。昔は若者達から、可愛《かわい》い娘だと騒がれたにちがいない。

佐七は、ねめつけるように慶次郎を見つめていた。慶次郎は、一服させてもらうつもりで店の奥へ入って行ったが、寮に煙管を置いてきたようだった。

「倅《せがれ》さんは？」

と、よろず屋の女房がおよねに尋ねた。およねは、苦笑いをして答えた。

「今朝、嫁のあとについて行っちまってさ」

「お実家《さと》かえ」

およねは、苦笑いを濃くしてうなずいた。

「ま、夕方には帰ってくるだろうけれど。この子がうちにいるって言うんで、わたしゃ正月から子守だよ」

「何を言ってるんだね。きいちゃんにお祖母《ばあ》ちゃんと一緒にいると言われて、目尻《めじり》を下げただろうに」

およねは、手を口許へ当てて笑った。嫁への不満がある割には、陽気な笑い声だった。根がのんきな性格なのかもしれなかった。

孫に礼を言わせ、飴玉をしゃぶらせてやって、およねは佐七をふりかえった。

「それじゃあ、また。嫁が帰ってくるかもしれないんで」

佐七は、慶次郎を見つめたままうなずいた。その視線の先に気づいたのか、およねは、慶次郎にも挨拶をして帰って行った。

佐七は、まだ慶次郎を見つめている。あとを尾《つ》けてきたのかと疑っているらしい。煙草を買いにきただけだと言訳をしようとしたが、その前に佐七は背を向けて歩きだした。一緒に帰る気はなさそうだった。

「てれてなさるんだね」

と、よろず屋の女房は笑った。およねは、すぐ近くにある農家の女房で、八年前に亭主を亡《な》くしてしまったと問わず語りに言う。

「口やかましかったお姑《しゅうとめ》さんが亡くなってさ、これから親子三人で——という時に、ご亭主があの世へ行っちまうんだものねえ。でも、伜さんが十九になっていたからね」

伜も親孝行な働き者で、五年前に、三歳も年上の女と所帯をもった。

「ところが、大変な女だったんですよ、これが」

と、よろず屋の女房は仕方話になる。年上の女に押しまくられ、最後はみごもったと脅かされての祝言《しゅうげん》だったという。

およねと嫁との仲のよいわけがない。よろず屋へ愚痴をこぼしにくるようになり、〝まずい煎餅《せんべい》〟を買いにきた佐七と知り合った。去年の秋のことだそうだ。

そういえば落着かぬ素振りが目立ったと、今になって慶次郎は思った。八千代の誕生に気持を奪われて、佐七の落着かぬ素振りが目に入っていながら気にとめなかったのである。

わずかな間に、何が起きているかわからねえものだな。そう思った。

縁側へ出て、三千代が鋏《はさみ》に結びつけた鈴の音を聞きながら爪《つめ》を切っている間に、三千代は男に襲われていた……よそう、それを思い出すのは。だが、俺が三千代の気配にのみ五感を研ぎすましていれば、救ってやることができたのだ……。

「ばあさん」

と、慶次郎は、よろず屋の女房を呼んだ。

「およねさんと佐七は、ちょくちょく会っていたのかえ」

会っていたようですよという答えが返ってきた。

「ここへはきなさらないけど、倅さんとお嫁さんが野良《のら》へ行きなさると、うちには、およねさんときいちゃんがいなさるだけですからね。佐七さんがたずねて行きなさるんじゃありませんか。佐七さんにきいちゃんが飴をもらったとか、風車をつくってもらったとか、およねさんは、愚痴をこぼすついでにそんな話をよくなすってゆきますよ」

よろず屋の女房は、およねの人柄を褒めたついでに、およねを選んだ佐七は目が高いと言った。

慶次郎は、女房に礼を言って外に出た。煙草を袂《たもと》へ放り込んで、寮とは反対の方向へ歩き出す。

佐七が晴着を欲しがるわけだった。正月は二日、代助はまだ商売をはじめず、家にいるにちがいない。多少品が落ちても、七草の昼までに必ず仕立上がりを届けるよう、代助に命じるつもりだった。

五日、仁王門前町《におうもんぜんちょう》の料理屋、花ごろもから使いがきた。

去年の大晦日には女将《おかみ》のお登世《とせ》がおせち料理を届けにきて、一昨日《おととい》も、おせちに飽きただろうからと干物や漬物を持ってきてくれた。その時のお登世は慶次郎の軽口に笑いころげていたのだが、使いの者は、「例の叔父さんっていうお人が……」と、言葉を濁して帰って行った。

庭を掃いていた佐七は、高箒《たかぼうき》の手をとめて使いの言葉に耳をすましていた。慶次郎が「すまねえが……」と言いかけると、「いいよ、いいよ。ゆっくりしてきなさるがいい」と、鷹揚《おうよう》なことを言った。慶次郎の留守に、およねの家をたずねるつもりなのかもしれなかった。

お登世は、婚家を飛び出した女だった。亭主の死後、亭主の叔父に当る男が後見人となり、その次男が養子に入ったため、出て行けよがしの言葉を幾度も浴びせられたらしい。そのくせ、婚家はきれいに縁を切ってくれず、亭主の叔父は、いまだに花ごろもを訪れて難癖をつけて行くようだった。

また無理難題を吹きかけられたのだろうと思ったが、お登世は、たずねて行った慶次郎を見て、首をすくめてみせた。店は大入りで、客にすすめられて酒を飲んだのか、頬と衿首を薄桃色に染め、かすかに酒のにおいを漂わせている。

「ご勘弁――」

　と言って、お登世は両手を合わせた。

「急に旦那《だんな》のお顔が見たくなっちまって。とんでもない嘘《うそ》をついてしまいました。騙《だま》してごめんなさい」

　酔いがまわっているように、ふわりと頭を下げてみせたが、その言葉の方が嘘だろう。それでなければ、使いの者が「例の叔父さんってお人が……」と口ごもったりはしない。お登世は、使いを出したあとで、お正月早々慶次郎に泣き言を聞かせようとしたのを悔いたにちがいない。

「俺も女将さんの顔が見たくってね」

　慶次郎は、案内された二階の小部屋に腰をおろし、壁に寄りかかりながら言った。

「が、うっかりたずねてきて、邪険にあつかわれると情けないんで、やめていたのさ」

「誰がそんな――」

　お登世は、慶次郎を叩《たた》く真似《まね》をして睨《にら》んだ。こらえきれなくなって「実は――」と打ち明けてくれるのではないかと思ったが、お登世は、一瞬からみあった視線をはぐらかすようにほどいて、部屋を出て行った。

階段を降りて行く足音がして、手を叩いて人を呼ぶ声が聞えた。そのあとは大繁《はん》昌《じょう》の喧騒《けんそう》に掻《か》き消されたが、まもなく若い男が酒をはこんできた。使いにきた男だった。

「すみません、わたしで」

と、男は頭を下げてから、銚子《ちょうし》と盃《さかずき》ののった盆を差し出した。

板前の修業に入ったばかりなのだと言う。すぐに女将さんがくるだろうからと、恐縮しきって出て行こうとするのを呼びとめて、慶次郎は盃を持った。

「お前《めえ》もいそがしいのだろうが、酌ぐらいしてゆきねえな」

「へえ」

「名前《なめえ》は何てえんだ」

「万吉といいます」

「いける口かえ」

「いえ、不調法《ぶちょうほう》で」

「とか何とか言いながら、陰で飲んでるやつだろう」

まだ人ずれのしていない若者は、衿首《えりくび》のあたりをかいて笑った。図星だったのかもしれなかった。

「度を過ごさなければいいわな。――で、叔父さんって人は、始終きているのかえ」

迂闊《うかつ》な返事はできぬと思ったのだろう。てれたように笑っていた顔が真剣になった。

「なに、揉《も》め事へ首を突っ込もうってわけじゃねえ。話を聞いただけでも会いたくねえ人だから、始終きているのなら、早々に退散しようと思ってさ」

真剣な顔の目が、慶次郎を非難するように光った。

「くるのかえ、始終」

「きてますよ」

叩きつけるような口調だった。

「しかも近頃は、変な人を連れてきます」

「変な人？」

「口銭《こうせん》をもらっているのかどうか知りませんが、魚はこの人から買え、酒屋はこの人がいいと、うるさいんです。断れば、わたしの顔を潰《つぶ》す気かと怒りますしね」

慶次郎は、話の先を促した。が、促されなくとも、若い万吉の怒りは堰《せき》を切ってあふれ出したようだった。

「それも、連れてくる魚屋や酒屋が、まともな品をおさめてくれるのならいいんです。わたしですら一目でよくないとわかる魚や、水で割ったような酒を持ってくる。叔父さんの顔を立てて買ったものを、幾度捨てたかわかりゃしません」

この間なんざ——と、万吉は言った。

「あの男の連れてきた呉服屋に、お金を騙し取られました」

盃を口許《くちもと》まではこんだ慶次郎の手がとまった。

「わたしは入ったばかりでよく知らないのですが、板前や女中達の話じゃ、あの男——叔父さんのことですが、あいつが後見人になっている唐物問屋が、高い偽物《にせもの》をつかまされて二進《にっち》も三進《さっち》もゆかなくなっているそうです。あいつは、女将さんから金を出させたくってしょうがないんですよ」

万吉は、じれったそうに言葉をつづけた。

「退散するだなんて、そんなことは仰言《おっしゃ》らずに、女将さんの相談相手になってあげておくんなさいよ、旦那。わたしのような若僧の口を出すところじゃないかもしれませんが」

「いや、口を出してもらいたかったのさ」

慶次郎は、手早く懐紙で金を包み、遠慮する万吉に握らせた。万吉は、耳朶《みみたぶ》まで赤くした。叔父に会わずに退散したいという慶次郎の嘘にのせられて、お登世の悩みを喋《しゃべ》ってしまったことに気づいたようだった。

「これをいただくわけには……」

「庖丁《ほうちょう》を買う足しにしてもらえると有難え」

万吉は素直に礼を言って、銚子を持った。酌をしてくれるのかと思ったが、酒がぬるくなったのでかえてくると言う。

が、熱い酒と料理をはこんできたのは、万吉ではなくお登世であった。人ずれはしていないのに気のきく若者も、探せばまだいるようだった。お登世は黙って酌をして、一息に飲んだ慶次郎から盃を受け取った。

そばへ寄ってきたのを引き寄せると、お登世は慶次郎の肩に頬をのせた。銚子はたちまち空になり、お登世は、鬢《びん》の乱れを気にしながら部屋を出て行った。すぐに階段をのぼってくる足音がして、女中が次の料理と銚子をはこんできた。

階下からは、客を送り出すお登世の声が聞えてくる。とりあえず、慶次郎ができることは、魚屋や酒屋を、花ごろもに近づくなと叱《しか》りつけることくらいかもしれなかった。大勢いる客が帰ったあとに居残りたい気はするが、お登世がそこまで望んでいるかどうかはわからない。

「まあ、ご冗談ばっかり」

客がお登世をからかったのか、はなやいだ笑い声が聞えてきた。

駕籠《かご》に揺られながら、慶次郎はふと思った。年齢《とし》をとって早くなるものは月日の流れ、それだけではあるまいか。

軀《からだ》は、いやでも衰えてくる。昔と変わらぬつもりでいても、晃之助と同じ早さでは動けない。頭の回転も、遅くなっているだろう。

そして、色恋沙汰《ざた》のじれったいことといったらない。お登世は駕籠を呼ばぬくせに泊ってゆけと言い出せず、慶次郎は、他の客が帰って静まりかえった二階で酒を飲んでいたくせに、お登世を抱き寄せることができなかった。

亡妻、里和《りわ》と一緒になった頃の慶次郎だったなら、銚子や盃を押しのけてお登世に近づいていたにちがいない。内与力《うちよりき》だった里和の両親は、定町廻り同心の伜《せがれ》などに娘はやらぬと言いつづけていた。その反対をものともせず、稲荷《いなり》社のくらがりで待ち、頬かむりをして中宿《なかやど》へ飛び込む、若く、やみくもな情熱がなければ、里和と所帯をもつことはできなかっただろう。お登世も恋しいし、愛《いと》しいのだが、ふっと歯止めがかかってしまうのは、いったい何のせいなのか。

「お待遠様、着きやした」

駕籠舁《かごかき》の声が聞えた。慶次郎は、あわてて懐《ふところ》の財布を取り出した。

酒手《さかて》をはずんだ慶次郎に礼を言う声が、ひえきった夜の空に響く。静かにしてくれと慶次郎は苦笑いをしたが、酒手に気をよくした駕籠舁は、威勢のいい掛声で走って行った。

門のくぐりを開け、足音をしのばせて裏口へまわる。が、裏口の戸は、慶次郎が手を触れる前に中から開いた。佐七が起きていたのだった。

「待っていたんだよ」

と佐七は言った。

「今日、仕立物が届いたんだ」

よかったじゃねえかと言いながら、慶次郎は裏口の土間へ入り、後手に戸を閉めた。つめたい風が遮られ、暖かい空気が軀をつつんだ。台所の板の間に坐《すわ》って慶次郎を待っていたらしい佐七は、竈《かまど》で火をたいて、湯を沸かしていたのだった。

「それが、よくねえんだよ」

佐七は、慶次郎の前に立ち塞《ふさ》がったままで言う。

「代助さんの使いだってえ人が届けにきたのだが、風呂敷《ふろしき》包を受け取って畳紙《たとう》を開けてみたら、空《から》なんだよ」

「どこにある、その畳紙は」

「旦那の居間」

慶次郎は、板の間の隅でにぶい光を放っていた行燈《あんどん》を持ち、居間へ入った。代助の使いが持ってきたという畳紙は、二枚ともひろげられたままになっていた。

「よく見てくんなよ、旦那」

行燈を近づけずとも、畳紙の中身はよく見えた。捨てられていたのを拾ってきたような錦絵《にしきえ》と、菓子屋の包紙などが入っていた。

「受け取って、すぐに開けてみたんだよ、俺は。そうしたら、これが出てきたんだ。嘘じゃねえ」

「わかってるよ。それで、使いを追いかけなかったのか」

「追いかけたさ。が、代助さんに駄賃《だちん》をもらって頼まれただけだから、何にもわからないと言っていた。それで俺は、青物町まで走ったんだ」

「代助はいたのか」

いた——と、佐七は言った。

「でも、ちゃんと仕立上がりを包んだって言うんだよ。職人に手間賃をはずんで、夜明かしをさせてつくらせたのに、おかしな文句はつけないでくれって言うんだ」

使いの男も、代助の家まで一緒にきてくれたという。が、代助はその男にも、佐七と組んで強請《ゆす》りを働く気かとまくしたて、岡っ引を呼んだらしい。使いの男は、驚いて逃げ出したそうだ。

「俺は、自身番屋へ引っ張って行かれたよ」

と、佐七は言った。

「旦那の名前を出したら、岡っ引も番屋の連中も真青《まつさお》になって、すぐに帰してくれたけどね」

それからずっと、佐七は慶次郎の帰りを待っていたのだろう。暮六つの鐘が鳴り、表口に錠をおろしたあとは、竈に火をたいて、板の間で膝《ひざ》をかかえていたにちがいない。目の前には、およねの顔が浮かんでは消えていたのではなかったか。

「花ごろもへくりゃいいのに」

「だってさ……」

そのあとの言葉は、佐七の口の中で消えた。

「火をたいて待っててくんな。もう手遅れかもしれねえが、晃之助を連れて青物町へ行ってみる。あの野郎、ただじゃおかねえ」

「俺も行く」

と、佐七は言った。そのつもりで、慶次郎を待っていたのかもしれなかった。立ち上がった佐七は、股引《ももひき》を二枚重ねてはき、首には真綿《まわた》入りの布きれを巻きつけていた。

下谷で辻《つじ》待ちをしていた駕籠に佐七をのせ、晃之助を迎えに行かせて、慶次郎は夜道を走った。が、やはり代助はいなかった。待つほどのこともなく晃之助も駆けつけて、その家の差配を呼んできた。差配は、「昼過ぎに代助の娘を見かけたのですが」と怪訝《けげん》な顔で言いながら、家の鍵《かぎ》を開けた。

もぬけのからだった。

「そう言やあ、この間っから女房と娘が、かわるがわる大きな風呂敷包をかかえて出かけていたっけが……」

だめか――という、佐七の呟《つぶや》きが聞えた。新しい着物が手に入らぬことより、それによって起こるかもしれない縁起のわるいことに溜息《ためいき》が出たのだろう。

「辰吉に探させましょう。女房や娘が、大きな風呂敷包をかかえて幾度も往《ゆ》き来しているのだ、江戸にいるにちがいない」

と晃之助が言ったが、佐七はかぶりを振った。

「よしておくんなさい。代助を捕えたって、七草までに新しい着物が手に入るわけじゃねえ。それより、逃がしたまんまにしといておくんなさい」

「なぜ」

「俺の恨みだよ、晃之助旦那《だんな》」

一度に二枚の着物をつくらせて一枚分を詐取《さしゅ》するなど、代助の手口はけちくさい。同じような手でほかからも金を騙《だま》し取っているかもしれないが、おそらくは一枚の着物で一両前後、二両と吹っかけてはいまい。慶次郎と佐七で一両、ほかに三人か四人を騙していたところで、五両がせきの山だ。

五両を大金でないとは言わない。言わないが、代助夫婦、代助親子は騙《かた》りだと後指をさされるには、可哀《かわい》そうなほどわずかな金ではあるまいか。

「俺あ、代助を恨んでいる。旦那や晃之助旦那が考えていなさるより、もっと深く恨んでいるんだよ」

だから、思い知らせてやる。騙りだと後指をさされることが、どれほどつらいか、じっくりあじわわせてやる。

「ねえ、そうでしょうが。岡っ引の親分が代助を追っかけて行ってつかまえれば、あいつだって、着物はちゃんと渡したと必死になって嘘《うそ》をつく。畳紙の中は紙屑《かみくず》だったなんて、言いがかりもいいところだとわめくにきまっている。代助に騙された人のなかには、正月から奉行所へ出向くなどとんでもないと、いっさいをなかったことにする人もいるでしょう。下手をすりゃ、畳紙には着物が入っていたということにもなりかねねえ。代助は、ほっと胸を撫《な》でおろすことになる。それだけは、させたくねえんでさ」

晃之助が慶次郎を見た。なぜここまで佐七が代助を恨むのか、不思議に思ったのだろう。

「捕えられなければ、あいつは一生、手前《てめえ》で手前《てめえ》を責めることになる。手前《てめえ》で責めなけりゃ、俺が恨みつづけてやる。旦那から二両もふんだくりゃがって、旦那にも俺にも新しい着物をわたさなかったのは、天知る地知るおのれ知る——だ。俺は騙りだと、一生そう思って暮らすがいい」

佐七は、ちらと慶次郎を見た。

「それがいやならね、旦那、代助は手前《てめえ》で根岸まであやまりにくるほかはねえんだよ」

「わかった」

と、慶次郎は言った。

「晃さん、引き上げようか」

晃之助は黙ってうなずいた。気がつくと、凍りつくような風が吹きすさんでいた。

翌日、慶次郎は、花ごろもへ出かけた。

部屋には上がらず、お登世を外へ呼び出して尋ねると、やはり叔父が連れてきたのは代助という男だったという。むりやり二枚の着物を誂《あつら》えさせ、ぼろ布の入った畳紙を女中に渡して行ったそうだ。

「暖簾《のれん》をおろしてから畳紙を開けてみたもので、何かの間違いじゃないかと言いに行ったら、お前さんとこの女中を疑った方がいいと言われて——。でも、これで叔父さんと縁が切れるなら、二両でも三両でも代助って男にくれてやりますよ」

と、お登世は、塩の壺《つぼ》をかかえて婚家の鎌倉屋へ走って行きかねぬようすで言った。

辰吉を鎌倉屋へ行かせようと、慶次郎は思った。したたかな叔父は、「わたしは代助の悪事とはかかわりがない」ととぼけるだろうが、その時は、「奉行所へ引き合いにきてもらうぜ」と脅《おど》かせばよい。「魚屋と酒屋のわるい噂《うわさ》も耳にしたぜ」とでも辰吉に言ってもらえば、彼等も叔父も花ごろもへあらわれなくなるだろう。

その足で、慶次郎は山口屋へ行った。

ほかに被害はなかったか、確かめに行ったのだが、一足早く晃之助が調べにきたらしく、慶次郎が店へ入ると、主人夫婦と文五郎が飛び出してきて詫《わ》びを言った。おえんは、代助が持ってきた晴着の柄がどうしても気に入らず、断ったという。

「お蔭《かげ》で、お正月に新しい着物が着られません」

年齢よりも若く見える主人は、おえんをふりかえって苦笑した。

「新しい着物が着られなくてもよいことがありますようにと、初詣《はつもうで》の観音様は、いつもより念入りに拝んでまいりました」

「あら」

と、おえんは、思いがけないことを聞いたような顔つきで、慶次郎に尋ねた。

「足袋でも下駄《げた》でも何か一つ新しくすれば、縁起はよくなるのじゃありません？」

縁起のよしあしなど考えたこともなかったが、その通りだと慶次郎は答えた。「ほら、ご覧なさい」と、おえんは亭主に言っている。

「足袋を新しくして、足許《あしもと》が気持いいのですもの、今年もいい年ですよ」

まだ松の内で、山口屋の外へ出ると、凧《たこ》の上がっているのが見えた。慶次郎は、足袋のかたちをした看板を見つけ、店に入って二足買った。新しい足袋はあった筈《はず》だが、仕立おろしを着る時にはくつもりだったのか、佐七は今日も、親指の先を不器用につくろった足袋をはいていた。

八千代のいる八丁堀を、目をつむって素通りして、根岸へ向う。

松の内にせめて新しい足袋をはいて、およねの家へ行く気になってくれればよいと思ったのだが、時雨岡のよろず屋の前で、そのおよねとすれちがった。

数日前によろず屋にいた男だと、およねは慶次郎を覚えていたらしい。或《ある》いは佐七と一緒に暮らしている男だと以前から知っていたのかもしれないが、およねは軽く会釈《えしやく》をして通り過ぎて行った。

慶次郎は足を早めた。陽はもう西に傾いて、空は黄金色の夕焼け雲を浮かべている。寮の門は開け放しだった。高箒《たかぼうき》は表口の横にたてかけられていて、掃き寄せられていた落葉が風に吹かれ、またあちこちに舞い落ちている。

佐七は、赤く染まった縁側に腰をおろしていた。慶次郎は、「疲れた」と言いながら、佐七とならんで腰をおろした。

懐《ふところ》から買ってきたばかりの足袋を出す。

「何か一つ、新しくすりゃいいんだとさ」

佐七は、膝の上に置かれた足袋を眺《なが》めて、うっすらと笑った。

「有難いけど――もう遅いよ」

「まだ七草になっちゃいねえぜ」

「七草になる前に、今年の運は尽きちまったよ」

「なぜ」

「どこかで、およねさんとすれちがっただろうが」

佐七は、足袋を摑《つか》んで立ち上がった。

「あんまりこないでくれとさ。妙な噂《うわさ》がたって、困ってるんだそうだ」

返事のしようがなかった。何も言わずにふりかえると、佐七は背を向けた。涙がこぼれていたのかもしれなかった。

「七つぁん……」

「いいんだよ。暮に仕立物が届かなかった時から、こうなるんじゃないかと思ってたんだ」

「だが、まだ正月の六日だぜ。これから運が開けるかもしれねえじゃねえか」

「そう思うのが、俺には間違いのもとなんだよ、旦那」

「どうして」

「俺に惚《ほ》れてくれた女は十八で死んじまったし、俺を好きだと言ってくれたおひでも死んじまった。ほかは、振られるばっかりでね。——俺のような男は、仕立おろしが着られるから今年は縁起がいい、およねさんとうまくゆくと思っちゃいけないのさ。仕立おろしを着られたら見つけもの、およねさんとうまくいったらなお見つけものと、そう思っていりゃよかったんだよ」

「そりゃちがうぜ、七つぁん」

「ちがうものかね」

佐七は、背を向けたままで言った。

「およねさんとは、時々茶を飲んで話しあうだけでいいと思ってた。が、そういう間柄じゃ、いつになっても、きいちゃんはおよねさんの孫なんだよ。俺にとっては、赤の他人なんだよ」

「だからさ。だからなぜ、所帯をもとうと切り出さねえ」

「せっかく、茶を飲んで話しあえる人が見つかったのにかえ。一緒になる気はないと断られるのがわかっているのにかえ」

佐七は洟水《はなみず》をすすりあげた。

「俺は、旦那じゃないんだよ。女に縁のないまま、ここまで生きてきた男なんだ。茶を飲んで世間話をしてくれる女が見つかってさ、元日に仕立おろしが着られるから、今年は深い仲になれるかもしれねえなんて、思っちゃいけなかったんだよ」

「それがちがう……」

「ちがやしねえ。人にゃ分相応ってものがある。俺は、いつかきいちゃんが俺の孫になってくれりゃいいと思いながら、辛抱強く待っていりゃよかったんだよ。そうすりゃ、所帯をもてなくたって、ずっとおよねさんとこへ通ってられたんだ」

「女房になってくれと言ったのか」

「いや……」

佐七は口ごもった。

「正月になったら言おうと思っていたんだが……着物ができなかったんで……」

「縁起をかつぐ時は、かつぎ方があるんだよ」

慶次郎は、縁側を叩《たた》いて声を張り上げた。

「縁起をかつぐのなら、よい方へかつげ。妙な着物なんざ、できてこねえ方がいい。厄《やく》がこっちへまわってこなかった、有難え話だと思え」

「どうかつごうと、好き好きじゃないか」

佐七は、愚痴をこぼすような低い声でつけ加えた。

「いいことがあると信じきっていて縁起にそっぽを向かれてさ、がっかりするより、俺あ、どうせろくなこたあねえと思っていていいことのある方が、得をしたような気分になれるんだよ」

「そりゃそうだが――」

慶次郎は座敷へ上がった。その分だけ、佐七は自分の部屋へ向って歩いて行った。

「明日、新しい足袋をはいて出かけようぜ」

「どこへ」

「恵方詣《えほうまい》りだよ。俺も、いい女とねんごろになれるよう、たっぷりとお願いしてえ」

「どっちが恵方だよ」

答えに詰まった。暦を見ればわかるのだろうとは思ったが、そういうものを見たことがない。

「神仏のおいでなさるところは、みんな恵方なんじゃねえのかえ。お不動様がおいでになる時雨岡でも、観音様の浅草寺《せんそうじ》でも」

佐七の肩が揺れた。泣いているのかと思ったが、笑い出したのだった。佐七は、涙で赤くなった目を手でこすりながら慶次郎をふりかえった。

「あいかわらずだね、旦那は。賢いお人なんだが、間の抜けたところがある」

「よけいなお世話だ」

「俺は、八丁堀へ行きたいよ。八千代さんっていう、ちっちゃな観音様がおいでなさるところにね」

笑うまいと思ったが、どうしても口許がほころびた。

が、佐七は、およねの孫の顔を思い出したのかもしれなかった。またにじんできたらしい涙を足袋で拭《ぬぐ》いながら、台所脇《わき》の自分の部屋へ駆け込んで行った。

不惑

売掛と買掛の勘定も合い、あとはまかせてくれと三番番頭の清七が言ってくれた。大番頭の仁兵衛《にへえ》は、遠慮をせずに家へ帰ることにした。宵の口五つの鐘の鳴る前で、いつもより半刻《はんとき》以上も早かった。

春とはいえ、二月の夜だった。冬の霜月師走《しもつきしわす》の寒さに特有の重苦しさはなくなったが、躯《からだ》に突き刺さってくるような鋭さが増した。しかも、今日は日暮れまで北風が吹き荒れて、小僧や女中達は、一日であかぎれの数がふえたと言っていた。

が、そのかわり、風のやんだ今は月が冴《さ》え返り、星も降るようだった。仁兵衛は、提燈《ちょうちん》の用意をしている小僧に「今夜はいらない」と言い、裏口から表通りへ出た。近頃、羽織の下に着るようになった綿入れの袖《そで》なしが暖かかった。

「仁兵衛さんじゃありませんか」

声をかけられてふりかえった。

酒問屋山口屋の大番頭、文五郎が、ちょうど川から吹いてきた風に、首をすくめながら近づいてきた。文五郎も、家へ帰るところらしかった。

霊岸島四日市町は新川の北側になるので、北新川と呼ばれ、酒問屋が軒をつらねている。それは、南新川と呼ばれている川向うの霊岸島銀町も同様で、上方から新川の酒問屋へ送られてくる酒樽の数は、一年に百十万を超えるという。

酒問屋には及ばないが、やはり両岸に数軒あるのが、醤油酢問屋だった。仁兵衛が大番頭をつとめている太田屋もその一つで、山口屋と播磨屋という酒問屋の間へ割り込むように暖簾を出していた。

「今日はお早いじゃありませんか」

と、文五郎が言った。

そちらも——と、仁兵衛は笑って別れるつもりだった。仁兵衛の家は銀町の裏通りにあるが、文五郎の家は、伊勢太神宮社を通り越した霊岸島町にある。

が、言う筈のなかった言葉が口をついて出た。

「このところ売り上げがのびませんので暇なのですよ」

つまらぬことを言ったと思い、唇をこすったが、言葉はとまらない。

「そちらも、お暇なようじゃありませんか」

文五郎は、「その通りです」と言って笑った。気のせいか、おかしくもないのに笑っているようだった。

いる背中にまで入ってきた。

「それでは、ここで」

「お気をつけてどうぞ」

文五郎は、背を伸ばして歩いて行った。仁兵衛は、しばらくその後姿を見送ってから三の橋を渡った。やんでいた風が川から吹き上がってきて、衿首《えりくび》から綿入れを着ている背中にまで入ってきた。

表口には錠がおりていた。仁兵衛の帰りは五つ半を過ぎるものと思っている女房のおきわが、早々とおろしてしまったのかもしれなかった。

戸を叩《たた》いたが、返事はない。かわりに子供の泣声が聞えてきた。明けて三つになった栄吉が、まだ眠っていないようだった。

仁兵衛は、もう一度戸を叩いた。みっともないと思ったが、「わたしだ」と声も張り上げた。

家の中が急にあわただしい感じになったのが、仁兵衛にもわかった。小走りに取付《とつつき》の部屋へ出てくる足音がして、「只今《ただいま》、開けます」と、しわがれた声が言った。栄吉が生れてから雇った、おはまの声だった。

「まあ、お早いお帰りで」

と、戸を開けたおはまが言う。早くてわるいのかとからみたくなるのを我慢して、仁兵衛は茶の間へ上がった。

おきわの姿はなかった。栄吉を抱いて、二階へ上がって行ったらしい。栄吉の泣きやむ気配はなかった。

具合でもわるいのかと、長火鉢に炭をつぎ足しているおはまに尋ねたが、おはまは曖昧《あいまい》にかぶりを振って笑った。どうやら栄吉は、いつも今頃まで起きているようだった。そういえば、寝つきがわるいと、おきわが愚痴をこぼしたことがあった。毎夜、仁兵衛の知らぬ間にこんな騒ぎが繰返されていたのだろう。子供には早く寝る習慣をつけさせろと言っていたではないかと、仁兵衛は思った。

仁兵衛は、毎朝七つ半に起き、明六つの鐘の鳴る頃には太田屋へ行く。栄吉はたいてい眠っていて、家を出る仁兵衛を見送ることは稀《まれ》だった。寝る子は育つとおきわは言うし、せわしない朝飯につきあわせる年齢でもないと思ったので黙っていたのだが、五つ過ぎまで起きているのでは、明六つに起きられぬ筈だった。

おはまが頰をふくらませて、炭にのせた火種を吹いていた。

仁兵衛は、どんなに遅く帰っても、一合ほどの酒を飲む。冬は軀を暖めて眠るため、夏は暑さより眠気を感じるためだった。

いつもなら銅壺《どうこ》に湯が沸いていて、仁兵衛がおきわに手伝わせて着替えをしている間にちろりがかけられ、長火鉢の前へ腰をおろす頃にはぬるめの燗《かん》がついているのだが、今日は、銅壺にも鉄瓶にも湯が少なくなっていたらしい。おきわは栄吉を遊ばせながら、おはまと茶を飲んでいたのかもしれなかった。

それをわるいとは言わないが、おきわが栄吉の言いなりに菓子やおもちゃをあたえ、仁兵衛の両親の悪口を言っては茶を飲んでいる光景を想像すると不愉快になった。仁兵衛は、明六つから働いているのだ。それも、人から謗《そし》られることのないよう、万事に気を遣って動きまわっているのである。亭主の言う通りに子供を早く寝かせ、いつ亭主が帰ってきてもよいように酒と肴《さかな》の支度を整えて、それから茶を飲んだらどうかと思う。疲れはてて帰ってきた時に、おはまではなく、おきわに出迎えてもらいたいと思うのは、仁兵衛の我儘《わがまま》なのだろうか。

「お肴は鰤《ぶり》の……」

「いらない」

「え？　お酒だけでよろしいんですか」

「飲まないよ、今日は」

言い捨てて仁兵衛は立ち上がった。

が、二階には、おきわと栄吉がいる。栄吉を起こしてあやしたい気もしたが、おきわの顔は見たくなかった。

仁兵衛は、台所へ出て行った。

機嫌をそこねたと思ったのだろう、おはまが、胸の前で手をこすり合わせながらついてくる。

仁兵衛は、踵《きびす》を返して表口へ出て行った。帰ってきた時の草履が、踏石の上に揃《そろ》えられていた。

「お店の用事を思い出した。今夜は帰れないかもしれない」

なぜ、そんな言訳をするのだろうと思った。おきわとおはまに腹が立ったのなら、黙って外へ出て行けばよいではないか。

出て行けばよいのだが、人に気を遣うことが身にしみついている。それが、十一から四十一になるまで、懸命に働いてきた三十年の結果だった。

店に用事などある筈はなかった。仕事はいくらでもあったが、今、片付けなくてもいい。主人はじめ、手代とも小僧とも顔を合わせたくない。

それどころか、先刻の文五郎へのように、顔見知りと出会えばよけいなことを言ってしまいそうで、仁兵衛は足早に歩き出した。

亀島橋《かめじまばし》を渡り、八丁堀の組屋敷を抜けて、弾正橋《だんじょうばし》のたもとまできた時に、ふと思い出した。

橋を渡って左へ行けば、竹河岸《たけがし》へ出る。京橋川沿いに竹屋がならんでいるところから名づけられたようだが、町の名は炭町《すみちょう》という。

その炭町の裏通りに、一度だけ行ったことのある中宿《なかやど》があった。もう二十年も前のことで、今でもしのび逢《あ》う男女に一夜の宿を貸しつづけているかどうかはわからない。が、これから旅籠《はたご》を探して神田方面まで歩いて行くのは億劫《おっくう》だったし、知った顔もなく、女もいない場所は、そこ以外に思いつかなかった。

仁兵衛は、急いで橋を渡った。

十四日の月と、降るような星の明りに照らされて、河岸地の柵《さく》にたてかけられ、結わえつけられている竹は、濡《ぬ》れているように見えた。京橋川の水が黒くよどんでいるようなのは、竹が落とす影のせいだろう。

仁兵衛は、炭町の横丁を曲がった。

どこの家もかたく戸を閉ざしている裏通りに、一軒だけ明りの洩《も》れている家があった。仁兵衛が入ったことのある中宿であった。まだ、ほそぼそと同じ商売をつづけているようだった。

仁兵衛は、この正月に張り替えなかったらしい薄汚れた腰高障子を叩いた。

返事はなく、かわりに藁草履《わらぞうり》をひきずっているような足音が近づいてきて、腰高障子が開けられた。白髪の目立つ老人が、上目遣いに仁兵衛を見た。騒ぎを起こしそうな人物かどうか、或《あ》るいは金を持っているかどうかなどと、いろいろな角度から値踏みをしているのかもしれなかった。

代《だい》がわりしたのかと思ったが、二十年前と同じ男だった。二十一歳の手代だった仁兵衛の目に、酸《す》いも甘いも嚙《か》みわけた男と映ったのだから、三十七か、八くらいにはなっていただろう。それから二十年、髪は白くなり、皺《しわ》が深くなって、腰も曲がる筈だった。

ということは、仁兵衛の風貌《ふうぼう》も、それくらい変わっていることになる。

「空《あ》いているか」

と、仁兵衛は尋ねた。

「空いていなけりゃ、閉めてるよ」

二十年前と、同じ答えが返ってきた。

「あとからもう一人くる。上がらせてもらうよ」

仁兵衛は、嘘《うそ》をついて二階へ上がった。

汚い部屋だった。二十年前の記憶も、小綺麗《こぎれい》だったというのでは決してないが、それから一度や二度は火事で焼けただろうに、建て直したという感じがまるでない。

破れに千代紙を無雑作に貼《は》った唐紙《からかみ》や、煙草《たばこ》のやにがついたままの煙草盆を眺めていると、階段をのぼってくる足音がした。老人が、茶と火種をはこんできたのだった。

「寒いね」

それが、精いっぱいの愛想なのだろう。老人は、口許《くちもと》だけで笑ってみせた。

そういえば——と、仁兵衛は思った。あの時、茶と火種をはこんできたのは、三十がらみの女ではなかったか。

「おかみさんは？」

と尋ねると、老人はちらと仁兵衛を見た。が、二十年も前に一度きただけの客の顔を思い出せるわけがない。

「死んだよ」

と、老人は答えた。

「子供は？」

「ない」

腰高障子も唐紙も張り替えずにいたわけがわかった。

「すまないが、炭取《すみとり》をとってくれないか」

と、老人が言った。

「旦那《だんな》のうしろのさ、戸棚の中に入ってる。立って行きゃいいんだが、女房が逝《い》っちまってから、何をするにも億劫になってね」

仁兵衛は、手をのばして戸棚を開けた。長いままの炭を入れた、炭取が入っていた。

「ありがとよ」

炭取を受け取った老人は、火箸《ひばし》で炭を叩き折った。

「お客を前にして言うのも何だが、もうこの商売をやめようかとも思ったんだけどね」

火種を置かれた炭は、すぐに赤くなってきた。どういうこつがあるのか、老人は、おはまより火をおこすのがたくみなようだった。

「やめちまうと食えないし」

「おかみさんが生きてなすった頃、しっかりためたのじゃないのかえ」

「多少はね」

老人は、真顔で答えた。

「二、三年先にお迎えがきてくれりゃいいけどさ。あと五年も六年も生きているんじゃ、とても足りやしねえ」

仁兵衛は口を閉じた。

太田屋をやめたい――。そう思ったことは幾度もあった。が、行李《こうり》の底にためていた金をかぞえると、辛抱をするほかはなかった。何度かぞえても、金は一年を遊んで暮らせるほどたまっていなかったし、やめてしまえば、そのあとが大変だった。二十を過ぎた男を雇ってくれる大店《おおだな》などありはしなかったのである。

「しょうがないから、毎晩、掛行燈《かけあんどん》に火を入れるのさ」

しょうがないから、ずっと、太田屋にいたのさ――。

「やりたくもない商売をやって、まったく、何のために生きているのかわかりゃしねえ」

どっこいしょと腰に手を当てて、老人は立ち上がった。

「旦那は運がいいよ。もう少し商売をつづける気になったんで、布団《ふとん》を新しくしたところさ」

地味な色合いだったので気づかなかったが、老人の言う通り、部屋には不似合いな夜具が敷かれていた。枕《まくら》も新調したらしく、これならば横になった時に、他人の髪油のにおいがすることはなさそうだった。

「それじゃ、ま、ごゆっくり。そちらの都合がつくなら、明日、昼頃までいてもいいよ」

夜更《よふ》けてしのんでくる相手などいはしないと見抜いているのだろう。老人は転ばぬ用心をしているらしく、ゆっくりと階段を降りて行った。

仁兵衛は、老人がおこしてくれた炭火に灰をかけ、襦袢《じゅばん》姿になって床へ入った。ひえた肩に夜具を巻きつけて目をつむる。眠ってしまうつもりだったが、頭は痛いくらいに冴《さ》えてきた。

「そちらも暇なようだ」とは、大番頭をつとめている男の言うことではない。山口屋の文五郎は、家へ帰ってから仁兵衛を嗤《わら》ったのではないかと思った。文五郎の女房は先代山口屋主人の娘で、女房の耳に入れば当然、山口屋の当主にも伝わるだろう。うちは繁昌《はんじょう》していると、若い主人は怒るのではあるまいか。

よそう——と思った。

大番頭となった去年あたりから、そんなつまらぬことまで考えるようになった。自分でもばかばかしいと思うのだが、あれこれ気にしないでもよいことを気にして、妙に苛立《いらだ》っている時がある。

仁兵衛は寝返りをうった。

目をつむり直したが、眠れるわけはない。静まりかえっている夜の、柱がきしむ音や野良《のら》犬の鳴く声、それに物怪《もののけ》が徘徊《はいかい》しているとしか思えぬ得体の知れない物音を聞いていると、いったいここで何をしているのだろうと、かえって気持が昂《たかぶ》ってきた。

仁兵衛は、もう一度寝返りをうった。

「旦那――」

階下から、中宿の主人が呼んでいる。

「言いにくいが、その、何だ、これからお連れはきなさるかねえ」

わかりきっていることを聞くなと、仁兵衛は声を張り上げた。

「戸を閉めたけりゃ閉めりゃいいじゃないか」

「でもさ、確かめてみないとさ。旦那がきなすってから、半刻《はんとき》あまりもたってるから、こないとは思ったけどさ」

「ああ、ふられたんだよ、わたしは」

「そう自棄《やけ》になることはないさ」

と、老人は言った。

「よくあることさね」

返事のしようがなかった。

「もう四つだからね、戸を閉めるよ。こんな商売なのに朝早く目が覚めるようになっちまってね、もう眠くってしょうがないのさ。ほんとにもう、やめたいよ」

愚痴になりそうだったが、老人もさすがにそこで言葉を切った。

「あの、もし俺の勘違いでさ、あとから誰かくるようなことがあっても、心配はいらないよ。年寄りってのは眠りが浅いんで、戸を叩《たた》く音が聞えたら、すぐに飛び起きるから」

「わかったよ」

と、仁兵衛は言ったが、老人は階段を二、三段上がって、同じ言葉を繰返した。多少耳が遠くなっているのだろう、仁兵衛の返事が聞えなかったようだった。

「わかったよ」

仁兵衛は、階下へ向って叫んだ。

「わたしはふられたと言ってるじゃないか。ぐっすり寝ちまっておくれ」

「自棄《やけ》になりなさるなって」

老人は、ひとりごとのように言いながら、階段を降りて行った。

仁兵衛は、腹這《はらば》いになって煙草入れを取った。煙管《きせる》をくわえて我慢するつもりだったが、やはりそれでは物足りなくなって、煙草盆へ手をのばした。汚れの目立たぬところに指をかけて、用心深く引き寄せる。

夜具にもぐったまま、苦労して煙草を詰めたが、煙草盆に火種はなかった。仁兵衛は、苦笑いをして起き上がった。

火鉢を夜具の横へひきずってきて、煙草盆をその隣りへ置く。自分は掻巻《かいまき》の袖《そで》に手を通して、夜具の上にあぐらをかいた。

火鉢の縁《ふち》に肘《ひじ》をついて、煙草を吸う。想像するだけでも無頼《ぶらい》な姿だった。太田屋の主人が見れば仰天するだろうし、おきわは泣き出すかもしれない。が、仁兵衛は、こういう姿こそ似合っていたのかもしれなかった。

神田多町《たちょう》の小さな金物屋の伜《せがれ》だった仁兵衛が、醤油《しょうゆ》酢問屋の太田屋に奉公できたのは、叔母の亭主が世話をしてくれたからだった。去年まで多町の裏通りで乾物屋をいとなんでいた与吉というその男は、かつて太田屋で働いていたことがあり、仁兵衛の叔母と恋仲にならなければ、番頭に昇進するところだったという。

与吉には、主人の姪《めい》にあたる娘との縁談が持ち上がっていた。いやならば断ってくれていい、番頭になることとはかかわりないと言われたそうだが、姪との祝言《しゅうげん》を断って太田屋にはいられなかっただろう。与吉は、二世《にせ》を誓った女がいると言って太田屋をやめた。

それが、かえって主人の気に入られたらしい。仁兵衛——当時は太市といったのだが——を使ってもらえまいかと与吉が頼みに行くと、二つ返事で承知してくれたのだそうだ。が、番頭になれたら見つけもの、手代で終わる覚悟で奉公に行けと、太市の父親は言った。

いやだった。そんな覚悟はしたくなかった。太市は、それほど頭のわるい男ではない。せっかく大店に奉公できたのなら、大番頭にまで出世したかった。番頭へ昇進するという話のあった与吉に相談をしても、首をかしげるだけで、父親の言葉にかぶりを振ってはくれなかった。番頭になれるのは太田屋の縁者かよほど深いかかわりのある者だけ、金物屋の倅では手代になるのが精いっぱいだというのである。父親は、太市——仁兵衛が手代になって、多少商売のこつを覚えたところで家へ戻ってきてもらいたいと思っていたのだろう。あとは、太田屋の手代だったという信用と、当人の努力次第で、金物屋の店を大きくすることができる。父親の望みは、そこにあったようだった。

いやだ。与吉叔父さんが手代で終ったのなら、俺は必ず番頭になってやる。——

そう思ったのが、すべてのはじまりだったかもしれない。磯松という名前をあたえられた小僧時代は、今思い返しても、よく働いた。かゆいところに手が届くというが、始終首をまわして凝りをほぐしている番頭の肩は、頼まれなくても揉《も》んでやったし、主人に茶をはこんで行く頃合いを見はからうのは、仁兵衛の得意技であった。

与吉が使ってみてくれと言っただけのことはあると、主人は目を細めて言った。笑わせるなと、仁兵衛は思った。与吉に人を見る目があるのではない、与吉がたまたま使ってくれと言ったのが気のきく子供だったのだと、腹の中では頬をふくらませていた。

手代になったのは、十九の時だった。仁兵衛の名は、その時にもらった。与吉は、わたしが手代になったのは二十だったと言って喜んでくれたが、その頃にはもう、与吉と出世の早さを競う気持は失《う》せていた。陰日向《ひなた》なく働くことに、嫌気がさしていたのである。

遊びたかった。女遊びは無論のこと、博奕《ばくち》にも手を出してみたかった。一見して遊び人とわかる身なりの若者とすれちがうと、ふりかえらずにはいられなかった。が、彼等と一緒に賭場《とば》へ行く夢を見ることはあっても、仲間に入ってしまうほどの思いきりのよさはなかった。金物屋の家へ帰れば女遊びくらいはできると思っても、店をやめることすらできなかったのである。気持とはうらはらに、仁兵衛は得意客に愛想のよい笑顔を見せ、夜遅くまで番頭の相手をして算盤《そろばん》をはじいていた。

この中宿へ上がったのは、二十一の春だった。相手は、仁兵衛がこっそり煙草を買いに行く店の娘であった。名前は、おはつといった。ふっくらした頬に笑靨《えくぼ》のできる、可愛《かわい》い娘だった。母親との二人暮らしで、風車を貼り合わせる内職もしていたようだった。

おはつは、仁兵衛が内緒で煙草を吸っていると知ると、奥の部屋へ上がらせてくれるようになった。煙草を吸わせてくれるだけではなく、茶や菓子がでるようになり、横坐《ずわ》りをしたおはつが、誘うような目で仁兵衛を見るようにもなった。

辛抱できるわけがなかった。母親の目を盗んで仁兵衛はおはつの唇を吸い、母親ができあがった風車を届けに行く留守に、おはつを抱いた。この中宿へ上がったのは、おはつの素振りをあやしんだ母親が、おはつに風車を届けさせるようになったからだった。

人に見られていないつもりだったが、翌日、仁兵衛は大番頭に供を言いつけられた。

「誰も知らぬと思ったら大間違いだ」

と、大番頭は言った。母親がおはつをあやしんだように、大番頭も、落着きを失った仁兵衛をあやしんでいたのだった。

「昨晩はどこへ行ったのかとは聞くまい。が、番頭になって所帯をもちたいのだったら、身を慎んだ方がいい」

自分も小さな問屋の伜に生れ、仁兵衛と似た苦労をしたから注意するのだと、大番頭は言った。それから「誰にも言うな」と念をおして、声をひそめた。

「深川の佐賀町《さがちよう》にある太田屋が、旦那様のいとこにあたるお人の店だってことは、お前も知っているだろう」

知らぬわけがなかった。佐賀町太田屋の主人は先代の甥《おい》にあたり、その妹が与吉の女房になる筈《はず》だったのである。

「お前とは、よほど縁があるのだろうよ。佐賀町太田屋の姪、詳しく言うと、おかみさんの妹さんが、あのお店の番頭に嫁ぎなすって、できた娘さんだがな、この姪御さんが今年、九つになった」

近くの干鰯《ほしか》問屋から、十五になる次男坊の許嫁《いいなずけ》にという話があったが、断ったという。

「干鰯問屋の主人が、名うての道楽者でね。次男坊の女房でも苦労するのが目に見えているというのだが」

十九、二十の遊びたい盛りにも、浮いた噂《うわさ》すらなかった仁兵衛に嫁がせた方がよいのではないかと、その時、佐賀町太田屋の主人が言ったのだそうだ。

「断っておくが、そうきまったというわけではないよ。が、佐賀町太田屋の旦那様から、そんな話も出たということは、覚えておいてもいいのじゃないかえ」

神妙にうなずいたが、腹の底では、こっちが覚えていても、佐賀町太田屋の主人はもう忘れているだろうと思っていた。気に入らぬ縁談に、身持がかたいと評判の仁兵衛の顔が脳裡《のうり》に浮かんだだけで、佐賀町太田屋の主人に、仁兵衛と縁つづきになる気持があるとは思えなかった。

が、そう思いながら、仁兵衛は煙草屋へ行かなくなった。おはつが小僧にことづけた手紙は、小僧の前で引き裂いてしまったし、おはつが店の前をうろついても知らぬ顔をしつづけた。おはつの白い軀《からだ》が目の前にちらついて、脂汗《あぶらあせ》の浮かぶような思いをしたこともあったが、煙草屋へ駆けて行く気にはなれなかった。

その甲斐《かい》あって——と言ってよいのかどうか、仁兵衛は三十で番頭となり、佐賀町太田屋の番頭の娘で、内儀の姪でもあるおきわをめとることになった。おきわは十八歳だった。その後、二度も流産をして、仁兵衛の両親や、今は隠居している佐賀町太田屋の番頭を心配させたが、一昨年《おととし》、栄吉が誕生した。華奢《きやしや》なおきわから生れたとは思えぬほど丈夫な子で、風邪一つひいたことがない。

しかも、この十年の間に大番頭が隠居、そのあと大番頭となった男は突然上方へ帰ってしまい、次の男は急死した。

仁兵衛より年下だが、内儀の弟を大番頭に据えた方がよいという意見もあったようだった。が、それには主人のいとこ、佐賀町太田屋が反対した。内儀や番頭から、仁兵衛を大番頭にするよう動いてくれと、尻《しり》を叩かれたのかもしれなかった。

とりあえず──と、太田屋の主人は言ったそうだ。

「とりあえず、仁兵衛にやってもらおう」

仁兵衛は、四十の春に大番頭となった。幸運以外のなにものでもなかった。福を背負って生れてきたのかなと、出世より女をとった筈の与吉も、あの時ばかりは羨《うらや》ましそうに言ったものだった。

その与吉も、去年の秋に他界した。臨終の枕許《まくらもと》に駆けつけた仁兵衛を見ると、わずかに口を動かして笑った。「よかったな」と言ってくれたようだった。

「よかったな──か」

仁兵衛は、吐月峰《はいふき》を雁首《がんくび》で叩いて吸殻を捨て、掻巻の裾《すそ》をあぐらの膝《ひざ》にかけた。

「よかったな」と言われるほど、楽な毎日ではなかった。女房の縁で出世したと陰口をきかれぬため、いったいどれほど気を遣ったことか。子供の頃から気のまわる仁兵衛が、これでは早死すると思ったほど周囲に目を配り、他人の胸のうちを察して動いていたのである。

まったく――と、仁兵衛は呟《つぶや》いた。

「何のために、こんな苦労をしてきたのだろう」

先日、仁兵衛は主人に呼びとめられ、「もうそろそろ」と言われた。一瞬、何のことかわからなかったが、目をそらせている主人を見て気がついた。内儀の弟が、今年四十になっていたのである。仁兵衛も四十で大番頭になったのだが、それは急に上が空いたために押し上げられたのであり、内儀の弟の昇進は、四十三、四でよいだろうと思っていたのだった。

あと三年働くとしても、倅の栄吉は六歳である。読み書きの指南所へも通わせねばならない。

太田屋から出る金を持って多町へ帰り、金物屋の店を大きくすればよいのかもしれないが、それでは太田屋で辛抱していた甲斐がなかった。奉公せずに、両親と一緒に働いていても店を大きくすることはできたかもしれないし、太田屋の大番頭の倅なら栄吉を雇ってくれる大店《おおだな》も、多町の裏通りにある金物屋の倅では、首を横に振るかもしれないのである。

「ばかばかしい」

仁兵衛は、煙管の雁首が飛んでしまうほど強く吐月峰《はいふき》を叩いた。

女遊びをしたかったのに岡場所へ足を踏み入れたこともなく、賽《さい》の目に血をたぎらせたかったのに、骰子《さいころ》を手にとったこともない。白い肌が今でも目に焼きついているおはつも、当時の大番頭の忠告であっさりと諦《あきら》めた。その代償が、たった一年間の大番頭の座だったのだ。

「わたしは――いや、俺あ、小さな金物屋の主人でもよかったんだ。女房を騙《だま》して岡場所へ行って、その帰りに友達と居酒屋で大騒ぎをする、そんな暮らしがしたかったんだ。身持のかたい番頭になんざ、なりたくなかったんだよ」

が、十一から四十一までの三十年間、仁兵衛は表に水をまき、客に茶を出し、掛取りに走りまわって、算盤をはじきつづけた。買い食いはいけないと教えられれば、大福の甘いにおいに鼻と口をおおい、道草は困ると言われれば、蕎麦屋《そばや》の暖簾《のれん》もくぐらなかった。遊びたい盛りの思い出が、そっと吸っていた煙草と、この中宿だけなのである。

涙がにじんできた。欲しかったものをみな捨てて、お店大事、仕事大事とつとめてきたような気がした。

かった。

破目をはずしたことのないのを、後悔しても地団駄を踏んで口惜《くや》しがっても、十九の昔には戻れない。当り前のことだが、当り前のことであるのが苛立《いらだ》たしく、情けなかった。

「四月には隠居の名目で太田屋を追い出されて、金物屋に逆戻りして、十か十一になった栄吉を、つてを頼って大店に奉公させて、よかったよかったと言って死ぬのかよ、俺は」

おはつを諦めた頃、大声をあげてかかえていた風呂敷《ふろしき》包を新川へ叩《たた》き込みたくなったのは、いったい何だったのか。また、それを懸命にこらえたのは何のためだったのか。おきわと些細《ささい》なことで口喧嘩《くちげんか》をした時、商売敵に仕事の邪魔をされた時、内儀の弟やその取巻の手代からいやみを言われた時などなど、もういい――と逃げ出したくなった自分を、だらしがないと叱《しか》りつけていたのは、今のような苛立たしさや情けなさを味わうためだったのか。

「冗談じゃねえ」

仁兵衛は、雁首のなくなった煙管を放り出し、掻巻《かいまき》の袖に手を通したまま仰向けに倒れた。

茶をいれてくれと頼むと、帳場格子《ごうし》の横に坐っていた小僧は、土間から裏へまわって行った。店には仁兵衛のほか、誰もいなくなった。

二月の晦日《みそか》、かつての仁兵衛がそうだったように、手代達は掛取りに走りまわっている。二番番頭は先刻、在庫を調べるために蔵へ行き、三番番頭は主人に呼ばれて奥の部屋へ行った。

仁兵衛は、首をねじってうしろを見た。

帳場格子の中には机が置かれ、いつも仁兵衛か二番番頭がそれに向って坐っていて、背後に小さな戸棚がある。中には、帳面や半紙や古い硯箱《すずりばこ》などのほかに、銭箱も入っていた。

仁兵衛は、戸棚を開けた。今の銭箱には、手代の一人が集めてきた五十両がおさめられていた。

二十両でいいと思った。二十両あれば、吉原へ行っても、一生に一度のばか騒ぎ、それも大騒ぎができる。ろくな遊びもせず、四方八方に気を遣って働いてきて、もとの金物屋に戻って死ぬのでは淋《さみ》しすぎないか。

だが――と、仁兵衛は戸を閉めた。

金を盗んだのが仁兵衛とわかった時はどうなるか。

おきわには離縁状を渡してやれるが、栄吉との縁は切ろうにも切れない。栄吉は、仁兵衛の血を分けた子供なのだ。盗人《ぬすっと》の子という札《ふだ》を貼《は》られては、大店に奉公できなくなるどころか、小売りの店でもいやな顔をされるだろう。おきわの実家の厄介者となるほかはないかもしれなかった。

第一、吉原で遊びたいのなら、まもなく太田屋から渡される金を遣えばいい。半月ほど前に泊まった中宿の寝床の上でも、隠居する時に店から渡される金はわたしが必死で働いて稼いだ金だ、わたしが思う存分遣ってやる、とんでもない大尽遊びをしてやるときめたのではなかったか。

だが——という声がした。四十一で隠居させられるというのに、有難うございましたと渡される金をおしいただくのも、気のきかぬ話じゃないか。

それにその金を、たとえわずかでも吉原あたりで遣ったとわかったなら、おきわは機嫌を損ねるにちがいない。仁兵衛は多分、「俺の金だ」と居直れない。「わるかったよ、気晴らしをしたかっただけだ」とあやまるだろう。考えるだけでも鬱陶《うっとう》しかった。

では、一生に一度のばか騒ぎは諦めるか。

冗談じゃない。わたしは——いや、俺あ、女遊びもしたけりゃ賭場へも行きたいんだ。手前《てめえ》で手前《てめえ》にはめた箍《たが》をはずしたいんだよ。
だが、女房のふくれっ面《つら》に向って、頭を下げたくはないじゃないか。
だからよ、そこに銭箱があるって言ってるだろう。
でも、見つかった時は栄吉が……。
何を言ってるんだよ。誰もいねえんだぜ。懐《ふところ》へ二十両でも三十両でも押し込んで、知らぬ顔をしていりゃいいじゃねえか。

仁兵衛は、銭箱の蓋《ふた》を開けた。金をつかみ出すのは簡単だった。

その夜は、誰もが眠らずに仕事をする破目になった。番頭も手代も、主人までが交替で算盤をはじき、女中は夜食のおむすびをにぎって、小僧はそれにかぶりつく手代達に茶をついでまわった。が、算盤をはじくのも、銭箱の金をかぞえなおすのもむだなことだった。勘定の合わない二十七両は、手拭《てぬぐ》いにくるまれて仁兵衛の懐に押し込まれていたのである。

空がしらみかけた頃、今日はもうよいことにしようと主人が言った。奉公人達は、疲れを顔ににじませて、それぞれの部屋へ引き上げて行った。

仁兵衛も他の番頭達と一緒に泊まって行くことになったが、女中が床をとってくれた二階へは上がらなかった。着のみ着のままで横になるわけにはゆかず、といって着物を脱げば、手拭いでくるんだ二十七両がころがり落ちるからだった。

夜を徹して帳面を調べるふりをしていたのだが、翌朝、その姿を見た主人は、今日は早く家へ帰って休めと言った。

なぜか、疲れも眠気も感じなかった。気持だけでなく、軀のすみずみまでが昂《たかぶ》っているようだった。

が、主人はじめ番頭や内儀までが心配するので、仁兵衛は暮六つに店を出た。家に帰るつもりはなかった。

「吉原へ行ってやる。一生に一度のばか騒ぎ、大騒ぎをしてやる」

そう呟きながら、仁兵衛は、家とは反対の方角の北新堀町《きたしんぼりちょう》へ向って歩き出した。山口屋の文五郎とすれちがい、文五郎は怪訝《けげん》そうな顔をしてふりかえったが、まるで気づかなかった。

辰吉が見つけた時、その男は手拭いにくるんだものをかかえ、隅田川の波打際《ぎわ》に蹲《うずくま》っていたという。裾から水を吸い上げたのか、着物は腰まで濡《ぬ》れていたそうだ。文五郎の知らせがなければ、身投げをしなくても凍え死んでいたかもしれないと、辰吉は言った。足も満足に動かせなくなっているのを、ひきずるようにして天王町の家まで連れ帰ったという。

慶次郎が駆けつけた時の男は、辰吉のどてらにくるまって、これ以上は青くなれまいという顔で坐《すわ》っていた。が、「仁兵衛さんか」と尋ねると、案外に落着いた声で「はい」と答えた。

文五郎が八丁堀の屋敷へ駆け込んできたのは、暮六つの鐘が鳴ってまもない頃だった。夕暮れには帰ると佐七に言ってきたのだが、いつものことながら八千代の可愛《かわい》さに長居をしてしまい、「だから、こちらへお戻り下さいと言うのですよ」と、晃之助に笑われながら屋敷を出ようとしたところだったのである。

文五郎は、隣りの店の番頭が異様な面持で「吉原へ行ってやる」と呟きながら歩いて行ったことを話し、「よけいなことかとも思いましたが、辰吉親分の家へ手代を走らせました」と言った。

それから——と、文五郎は、ためらいがちにつけくわえた。

「仁兵衛さんは吉原へ行くと言ってなさいましたが、わたしは隅田川へ行くと思います」

「なぜ」

「太田屋さんの女中から聞きました。昨日、太田屋さんでお金がなくなったそうです。おそらく、仁兵衛さんはそのお金を持って吉原へ行ったのでございましょうが、途中で必ず我に返る筈《はず》でございます。そのあとは、――隅田川へ向うよりほかはございません」

文五郎も、思いあまって心中を図ったことがあった。相手は先代山口屋の娘、今の女房だった。

「隅田川べりも探してくれと辰吉親分に頼むよう、手代に言いつけました」

文五郎の勘は当っていた。仁兵衛は、大門《おおもん》をくぐったところで我に返ったという。はじめて見る吉原の賑《にぎわ》いに圧倒されたところで、自分のしていることに気づいたのだった。

夢中で吉原から逃げ出したと、仁兵衛は言っていた。

「これで、何もかも終りだと思いました。ひたすら働くだけだったつまらない一生に、せめてものばか騒ぎをと考えたのでございますが、吉原へ行ってみればそれもできず、わたしに残されたのは、盗人の呼び名だけでございます。自業自得《じごうじとく》とはいいながら、わたしは何のために一所懸命働いていたのでございましょう」

慶次郎にも、辰吉にも、答えは見つからなかった。慶次郎は仁兵衛から目をそらせて、二十七両を太田屋の主人に返す口実を考えようと言い、辰吉は、熱が出てきたらしい仁兵衛のために、二階へ夜具をはこんで行った。

今、仁兵衛は床の中にいる。医者は呼ばないでくれと頼むので、そのままにしておいたのだが、先刻、そっとようすを見に行った辰吉は、「どうやら眠ったようで」と、ほっとしたような声で言った。

仁兵衛の家と山口屋には、下っ引が走っている。女房のおきわがどんな女なのか、慶次郎も辰吉も知らないが、文五郎は頼りになる男だった。太田屋の主人が信用のおける男であればすべてを打ち明けて、黙っていた方がよいと思える場合は、金がなくなったことへの責任を感じるあまり、仁兵衛は身を投げようとしたなどと、仏も認めてくれる嘘《うそ》をつくにちがいない。

いずれにせよ、四月のはじめには隠居がきまっていたのだと、慶次郎は思った。三月はじめに仁兵衛が隠居をしたところで、二番番頭以下、太田屋の奉公人は、内儀の弟にさっさと大番頭の座をゆずったのだぐらいにしか考えまい。

あとは、おきわという女房にまかせるほかはない。亭主の胸のうちを察してやって、小さな金物屋の女房におさまるか、栄吉の行末だけを思って離縁状をくれと迫るかは、慶次郎に指図のできることではなかった。

「召し上がりますかえ、旦那《だんな》」

辰吉が、猪口《ちょこ》を傾けるしぐさをしてみせた。

「有難えな。ちょうど、軀《からだ》の中から暖まりてえと思っていたところだ」

「実は、山口屋からもらったいい酒があるんでさ」

「そういうことは早く言えよ」

辰吉は、笑いながら手燭《てしょく》へ火を移して、台所へ立って行った。

角樽《つのだる》から片口《かたくち》へ、酒をついでいる音が聞えてくる。台所から風が入ってきたのか、行燈《あんどん》の火が揺れた。

何気なく行燈を見た慶次郎の目の前に、三千代の顔が浮かんできた。が、それに重なって、赤ん坊の顔が見えてきた。慶次郎に抱かれて何が嬉《うれ》しかったのか、小さな口をいっぱいに開けて笑った八千代の顔だった。

「ひやでいいですかえ」

片口と手燭を持って、辰吉が入ってきた。

「いいともさ」

慶次郎は、湯飲みの底に残っていた茶を、仁兵衛が一口飲んだ茶の中へあけた。

駕籠《かご》舁《かき》の声がして、礼を言う男の声も聞えた。まず、文五郎が到着したようだった。

騙《だま》し騙《だま》され　三　女心

たった今客が帰った座敷へ入ると、女客がたきしめていたらしい香の匂《にお》いが残っていた。

お登世《とせ》は、不忍池《しのばずのいけ》に面した窓の障子を開けた。

真正面に中島が見え、暈《かさ》をかぶった月の鈍い光を映している池に、出合茶屋の明りがこぼれている。香をたきしめていた女客も、おそらくは今頃、連れの男とあの明りの一つに向って歩いていることだろう。

おすみに座敷の後片付けをまかせ、帳場に戻ると、二階の小座敷から手を打つ音が聞えてきた。

おあきが愛想のよい返事をしたが、立ち上がろうとはしない。人目を気にせぬ二階の客の振舞いに、女中達は腹を立てているのだった。

その二人連れが二階へ上がったのは、二刻《ふたとき》も前の夕暮れ時だった。が、二品か三品の料理と二合の酒を頼んだきり、用事があれば呼ぶと言って、障子を締めきっているのである。

また手が鳴った。「只今《ただいま》参ります」と、今度はおちよが言ったが、こちらも立って行こうとはしなかった。

「しょうがないねえ」

と、お登世は言った。おちよに言ったのではなかった。小座敷の女に言ったのだった。女の名は幾《いく》、お登世の幼馴染《おさななじ》みであった。

厳格な父親に育てられたお幾が、年下らしい男と手をつなぎかねぬようすで店へ入ってくるとはお登世も思わなかったが、お幾も、まさかお登世が料理屋の女将《おかみ》になっているとは考えてもいなかったのだろう。挨拶《あいさつ》に出て行った女将がお登世であるとはまるで気がつかず、男ともつれあうように階段を上がって行ったのだった。

「どんな人達なんだろうねえ。おしのびでくる人はいくらもいるけど、うちを出合茶屋がわりにした人は、はじめてだよ」

と、おあきが言う。お登世は、自分が座敷を茶屋がわりに使ったように顔をあからめて、かゆくもない耳のうしろを簪《かんざし》の足でかいた。男の身許《みもと》はわからないが、お幾は浪人者の娘でお登世と同い年の三十二歳、父親の岩下満太郎《いわしたみったろう》は、かつてお登世も住んでいた神田須田町《すだちょう》で、寺子屋の師匠をつとめていた。

「いい加減に行っておあげ。うちのお客様じゃないか」

お登世に叱《しか》られて、おあきが腰を上げた。が、しびれをきらせたのだろう、女のものらしい足音が階段を降りてきて、「呼んでいるのが聞えないのかえ」と、尖《とが》った声が言った。

お登世は板場へ逃げ込もうとしたが、間に合わなかった。「女将さんはいなさらないの？」と言いながら帳場をのぞき込んだ女が、お登世を見て凍りついたように動かなくなった。

「まさか」

まさか。でも、お登世ちゃん――よね？

何が恥ずかしいのか、お登世は顔を赤くしてうなずいた。

「知らなかった。ここは、お登世ちゃんのお店だったのね」

ちっとも知らなかった――と同じ言葉をお幾は譫言《うわごと》のように繰返し、お登世は、ぎごちなく帳場へ入らぬかとすすめた。

お幾はちらと二階を見上げ、誰を嘲笑《わら》ったのか肩を揺すって口許をゆるませた。断って二階へ戻るのかとお登世は思ったが、お幾は周囲を見廻しながら帳場へ入ってきた。

「ねえ、何年になると思う？」

と、坐《すわ》るなりお幾が言う。

「お登世ちゃんが、十八でお嫁にいってから十四年。早いものね」

「ほんとうに」

何を話してよいのかわからず、お登世は相槌《あいづち》を打っただけで口を閉じた。お幾はまだ周囲を見廻しているが、口の方は滑らかに動いて、お登世が婚家を飛び出したことは、風の便りに聞いたと言った。お登世は、鉄瓶がのっている長火鉢の炭火を掘り起こした。

「でも、お見かけしたところ、幸せそうね」

「お蔭《かげ》様で。よいことばかりではなかったけど」

「わたしもね、好きなことができるようになったの」

「え？」

お幾は、低い声で笑ってつけくわえた。

「五年前に父が逝《い》ってね。やっと、窮屈ではなくなったんですよ」

お幾の笑い声が高くなり、お登世も調子を合わせるように微笑したが、もう一度鉄瓶の下をのぞき込んで炭火を掘り起こした。厳格な父親で、武士であったということに異様なほどの誇りを持っていた満太郎が生きていたならば、お幾は料理屋へ上がることはおろか、商人らしい男と連れ立って歩くこともできなかっただろう。それができるようになったのは喜んでやりたいのだが、お幾のたった一人の肉親であった父親が他界したことを、喜んでよいものかどうか。

「わたし、今が一番幸せ」

と、お幾は言った。

「お暇ができたら、一度、須田町へおいでなさいな。わたしは父のあとをついだのだけれど、父が教えていた時よりも、通ってくる子が多いの。それに、もうじきね……」

お幾は、妙なところで言葉を切って笑ったが、言いたかったにちがいないことは、わけなく推測できた。

年頃から見て、連れの男に妻子のいない筈《はず》がない。が、離縁状を渡すなどの話合いがすすんでいるのだろう。もうじき所帯がもてる、お幾はそう言いたかったにちがいない。早く所帯を持って家を出たい、厳格な父親から離れたいとは、お幾が子供の頃から言っていたことであった。

「一つがよくなると、万事よくなるものね」

お幾は、懐《ふところ》から財布を出して言った。

「お勘定をして下さいな。いいえ、ちゃんとお支払いいたします。だって、わたしも今はお金に困ってないし、あの人だって藍玉問屋《あいだまどんや》の主人だし」

そう言ってから、お幾はあわてて口を両手でおおった。

「これ、内緒にしておいてね。わたしとあの人の仲が今、人に知れたら大変なことになっちまう――」

何も聞いちゃいませんよと、お登世は笑った。帳場の外にいるおあきもおちよもよく喋《しゃべ》る女ではあるが、座敷で見聞きしたことを人に洩《も》らすようなことはない。

「またきます」

と、お幾は言った。

「今度は一人で、昔話をしに」

その言葉通り、お幾は七日後に一人できた。が、昔話をしにきたのではなかった。

お登世は、同じ座敷にお幾を案内した。不忍池が西陽《にしび》に光っていて、それがまぶしいのか、お幾は窓の障子を閉めてから腰をおろした。

料理も酒もいらぬと言われたが、お登世はおすみを呼び、見つくろいで用意をするように言いつけた。お幾は、おすみの足音の消えるのを待って口を開いた。

「ねえ、約束は守ってもらいたいの」

「約束？」

「わたしとあの人のことは、内緒にしておいてとお願いした筈だけど」

「覚えてますよ」

お登世は、まばたきもせずにお幾を見た。

「誰にも喋っちゃいませんよ。こう言っては何だけれど、そんなお約束をしなくても、お客様のことをあれこれ人に話したりはいたしません」

「嘘《うそ》」

お幾は、吊《つ》り上がった目でお登世を見据えた。

「だったらなぜ、わたしのうちへ妙な男がたずねてくるの？」

「妙な男って誰？」

「わたしが聞いているんですよ。岡っ引とか下っ引とか言っていたけれど、見たこともない男だった」

「岡っ引が何をしにきたっていうの。追い返しておしまいなさいな、そんな男」

「追い返せるわけがないじゃないの。五両、取られちまった」

お幾は、上目遣いにお登世を見た。

「見当はついているんでしょう？」

男に女房と子供がいることを言っているのだろうと思ったが、お登世は黙っていた。お幾は、「多分、お察しの通り」と、声をたてずに笑った。

「この間の連れには、女房が一人と、子供が二人いるの」

それを種に岡っ引から強請《ゆす》られたと、お幾は言った。花ごろもでの密会を、男の女房に知られたくなかったら五両出せと言われたらしい。が、それをお登世のせいにされる理由はなかった。つめたいことを言えば、お幾の身から出た錆《さび》というものだろう。

「そう、あの人は藍玉問屋の主人だと口を滑らせてしまったわたしも迂闊《うかつ》だった」

と、お幾は言った。

「でも、あの人との仲はもう二年もつづいているけど、岡っ引がうちへくるなんてことは一度もなかった。どうしてだか、わかる？　わたし達が用心をして、顔を知られていないところで会っていたからなの。ここのお店だって、お登世ちゃんが幼馴染みでさえなければ、わたしが神田須田町にある寺子屋の女師匠だなどと、わかりゃしなかった」

お登世がお幾を知っていたから、秘密が洩れたと言いたいらしい。お登世もさすがに腹が立ってきた。

「わたしはお幾ちゃんのお連れがどなたか、まだ知っちゃいないんですよ」

「材木町の藍玉問屋、佐原屋《さわらや》の主人で名前は又次郎、年齢はわたしより二つ下の三十歳、女房の名は……」

「よして」

お登世は、両手で耳をふさいだ。

「それを聞かされて、お幾ちゃんの秘密を知っているのはわたし一人だからと、また誤解されたら困るもの。断っておきますが、わたしはお幾ちゃんの身許だって、誰にも喋っちゃいませんからね」

「そうかしら。その縹緻《きりよう》だもの、お登世ちゃんにいい人のいないわけがない。寝物語に、幼馴染みがどうしたのこうしたのとは言わなかった？」

「言いませんったら」

「神田須田町にある寺子屋の女師匠が色に狂っている、その一言だけで、岡っ引には充分なの」

お幾は、膝《ひざ》の先が触れるほど、お登世のそばへにじり寄ってきた。

「ね、思い当る節があるのじゃない？　女師匠の連れは藍玉問屋の主人で、背の高い男だったと、そんなことを言わなかった？」

「言いません」

「それを聞いたお登世ちゃんのいい人が、近頃の女師匠ってのは身持がわるいんだねって、誰かに話したかもしれない。いえ、そうにきまっている。だって、それでなければ、又次郎さんとわたしのことが、岡っ引の耳に入るわけがないんですもの」

ひどい――とだけ、ようやく声にして、お登世は口を閉じた。これまで、これほどひどい誤解をうけたことはない。どう弁解をすればよいのか、弁解などせずに、勝手な推測を重ねているお幾の頬を叩《たた》いてしまえばよいのか、よくわからなかった。

お幾は、上目遣いにお登世を睨《にら》んでいる。

お幾の父、満太郎は、味噌《みそ》や醬油《しょうゆ》を届けにくる男の冗談にお幾が笑っても、顔色を変えて怒るような男だった。はしたないというのである。「早くお嫁にいってしまいたい」という言葉を、お登世はお幾から何度聞かされたことだろう。「父のそばから離れられるのなら、練《れん》ちゃんのお嫁さんでもいいの」と、お幾は、界隈《かいわい》の嫌われ者の名前さえ口にしていたものだった。

「二十五を過ぎてから男の人を知ったんですもの、そりゃ幾度も騙《だま》されましたよ。のぼせ上がるわたしを笑い者にしていたり、お金がめあてだったり、ええ、いろいろなことがありました。わたしは一生、男の人から好かれないのじゃないかと、死にたくなったこともありました。でも、又次郎さんにめぐり会えたの。わたしを好いてくれる男の人に出会えたんです。わたしはもう三十だった。会うのが遅過ぎたと、ずいぶん泣きました」

人を好きになるのに遅いも早いもあるものかと、又次郎は言った。嬉《うれ》しい言葉ではあったが、二人がめぐり会えずにいた間に、染物屋の伜《せがれ》であった又次郎は藍玉問屋の佐原屋に乞《こ》われて養子となり、女房を迎え、子までなしていた。満太郎の他界が十五年前であれば、お幾の境遇は大きく変わっていたかもしれないのである。

涙があふれてきたのか、お幾は袂《たもと》で顔をおおって、しばらく何も言わなかった。

「女将さんは？」と言うおあきの声が階下から聞えてきて、おすみが唇に指を当ててみせたのだろう、すぐにまた静かになった。

「幸い――と言っては語弊があるけれど、又次郎さんのおかみさんは、あまりお舅《しゅうと》さんに好かれていなかったの。で、一年も前から離縁したいとほのめかして、ようやく、ほんとうにようやく、お舅さんが別れることを承知してくれたんです。その矢先にわたしのことが知れたら、何もかも滅茶苦茶《めちゃくちゃ》、ぶちこわしですよ」

お幾は、畳に爪《つめ》を立てた。お登世を見据えている目は、赤く血走っていて、拭《ぬぐ》った筈の涙がまたあふれてきた。

足音が聞えた。おすみが料理と酒をはこんできたようだった。

お幾の長い話を聞いているうちに、多少落着きを取戻していたお登世は、畳をかきむしって泣いているお幾を隠すように立ち上がって、おすみを待った。膳《ぜん》を受け取って、すぐに障子を閉めたが、おすみは、障子の隙間《すきま》からちらと座敷の中をのぞいたらしい。が、黙って階下へ降りて行った。

お登世は膳をお幾の前へ置いて、銚子《ちょうし》を持った。お幾はうしろを向いて、涙を拭っている。手拭いを渡してやると、素直に受け取った。

「気分を変えろという方がむりかもしれないけど、一杯召し上がりなさいな」

さすがにお幾はかぶりを振ったが、もう一度すすめると、猪口《ちょこ》を両手に持った。

「一つ、お尋ねしたいのだけど」

お幾は返事をせずに、酒のつがれた猪口の底を見つめている。

「お幾ちゃんを強請りにきたという、岡っ引の名前はわかっているの?」

「大根河岸《だいこんがし》の吉次とか、七次とか言っていたような気がするけど」

驚いた声こそ出さなかったものの、持っている銚子が揺れて、膝に酒がこぼれた。吉次の評判を知らぬではなかったが、自分にかかわりのある者が強請られたのは、はじめてだった。

気がつくと、膝を拭《ふ》いているお登世をお幾が見つめていた。

「ずいぶん驚いたようね。その男に話したの？」

「いいえ。繰返すけど、わたしは誰にも喋っちゃいません。ただ、吉次親分は、うちのお客様がよくご存じなの」

じゃあ、そのお客様に話したのね——と言われるだろうと思ったが、お幾は〝うちのお客様〟について触れようとしなかった。無論、お登世に〝うちのお客様〟——森口慶次郎について、話す気持はない。お登世は、何気なく吉次の容貌《ようぼう》について尋ねた。

「痩《や》せて小柄なお人だったでしょう？」

意外な答えが返ってきた。お幾は、大きくかぶりを振ったのである。

「背はそれほど高くなかったけれど、どちらかといえば肉づきのよい人でしたよ。それに、あの男は多分、下っ引ね。町方の御用をつとめていると言っていたけれど、十手を持っていなかったようだもの」

「妙ね。その男は、吉次親分じゃないかもしれない」

お登世は、大根河岸の吉次とか七次とかなのったという男の人相を、くわしく教えてくれと言った。お幾は、目も鼻も大きく、ことに唇のぶ厚い男だったと答えたが、猪口を置いてつけくわえた。

「でも、放っておいてもらいたいの。五両のお金ですむのなら、わたしはその方が有難いんですもの」

「放っておいてすむのなら、放っておきますよ。でも、その男が佐原屋さんへ強請りに行ったらどうするの。それこそ、ぶちこわしになっちまうじゃありませんか」

お幾は口を閉じた。お登世は、「まかせておいて」と胸を叩いてみせた。

膳の上には、おすみが気をきかせたのか、猪口がもう一つのっている。


案内を乞うても返事がない。

引き返そうかと思ったが、枝折戸《しおりど》は開け放されたままになっている。お登世は、慶次郎と佐七の名を交互に呼びながら庭へ入って行った。

丸太を叩き割る、澄んだ音が聞えた。割られた丸太が跳ねてはずみ、壁に当ったような音もする。佐七では、一息に薪《まき》が割られることはない筈《はず》だった。

お登世は、そっと裏庭をのぞいた。小さな屋根のついた井戸があり、井戸から二間《けん》ほど奥に物置がある。その物置の前で、片肌を脱いだ慶次郎が山のように積まれた薪を割っていた。

声をかけようとして、お登世は目をしばたたいた。五十に近いとはどうしても思えぬ慶次郎のひきしまった軀《からだ》から、汗の光って飛ぶのが見えたのだった。

声をかけそびれた姿が、慶次郎の目の端に映ったのだろう。振り下ろされた斧《おの》の位置が狂って、はじき飛ばされた薪がお登世の足許《あしもと》へ飛んできた。

「すまねえ」

慶次郎は、斧を放り出して駆け寄ってきた。

「ぶつからなかったかえ」

薪の上に投げ出されていた手拭いを取り、艶《つや》やかな肌の上を滑り落ちている汗をぬぐったが、お登世の視線に気づいたのだろう。あわてて袖《そで》に手を通した。お登世はもう一度、目をしばたたいた。

「台所に七つぁんがいた筈なのだがな」

と、ひとりごちながら、慶次郎は勝手口をのぞいた。履物《はきもの》がないと言う。

煎餅《せんべい》でも買いに行ったのかもしれないというのは、かえって好都合だった。お登世は、慶次郎が手拭いで砂埃《すなぼこり》をはたき落としてくれた丸太に腰をおろし、お幾の一件を話した。

「偽物《にせもの》があらわれるってのは、たいしたものだが」

慶次郎は、苦笑して言った。

「強請りに名前《なめえ》を使われたのではな」

慶次郎は、お幾より佐原屋又次郎に興味があるようだった。佐原屋の商売などをお登世に尋ね、すぐに調べてみると言って、「のどがかわいたね」とお登世を見た。

「茶をいれるよ」

丸太から立ち上がって、勝手口から家の中へ入って行く。すぐに七輪をかかえて出てきたが、焚《た》きつけにする反古紙《ほごがみ》をねじるのも、木片を投げ入れる手つきも、あいかわらず不器用だった。ほくちへうつした火で燃やすつもりらしいのだが、かたくねじり過ぎている反古紙は、黒煙をあげるばかりだった。

お登世は、見かねて七輪に近づいた。ねじりをゆるくすると、反古紙は難なく赤い炎をあげた。

気がつくと、隣りに慶次郎が蹲《うずくま》っていた。火箸《ひばし》を持っているところを見ると、赤い炎をあげはじめた木片の上へ、炭を入れるつもりなのかもしれなかった。

「あの、……わたしが入れましょうか」

慶次郎を見たお登世を、慶次郎が見た。思いがけない近さにお互いの顔があった。

「そうだな、その方がいいかもしれねえな」

慶次郎はあわてて火箸を渡して立ち上がり、お登世は、七輪の火へ視線を移した。軀は、その火のせいではなく熱くなっていた。もしかしたら——と、お登世は思った。が、炭籠《すみかご》を引き寄せもせず、じっと俯《うつむ》いて待っているお登世の隣りへ、慶次郎がふたたび蹲る気配はなかった。

お登世は、薪の山に寄りかかって背を向けている慶次郎を見た。待っているのに、そう思った。が、お登世自身も胸のうちの呟《つぶや》きに耳朶《みみたぶ》まで赤くして、火箸を持った。七輪の炎は、必要以上に大きく燃え上がった。

花ごろもへ慶次郎があらわれたのは、その翌々日だった。五月雨《さみだれ》の前触れか、蜘蛛《くも》の糸のように細く光る雨が、不忍池《しのばずのいけ》に降りそそいでいる日であった。むし暑かった。少し気が早いと思いながら出しておいたうちわを持ってこさせると、慶次郎は、「近頃の一年は早いね」などと言いながら、その風を懐《ふところ》へ送った。

「この間の吉次親分だが」

慶次郎は、蜘蛛の糸を吸い込んでいるような池へ目をやった。

「ありゃあ、すぐに正体がわかったよ。が、今日の天気のように、鬱陶《うっとう》しい話になりそうだぜ」

　お登世は、自分もうちわを取って、慶次郎へ風を送った。

「吉次の名を騙《かた》ったのは、梅吉ってえ男だった。今はぶらぶらしているようだが、もとは染物の職人だった。もっと言やあ、又次郎の生れた家で働いていた職人だ」

「それじゃ、又次郎さんがお幾ちゃんと会っていなさることに気づいて……」

「そういう筋書ならよかったのだがな」

　慶次郎のうちわがとまった。

「梅吉が、どんな理由で又次郎の生家から追い出されたのかは聞かなかった。が、又次郎は、懸命に梅吉の仕事を探してくれたそうだ。それゆえ、又次郎の頼みを断ることができなかったと、梅吉は言っている」

「そんな、まさか……」

「その、まさかさ。又次郎が、お幾を強請《ゆす》ってくれと梅吉に頼んだのだよ」

「ばかな。それじゃ、お幾ちゃんがあんまり可哀《かわい》そうじゃありませんか」

「可哀そうだが、ほんとうだ」

　と、慶次郎は言った。

「お前《めえ》の話を聞いた時に、これは又次郎から洩《も》れたと思った。で、又次郎の周辺を探ってみると、梅吉がいた。お前《めえ》の話していた人相にそっくりだったよ」

もしかすると――と、お登世は思った。又次郎は、別れる女房へ渡す金を、お幾に出させたかったのではあるまいか。

が、その考えにも、慶次郎は苦笑いをしながらかぶりを振った。

「梅吉は今、辰吉のうちにいるよ。根っからの悪党ではねえから、一件の顚末《てんまつ》も素直に話してくれた。お前《めえ》の友達にゃ気の毒だが、又次郎に女房と別れる気はなさそうだぜ。友達は、たちのわるい男にひっかかったようだ」

梅吉の話でも、辰吉の手下が集めてきた話でも、舅夫婦にうとまれているのは、又次郎の女房ではなく、又次郎自身であるという。

「染物屋周辺の話も聞いてきてもらったが、又次郎は、なかなか利発な子供だったそうだ。それで佐原屋も、ぜひにと養子にしたらしいのだがね」

はじめのうちはよかった。産地へみずから藍玉《あいだま》を買い付けに行き、安く仕入れてくるなど、商売に精を出していた。取引先や近所の家とも如才《じょさい》なくつきあって、佐原屋さんはこれで安泰だと、羨《うらや》ましがられていたほどだった。

が、先代が隠居をしたあたりから、ようすがおかしくなった。女遊びを覚えてしまったのである。同業者の寄合の帰り、吉原へ遊びに行ったのがきっかけとなったらしい。

「つきあいで遊びに行くくらいならいいが、仕入れの金を持ち出すほどになったというから先代も黙っていられなくなったのだろう。又次郎を殴りつけるなどの大騒動があって、奴《やつ》の悪所通いはやんだが、かわりにお前《めえ》の友達のような女に手を出しはじめた。が、これまで、すったもんだという騒ぎになったことはねえ。どうしてだか、わかるかえ」

慶次郎がお登世を見た。わかったような気がしたが、お登世はかぶりを振った。岡っ引に強請られるようになるからだと、慶次郎は、お登世が予測した通りのことを言った。

「女房と別れたい、舅夫婦も女房を嫌っているので、いずれ離縁状を渡せる時がくる、それまでの辛抱だと言われりゃあ、たいていの女はその気になる。又次郎に言われる通り、人に気づかれねえように、顔を見られねえようにと用心すらあな」

ところが或《あ》る日、岡っ引となのる男があらわれる。恋しい男の家の中に波風をたてたくなければ、五両寄越せと言うのである。

「又次郎の相手は、寺子屋の女師匠だとか、常磐津《ときわず》の師匠だとか、小金を持っている女が多かったそうだよ。皆が皆、もうすぐ又次郎の女房になれると思っているところだ、金にはかえられないと思うんだろうね。三両しかないと震えた女も、三日後には五両揃《そろ》えて梅吉を待っていたそうだ」

お幾ともつれあうように階段を上がって行った又次郎の整った顔立ちを思い出して、お登世は、袂《たもと》で口許をおおった。胸がわるくなってきそうだった。

「梅吉は、二、三度強請りを繰返す。そのあとで、又次郎が血相を変えて女のうちへ素っ飛んで行く。佐原屋にも強請りがきたと言ってね」

もうお終《しま》いだ――。

そう言って、又次郎は頭をかかえる。彼に惚《ほ》れきっている女が、懊悩《おうのう》する又次郎を黙って見ているわけがない。女は、みずから身を引くと言い出して、又次郎の危機を救うのである。

手切れ金は五両だった。女が最初に梅吉へ渡した金である。梅吉は、いつも七、八両を女から引き出していたが、残りは又次郎と梅吉の懐に入れるのだそうだ。少ないが、これがわたしにできる精いっぱいだと又次郎が金を差し出すと、女達は、涙を流して自分が出したそれをおしいただいたという。

「とんでもねえ野郎だが、お登世さん、どうするえ？」

事実をお幾に伝えるかどうかと、尋ねているのだった。

「梅吉は引《ひ》っ捕《とら》えた。が、又次郎は恩人だ、佐原屋の名が出ねえようにしてくれというので、まだ番屋へ連れて行かずに辰吉にあずけてある」

お登世は、黙って頭を下げた。

「このままにしておいても、お幾が強請られる心配はねえ。又次郎がお幾をたずねてゆくことも、十中八、九、ねえと思うよ。俺あ、又次郎に灸《きゅう》をすえてやりてえが、表沙汰《ざた》にすると、お幾さんの商売に差し障《さわ》りがあるかもしれねえ」

お幾は、寺子屋で子供達にいろはを教えている。妻子ある男との色恋沙汰が表に出れば、親達は、素行のわるい女師匠に子供をあずけるのをいやがるだろう。が、放っておけば、おさまるところにおさまる。梅吉の姿が見えなくなったことに不安を感じた又次郎は、会いたいとお幾が言ってきても返事すら出さなくなるにちがいない。心変わりをしたのかと、お幾は彼を怨《うら》み、眠れぬ夜を過ごすことになるが、そこで終る。

「でも――」

お幾は、騙《だま》されていたとは知らずにすむ。知らずにすむが、それでよいのだろうか。又次郎の罪は別として、お幾が又次郎は心変わりをしたと思うのと、騙されていたと知ってしまうのと、どちらが傷は浅いのだろうか。

「俺はな、お登世さん――」

と、慶次郎が、一時とめていたうちわをまた動かしながら言った。

「俺あ、お幾ってえ女が、又次郎の正体に気づいていたような気がするんだよ」

「なぜ？」

「なぜと言われると困るのだが」

お登世は、蜘蛛の糸のような雨の降りしきる池を見た。お幾は、昔から頭のよい女だったと思った。

「わたし、お幾ちゃんに会ってきます。旦那《だんな》が調べて下さったことを、全部お幾ちゃんに話すかどうかは、お幾ちゃんに会ってからきめることにします」

「それがいいかもしれねえ」

ただ——と、お登世は慶次郎を見た。

「出かけるのは、旦那のお酒のお相手をしてからですけど」

慶次郎の口許がほころびた。お登世は首をすくめて笑い、板前へじかに料理を言いつけるために座敷を出た。

昔と同じところにあるのだとばかり思っていたが、お幾の寺子屋は、一丁目に越していた。向いは通新石町《とおりしんこくちょう》という横丁で、小売りの米屋が表通りへ出て行ったあとを借りたのだという。以前より広くなっているのは、一目でわかった。

お幾は、出入口の横の三畳へお登世を案内した。文机《ふづくえ》の上には何冊かの本が積まれていたが、茶箪笥《ちゃだんす》や衣桁《いこう》も狭苦しく置かれていて、子供達が帰ったあとは、ほとんどこの部屋にこもっているようだった。

「二階の座敷は、めったに使わないの。今日のように雨の降っている日に上がると、ひんやりするかもしれない」

と言って、お幾は苦笑した。

「で、今日は何のご用？――って、聞くだけ野暮ね。お登世ちゃんから洩れた、あの一件のことにきまってるんですもの」

「お幾ちゃんを強請った男は、岡っ引じゃありませんでしたよ」

「つかまったの？」

「ええ。ですから、佐原屋さんが強請られる心配は、もうありません」

「よかった」

と、お幾は言った。が、胸を撫《な》でおろしたという感じではなかった。

「今日の用事はそれだけ。お幾ちゃんを、早く安心させてあげようと思って」

「それはそれは」

気のない言い方だった。

「でも、もうお終い」

「何が？」

「何がって、ほかに何がある？　又次郎さんとの仲にきまっているじゃないの」

茶をいれてくれるつもりなのだろう。お幾は、火鉢の上の鉄瓶に手を触れた。ぬるくなっていたようで、炭籠を火箸の先で引き寄せている。鉄瓶を盆の上におろすと、炭火は白く灰をかぶっていた。

「人に知られまいと、あれだけ用心に用心を重ねてきたのに。お登世ちゃん、ちょろりと誰かに喋《しゃべ》っちまうんですもの」

お登世は、口を閉じてお幾を見た。

お登世は、お幾が頭のよい娘であったことを覚えていた。厳格な父親に悩まされ、父親と離れられるなら、嫌われ者だった練ちゃんとでもよいから所帯をもちたいと言ったことも覚えていた。お登世でさえ昔のことを覚えているのに、頭のよいお幾が、お登世はどういう娘であったか忘れてしまうわけがない。お登世は、友人達から「正直の上にばかがつく」と笑われるほど、約束を守る娘だった。

お幾は、お登世の視線を避けるように茶箪笥の戸棚を開けた。

「あいにく駄菓子しかないけれど……」

「お幾ちゃんはわたしが誰にも喋ってないって、わかっているんでしょう？」

「何を言ってるの、今更」

「わかっているのに、わたしのせいだと言ってるのね？」

「昨日だったら、いただきもののお饅頭《まんじゆう》があったのだけど」

「お幾ちゃんを強請った男は梅吉といって、又次郎さんのお知り合いよ」

戸棚の中をかきまわしていたお幾の手がとまった。

「又次郎さんが、お幾ちゃんを強請らせたんですよ」

「それがどうしたの」

お幾がふりかえった。

「誰に調べてもらったのか知らないけど、妙な言いがかりをつけるのは、やめておくんなさいな。梅吉だか何だか知らないけど、その男に又次郎さんとわたしのことを知られてしまったのは、お登世ちゃんが口を滑らせたせいなんです。又次郎さんにはかかわりのないことなの」

「お幾ちゃん、梅吉って男は……」

「強請りがくるようじゃお互いに迷惑がかかる、もう会わない方がいいのかもしれないって、そう又次郎さんが言い出したのは、お登世ちゃんのお喋りのせいなんです。それを忘れないで」

お幾は、袂で顔をおおって部屋を飛び出して行った。階段を駆け上がって行く足音が聞え、障子の閉まる音がした。お登世は、階段の下で足をとめた。懸命に抑えているのだろうが、すすり泣く声は階段の下まで洩れていた。

お登世は、三畳の部屋へ戻った。そっと帰ろうかとも思ったが、お幾の気持が多少鎮《しず》まった頃に、声をかけてから帰ることにした。

三畳の部屋では、お幾が炭をつぎ足した火鉢の鉄瓶が煮立っていた。お登世は台所へ立って行って、棚にのせられていたちろりに水を汲《く》んできた。湯に水をさし、赤くおこっている炭火に灰をかぶせて、お幾が放り出して行った駄菓子の袋を盆にのせた。

小半刻《こはんとき》もたっただろうか、油売りの声が通り過ぎ、それを呼びとめる声がした。隣りの家の格子戸《こうしど》も開いたようで、傘をさす音や、「なかなかやみませんねえ」などと話しあう声も聞えてくる。

三畳の部屋にも、雨の夕暮れの薄闇《うすやみ》が入り込んでいた。行燈《あんどん》は、部屋の隅にあった。

「暗いじゃないの」

と言う声がした。お幾が、いつの間にか二階から降りてきていたのだった。

「明りをいれればいいのに」

「火打石はどこか、わからなかったの」

「その辺の書き損じに火をつけて」

お登世は言われた通りに反古紙《ほごがみ》をねじり、炭火の火をうつした。

「まだ雨は降ってるのね」

返事はなかったが、お幾は部屋へ入ってきて、お登世の向いに腰をおろした。存分に泣いたらしい顔が、腫《は》れ上がっていた。

「お茶をいれてもらえない？」

と言う。お登世は、茶簞笥から茶筒を出した。鉄瓶の湯は思った以上に沸いていて、苦みの強い茶がはいった。

雨の中でも、油売りは立板に水のお喋りを聞かせているのだろう、女達の笑い声が聞えてくる。お幾はお登世をちらと見て、「気がついているんでしょう？」と言った。

「何に？」

「佐原屋又次郎の気持に、わたしが勘づいていたっていうことに」

お幾は、苦い茶をすすった。

「一年も前から、又次郎におかみさんと別れる気はないのじゃないかって疑っていたの。疑ってはいたのだけど」

　お幾は、また茶をすすった。

「騙されているなんて、どうしても思いたくなかった」

　隣りの女は、油差をかかえて駆け戻ってきたようだった。「早く――」と、子供の声が言っている。行燈の油がきれてしまったのかもしれなかった。やがて油売りの声も遠くなり、少し強くなったらしい雨の音だけが残った。

「でも、又次郎は、わたしを騙していた。騙されていたと思いたくないけど、でも、又次郎はわたしを騙していた」

　お幾は、お登世の答えを待たずに言葉をつづけた。

「別れようと思いましたよ。ええ、幾度も幾度も思いました。でも、どうしても別れられないの。又次郎に会って、抱かれて、もう少しの辛抱だよって言われると、頭の隅っこでは嘘《うそ》だとわかっているのに、その気になっちまうの。又次郎を疑うわたしを、世の中にこんないい男がいるものかって、わたしが騙してしまうのよ」

　覚えてる？――と、お幾は言った。

「昔、練ちゃんっていう腕白がいたでしょう？　わたし、父と離れられるなら練ちゃんと所帯をもつと言ったことがあるのだけど、お登世ちゃんは、忘れちまったでしょうね」

お登世は、小さくかぶりを振った。

「そんなことを言ってたくせに、わたしも父に負けない見栄《みえ》っ張りだったんですよ。父はご存じの通り、わたしの亭主は大名か旗本でなければいけないようなことを言って、男の人を近づけなかったけれど、わたしも、ご近所の人がもってきてくれたお縁談《はなし》は気に入らなかったんです。で、わたしにふさわしい人を見つけようとして、何人もの男に騙されたの。笑っちまうでしょう?」

「運がわるかったんですよ」

「有難う。そう言ってくれるのは、お登世ちゃんだけかもしれない。——何人もの男に騙されて、自分がわるいのだと諦《あきら》めたのだけれど、佐原屋又次郎だけは、諦めきれなかったの。騙されていると気がついても、別れた方がいいとわかっても、諦めきれなかったの。ばかだと思うけど、惚れてたのね」

だから——と、お幾は、低い声で話しつづけた。

だから、梅吉の強請《ゆす》りに飛びついた。お登世がよけいなお喋りをしたせいで、強請りの男があらわれ、お幾は泣く泣く身を引く決心をした、そんな話をつくって、その話にしがみつくことにした。又次郎に騙されたと泣くよりも、お登世のせいで別れる破目になったと泣く方が、少しはつらさが薄れるように思えた。

「ほんとにばかだと思うでしょうね」

お幾は、かすれた声で笑った。

「自分でも、ばかだとわかっていたのだけど、又次郎が恋しくなると、目がくらんでしまうの。自分で自分を騙しているなんてむなしいだけだとは、これっぽっちも思わないの」

「又次郎さんが梅吉さんを使って女の人からお金を取ったのは、お幾ちゃんがはじめてではないんですって」

お幾は、口許《くちもと》に苦い笑いを浮かべると、「そうかもしれない」と低い声で言った。

「又次郎さんは、きついお灸《きゆう》をすえられますよ、きっと」

「誰に？」

お登世は聞えぬふりをして、ぬるくなった茶を飲み干した。

「帰るの？」

と、お幾が心細そうな顔をする。

「お登世ちゃん、お店があるものね」

「もう少しくらい、いてもいいけど」

「それより、花ごろもで晩のご飯をご馳走《ちそう》してくれない？」

「おやすいご用。何だったら、うちに泊っておゆきなさいな」

嬉《うれ》しい——と、お幾は、子供のようにはしゃいでみせた。

お登世は、こめかみに指を当てて笑った。慶次郎には、できれば今日のうちに根岸へ行くと言ったのだが、それは明日以降のことになりそうだった。

あと一歩

「入るよ」と言う声がして、佐七が慶次郎の居間へ入ってきた。左手に煎餅《せんべい》の紙袋、右手に煮えたぎった湯の入っているらしい鉄瓶を下げている。一緒に茶を飲もうというのだろう。

慶次郎は、腰を浮かせた。

佐七は小遣いで買った煎餅を、自分の部屋の戸棚にしまっておく。めったなことでは人に食べさせてくれない。それを、紙袋ごと持ってきたのである。佐七の魂胆《こんたん》はわかろうというものだった。

慶次郎は、たった今帰って行った俳諧《はいかい》の宗匠に、自作の句を酷評された。素人《しろうと》なのだから下手で当り前と、佐七は宗匠の後姿を見送りながら慶次郎を慰めてくれたが、気のせいか、口許《くちもと》がゆるんでいた。「風流の何のと言ったって、旦那《だんな》もたいしたことあない」と思ったにちがいなかった。

佐七は、「旦那に俳諧はむりだよ」という一言を言いたいのである。そう言って、このところ句の推敲《すいこう》に没頭して、佐七の世間話につきあわなかった慶次郎への恨みを晴らすつもりなのだ。

その手はくわなの焼蛤《やきはまぐり》だと、慶次郎も口許に笑みを浮かべた。

出かける用事を思い出したと言うと、佐七は、想像していた以上にがっかりした顔をした。わるいことをしたような気もしたが、そこでまた、長火鉢の前に腰を据える気にもなれなかった。

慶次郎は、仁王門前町《におうもんぜんちょう》の料理屋、花ごろもにでも行くつもりで寮を出たが、山下《やました》まできて、花ごろもではよく狂歌の会が催されることを思い出した。そればかりではない。女主人のお登世《とせ》は、自身もその会へ顔を出すという。わたしの狂歌は中途半端《はんぱ》だとお登世は苦笑いをしていたが、慶次郎の発句《ほっく》よりましだろう。

寄ろうか寄るまいか迷うより先に、足がひとりでに仁王門前町を通り過ぎた。

風が上野の山の花びらをはこんできたのか、ひとひらふたひら足許へ降りかかった。思わず足をとめたが、それほど不風流な男ではないという自信は、つい先刻くずれさった。鼻緒の上にのった面白さを、即座に句にする才には恵まれていないのだと、そっと払い落として歩き出した。

友人でもある宗匠に言わせると、慶次郎は、満開の花を漫然と眺めているだけなのだそうだ。花を美しいと思う気持は誰にでもある。俳諧は、それからもう一歩、踏み込んだところにあるというのだ。

反論したいことはあった。

宗匠は吟味与力の次男だったが、町会所掛の養子となることを拒んで家を出た。養父となる与力の人柄を嫌ったといわれているが、よくわからない。慶次郎が十四歳になった春のことだった。彼は慶次郎より一つ年上だったが、それからの苦労は想像もつかないものだっただろう。ぼろ布としか言いようのないものをまとって、絵を描いていた姿を見かけたこともある。

小者に食べものを持って行かせると、遠慮をせずに受け取った。意地も誇りもなくなったのかと思ったが、翌日、自身番屋の近くで待っていて、ていねいに礼を言った。当時の慶次郎はまだ見習い同心で、十九か二十になったばかりだった。彼がすべてを素直に受け入れるようになっていたのだとわかるまでには、数年が必要だった。昔の名は市橋継之助《いちはしつぐのすけ》だが、今は香川古窓《かがわこそう》となのっている。

古窓に、句の浅さを指摘されても返す言葉はない。が、慶次郎には慶次郎なりの思いがあった。定町廻り同心の頃、女房を殺された恨みを刃物で晴らそうとした男にその思い違いを説いたこともあるし、薄情な男を刺そうとした娘を抱きとめたこともあった。決して間違いではなかった筈《はず》なのだが、年を経るごとに、彼等の恨みが重くのしかかってくるような気がするのである。彼等にしてみれば、血の流れている傷をそのままにして、すべて終りにせよと言われたようなものだったのではないか、そう思うのだ。

そう思えば、枯野を目的もなく駆けて行く野良犬《のら》の姿が我が身に重なってくる。人に罪を犯させまいとした三十年間が、ふと、無為に走りまわっていた歳月であるような気もするのである。

おそらく、古窓には、それもわかっているのかもしれない。わかっていても、慶次郎の書きとめた五七五の言葉からは、その気持を察することができないのだろう。というより、なまじそんな気持を詠《よ》み込もうとしたため、咲き誇る花や散る花の美しさを、素直に言いあらわすことができなかったのかもしれない。

中途半端だなあ、俺は。

考えようによれば、仏の慶次郎という同心時代の異名も、悪人を捕えるというお役目にどこか中途半端なところがあったがゆえに、つけられたのではないか。

これからは馬齢を重ねるばかりだが、できることなら十九の昔に戻りたい。いや、三十、四十の頃でもいい、少しばかり時を昔へ戻して、もう一度、一からやり直したい。

慶次郎は足をとめた。

いつの間にか、明神下《みようじんした》と呼ばれる一劃《いっかく》に入っていた。

目の前には、『一橋家御用《ひとつばしけごよう》　大和屋』という白粉《おしろい》問屋の看板が見える。神田明神下同朋町《どうぼうちよう》だった。店仕舞いをしていなければ、横丁に碇屋《いかりや》という縄暖簾《なわのれん》がある筈だった。慶次郎は、急ぎ足で角を曲がった。

縄暖簾はあったが、店の名前が、いせやに変わっていた。かつての碇屋は、主人が芝居好きで興にのれば声色を聞かせてくれるなど、客の拍手や笑い声の絶えない陽気な店だったが、いせやは薄暗くひっそりとしている。

ちょっと迷ったが、慶次郎は縄暖簾をくぐった。

意外なことに、店は混んでいた。

根岸の寮を出てから夕暮れ七つの鐘が鳴ったので、暮六つには大分、間があるだろう。仕事帰りに軽く飲みたい職人や行商人達で混み合う頃ではあるのだが、腰をおろす席すらないのである。

店をきりまわしているのは無愛想な親爺《おやじ》が一人きり、肴《さかな》は湯豆腐と焼魚の二つしかないらしい。これでよく入る気になるものだと、慶次郎は自分を棚に上げて思いながら、外へ出ようとした。

「旦那。寮番の旦那」

慶次郎を呼んでいるようだった。ふりかえると、調理場とは反対側の隅にいる男が、立ち上がって手招きをしていた。

いかつい顔の男だった。見覚えはあるのだが、どこで出会ったのか思い出せない。

返事に困っていると、じれったくなったのか、男の方から慶次郎に近づいてきた。

「驚きやしたね。いったい、どこでこの店のことをお聞きになったので」

低い声だった。

慶次郎は、さりげなく調理場を見た。小柄な主人が、焼魚を持って出てくるところだった。慶次郎は男へ視線を戻したが、その瞬間に、主人は慶次郎の頭から足の爪先《つまさき》までを素早く眺め廻したようだった。

「ひさしぶりですねえ、旦那。去年の秋、植木の手入れに行って以来だ」

店中に聞えるような大声だった。植木職人のようだが、山口屋が植木の手入れを頼んでいるのは、この男ではない。この店のことをどこで聞いたと尋ねるからには、この店を探っているにちがいないが、記憶の糸をどれほどたぐってみても、こういう顔の岡っ引は出てこない。

「お忘れですか。岩松ですよ」

聞いたことのある名前だった。

「こそ泥の」

吹き出すところだった。

山口屋の寮の隣りは、日本橋本石町《ほんこくちょう》の扇問屋、美濃屋《みのや》の寮だが、そこへ盗みに入った男がいる。それが、千駄木坂下町《せんだぎさかしたちょう》の植木職人、岩松だった。たまたま訪れていた美濃屋の主人の財布を盗み、五両しかいらぬからと、残りの五両をわざわざ返しにきた人騒がせな盗人《ぬすっと》であった。

「思い出したよ。商売は繁昌《はんじょう》しているかえ」

「どっちの方をお尋ねで？」

真顔だった。

「どっちが繁昌してる」

慶次郎も真顔で尋ねた。

「お蔭《かげ》様で、こんな腕の植木屋でも、女房子供を養うぐらいは稼がせてもらっていやす」

それからあとはまた低声《こごえ》になった。

「もう一つの方は、足を洗いやしたんで。金が入っているらしい手文庫や、違《ちが》い棚《だな》の上にのっている財布が目について仕方のねえ時もありやすが。——こっちの方もさほど手際《てぎわ》はよくねえし、植木の失敗は親方に叱《しか》られりゃすみやすが、こっちでつかまった日にゃ子供が可哀《かわい》そうだからね」

「親だね、お前《めえ》も」

慶次郎も低声になった。

「で、この店のことをどこで聞いたとは、どういうことだ」

「ま、酒を飲んでごらんなさいやし」

岩松は、口許に薄い笑いを浮かべて言った。

いせやの酒は、一合が八文だった。

湯豆腐が四文で焼魚が十二文、縄暖簾にすれば安くも高くもない値段だったが、湯豆腐は湯が煮立ち過ぎているのか鬆《す》がたっていたし、焼魚は焦《こ》げていたり生焼けだったりするようだった。あちこちから「苦くて食えねえ」とか、「もう少し焼いてくんな」

などという注文がついていた。

それでも席が空くのを待つ客がいるのは、酒の値段のせいだろう。一合八文の酒は、どこの縄暖簾にもある。だが、うまさがちがうのである。いせやで出しているのは、一升三百三十二文か三百文もする明之鶴《あけのつる》、布袋《ほてい》などの上物《じょうもの》に匹敵する酒にちがいなかった。立って席の空くのを待つ客が出るわけだった。

慶次郎は岩松を外へ連れ出して、いせやの素性を尋ねた。「聞かれると思いやしたがね」と、岩松は、苦笑しながらかぶりを振った。何もわからないというのである。

「そのかわり、碇屋のことなら何でもわかりまさ」

碇屋は、三年前に亭主が逝《い》き、女房と娘は実家へ帰った。女房の実家も縄暖簾をいとなんでいて、年老いてきた母親にかわり、二人が愛嬌《あいきょう》をふりまいているらしい。女房に言い寄っている男の名前も、娘の聟《むこ》になる男の素性もわかっていると、岩松は笑った。だが、いせやの主人については、大家《おおや》が空家の札を貼《は》るやいなや借りにきた——ということぐらいしかわからなかったという。

「出し惜しみをするねえ」

「えへへ」

岩松は妙な笑い方をした。

「物好きな奴《やつ》が大家のうちへ行って、いせやの親爺の名前や生国《しょうごく》を聞いてきたそうで」

「俺も物好きでね。名前も生国も知りてえ」

「名前は九兵衛、生国は伊勢ではなくって、武蔵国の新座郡《にいざごおり》だそうでさ」

「満更嘘《まんざらうそ》でもなさそうだな」

「その辺のこたあ、わかりやせん。ただ、その物好きが一度、〝九兵衛さん〟と親爺を呼んだことがある」

「物好きは、お前《めえ》じゃなかったのか」

「酔っ払った物好きのそばへ行って、話を聞き出した方で。あっしも親爺の正体を知りたかったんでね」

「お前《めえ》も物好きだよ。——それにしても、九兵衛さんと呼ばれた親爺は怒っただろう」

岩松は、まばたきもせずに慶次郎を見つめた。当ったのだった。いせやの主人、九兵衛は、「俺を呼ぶなら、親爺でたくさんだ」と吐き捨てるように言ったのだという。

「新座郡の九兵衛か」

耳にしたことのない名前だった。町奉行所の管轄《かんかつ》からはずれたところで悪事を働いていた者の名もまだたいていは覚えている。

「もう一つ、教えてくんな」

と、慶次郎は言った。

「いせやの看板が出たのは、三年前のことかえ」

「だということで。俺は、うまい酒を飲ませるってえ噂《うわさ》を聞いてからいせやへ通いはじめたもので、いつあの親爺が店を出したのか、よく知らねえんでさ」

「その噂を聞いたのは、いつ頃だえ」

「さあてね。三月《みつき》前くらいになるかなあ」

有難うよ。そう言って歩き出そうとした慶次郎を、岩松はためらいがちに呼びとめた。

「やっぱりお縄になるんでしょうね、あの親爺」

「知り合いかえ」

「いいえ」

かぶりを振った岩松の顔が歪《ゆが》んだ。

「後悔しているんで」

笑ったつもりなのかもしれなかった。が、いかつい顔が、べそをかいたように見えた。

「いせやのことを、ついあれこれ喋《しゃべ》っちまったが、半端とはいえ俺も盗人だったんだ。

町方だった旦那にべらべら喋るなんざ、盗人のすることじゃねえ」

「今は植木職人だろうが」

「ですからさ……」

岩松は口を閉じた。自分の胸のうちを伝える言葉を探しているようだった。

「盗人だったら、べらべら喋りゃしねえでしょうが。が、植木職人だったら、旦那に喋ったからって、仲間を売ったような心持になるわけがねえ。どっちつかずで、いやになる。けっ」

岩松は地面に唾《つば》を吐き、草履の底で踏みにじった。首に巻いていた手拭《てぬぐ》いも地面に叩《たた》きつけようとしたが、それはさすがに思いとどまったのだろう。懐《ふところ》へ押し込んで、軽く頭を下げると、ふりかえりもせずに駆けて行った。


八丁堀の屋敷へ寄って、晃之助を連れて行くつもりだったが、気が変わった。慶次郎は、日本橋川の土手沿いを歩いて、霊岸橋《れいがんばし》を渡った。

空地をななめに横切って、富島町も浜町も路地から路地へと歩き、四日市町《よっかいちまち》へ出る。新川沿いの町、霊岸島四日市町は、北新川とも呼ばれ、酒問屋が軒をつらねているところだった。

山口屋太郎右衛門《たろうえもん》の店は、二の橋のたもとにある。岩松と話しているうちに暮六つの鐘が鳴り、ここまで歩いてくる間に、新川の水も霞《かす》んでいるような朧月夜《おぼろづきよ》になった。

店を閉めるのは夕暮れ七つ、山口屋の大戸もおろされているが、店の中からは、かすかに人声が聞えてくる。夕食をすませたあと、また出荷や入荷の帳面を合わせているのだろう。戸を叩くと、小僧の声が「本日は終りにさせていただきましたが」と言った。

慶次郎は名前を言った。小僧がすぐには戸を開けず、番頭を呼んだのは、近頃、取引先の名を騙《かた》って戸を開けさせた強盗事件が起こっているからにちがいない。調べによると、取引先が相手の繁昌を妬《ねた》み、盗みを商売にしている男に自分の名前を教えたのだそうで、こわい世の中になったと晃之助は嘆いていた。

番頭の文五郎は、慶次郎の声を聞くと、あわてて戸を開けた。

帳場格子《ごうし》の中には二番番頭の音七がいて、しきりに算盤《そろばん》をはじいている。そのそばで、これも熱心に算盤をはじいているのは、三番番頭の多十郎だった。

「すまねえな」

と、慶次郎は思わず言った。

「聞きてえことがあったのだが、いそがしい最中《さいちゅう》にきちまったようだ」

「いえ、ちょうど一休みしたかったところですから」

文五郎は、笑いながら客間へ案内してくれた。あいにく主人は寄合があって出かけたが、自分にわかることなら何でも答えるという。

このあたりで酒を盗まれた店はないかと、慶次郎は、単刀直入に尋ねた。文五郎の口許《くちもと》に、苦い笑いが浮かんだ。

「実は、私どもが真先に盗まれました」

「どれくらい」

「それが……」

文五郎の笑みは、なお苦くなった。

「はじめのうちは、盗まれていることがわからなかったのでございます」

「わからなかった?」

「はい」

文五郎は、苦笑いを浮かべたままうなずいた。

「私どもは問屋でございますが、ご近所の方には、一合二合の小売りもいたします。その樽《たる》から二合ぐらいを抜かれましても、すぐにはそれとわかりません。はかった手代がこぼしたのだろうとか、樽にひびが入っていたのかもしれないとか、そんな風に考えておりました」

「なるほどな」

「ただ、そんなことがつづきますと、手代も決してこぼさぬようになりますし、樽から酒がしたたり落ちていないかと気をつけるようになります。それでも、売った量より早くなくなってしまいますので、これはおかしいということになりました」

「その次第を届け出たかえ」

文五郎は首を横に振った。

「森口様でございますから、正直に申し上げます。気がついたのは、酒がなくなるようになって、一月《ひとつき》もたってからのことでございました。なまじ届け出ますと……」

慶次郎も苦笑した。届け出れば、町方が調べにくる。その後も幾度か奉行所へ呼び出されるだろうし、呼び出されれば町役人に立ち会いを頼まねばならない。町役人には日当を払うしきたりで、奉行所からの帰りには、名の知れた料理屋へ連れて行かねばならぬという。何事もなかったことにした方が、手間も金もかからずにすむのだった。

「私どもが迂闊《うかつ》だったゆえ、かなりの量を盗まれる破目《はめ》になったのでございます。これこそ商人の油断であったと、よい教訓にいたしました」

「で、近所へは？」

「私どもの主人が、気心の知れたお人には、用心するようにと言ったようでございます。が、親しくつきあっておりますお店が、同じ手口で盗まれました」

「そのほかは」

「あると存じます。が、岡っ引に知られては一大事だと、皆、黙っておりますので」

苦笑いをしているよりほかはなかった。

「ところで、ここ一年の間にやめていった者はいるかえ。ここの店とはかぎらねえが」

文五郎の顔色が変わった。

「おります、私どもに。半年ほど前に、暇をとってゆきましたが、まさか……」

「何てえ男だ」

「小三郎と申します。もっとも、これは山口屋の手代が代々なのる名前でございまして、親からもらった名前は万七といいました」

「手代か――」

と、慶次郎は呟《つぶや》いた。

「幾つになる」

「今年、確か三十五になったと思いますが」

「住まいはどこだえ」

「故郷《くに》へ帰ると言っておりましたのですが」

文五郎は、万七という男の生れ故郷を言った。武蔵国の新座郡だった。

「ほんとうに、小三郎が盗んだのでございましょうか」

「いや、そうときまったわけじゃねえ」

慶次郎は、ぬるくなった茶を飲み干して立ち上がった。

「念のために言っておくが、これは俺が勝手に調べているのだ。晃之助にゃ、何も言ってねえよ」

「有難うございます」

文五郎は、深々と頭を下げた。


出入口の戸が鳴ったような気がした。

万七は耳をすました。「俺だよ」という声が聞えた。九兵衛の声のようだった。

万七は寝床から滑り出て、土間へ降りた。

念のために、「どなたですえ」と尋ねてみる。「九兵衛」という、ぶっきらぼうな答えが返ってきた。

万七は、急いで心張棒をはずした。知り合ってから半年近くになるが、九兵衛が万七の家をたずねてきたのは、万七がなかば強引に連れてきた時と、霊岸島へ出かける前夜の二度しかない。まもなく九つになろうという深夜に戸を叩くなど、よほどのことがあったにちがいなかった。

たてつけのわるい戸を開けると、転がり込むように九兵衛が入ってきた。万七は、思わず戸の外へ顔を出して、あたりのようすを窺《うかが》った。「本郷《ほんごう》も兼康《かねやす》までは江戸のうち」、歯磨粉の乳香散《にゅうこうさん》で有名な兼康の店がある本郷三丁目と、道一つをへだてた四丁目だが、このあたりから急に茅葺《かやぶき》屋根や空地が多くなる。

中でも万七の住んでいる家は、物置小屋と言ってもよいほどで、建っているところも芒野原《すすきのはら》の前だった。今は平地だが、昔は見かえり坂、見おくり坂という坂があったといい、江戸お構いの者をここから旅立たせたとも言われていて、確かにここからは江戸のうちではないのかもしれなかった。

「おい」

と、九兵衛が呼んでいた。

「顔なんざ出すんじゃねえ」

「でも、もし尾《つ》けられていなすったら……」

「そんなへまはしねえよ」

九兵衛は一間《ひとま》しかない部屋へ上がって、行燈《あんどん》を引き寄せた。火をいれるつもりらしかった。

「が、万に一つ、尾けられていたとして、お前《めえ》がそうやって首を出していたら、ここへ入りましたよと、尾けてきた奴に教えてやるようなものじゃねえか」

火打石《ひうちいし》の音はするが、火はつかない。万七は、たてつけのわるい戸を器用に閉めて、心張棒を落とした。

九兵衛から火打石を取って、簡単に付け木へ火をつける。戸の隙間《すきま》から入り込む月明りを、行燈の火が淡くした。

「今日、大変な男がきたよ」

と、九兵衛が言う。万七の頰がひきつった。

「岡っ引かえ」

「いいや」

九兵衛は、かぶりを振って万七を見た。

「誰だと思う?」

「わからないよ」

「植木職人の岩松ってえ男が、このお人は俺の知り合いだとしきりに言っていたが」

「岩松ってのは?」

「俺とご同業だよ」

「盗人《ぬすっと》かえ」

「盗人ってえほどのものじゃねえわな。こそ泥さ。ま、あっちの方が、俺よりはましだろうが。——で、岩松が知り合いだ、知り合いだと繰返すので、俺あ、かえってあやしいと思ってね、客の一人に、あの知り合いってのはいったい誰だと聞いてみたのさ」

万七は、黙って話の先をうながした。

「森口慶次郎って男だと、その客が教えてくれたよ。森口慶次郎ってなあ、お前《めえ》が働いていた酒問屋の、寮番をしている男じゃなかったっけ?」

万七はうなずいた。時折、山口屋へ寮のようすを知らせにきた慶次郎の、五十に近いとは思えない精悍《せいかん》な顔が、目の前を通り過ぎていった。

「俺の知ってるのは、仏の慶次郎と異名をとっていながら、盗人や人殺しを幾人も捕えて手柄にしている、いやな野郎だ」

「同じお人だよ」

「わかってらあ、そんなことは」

風が出入口の戸を揺すっていった。

山口屋の大番頭、文五郎は、顔つきも口調も穏やかだが、頭はよくまわる。酒を盗んだのは万七であると気づいて、慶次郎に内密の調べを頼んだのにちがいない。いやな野郎だと九兵衛が言った通り、慶次郎も、仏の異名に似合わず、幾人もの悪党を八丈島や鈴ケ森へ送り込んでいる。万七が故郷へ帰っていないことも、九兵衛の世話になったこともつきとめて、いせやへあらわれたのだろう。

「終りだね」

と、万七は言った。

「とは、かぎらねえ」

と、九兵衛は言う。が、「でもよ――」とつづけて、「そう思っていた方がいいかもしれねえ」と薄く笑った。

「なあに、酒を盗んだぐれえ、たいしたこたあねえさ。島送りになるのが関の山だ」

身震いが出た。が、戸の隙間から吹き込んでくる風のせいだと思った。それにしても、つてを頼って新座郡から江戸へ出てきた時は、こんなことになるなどとは夢にも思わなかった。

「俺に出会わなけりゃよかったな」

と、九兵衛がその胸のうちを見透かしたように言う。

「いや、俺に出会っても、村へ帰っていりゃよかったのだ」

「村へ帰ってどうするえ」

思いのほかに落着いた声が出た。

「番頭になりそこなって帰ってきましたと、兄弟や親戚《しんせき》達に言うのかえ」

「しょうがねえだろう、なりそこなったんだから」

「いやだ」

たった今、年下の多十郎に追い越され、その口惜《くや》しさから暇をとってきたように、万七は唇を噛《か》んでかぶりを振った。

「誰が……誰がそんなことを、兄弟や親戚に言えるものか」

「言えるものかって力んでいるが、それならお前は、いったいどこへ行くつもりで山口屋をやめたのだ」

答えられなかった。いや、答えがないのだった。

自分が目から鼻へ抜けるような人間でないことは、よく承知しているつもりだった。機転をきかせるのは苦手だったし、出荷や入荷の予定が狂うとうろたえて、荷揚げ人足への指図さえできなくなるのもめずらしくなかった。その上、手代になるのも遅かった。当時の山口屋は、遠縁の者の伜や、取引のある問屋の伜などをあずかっていて、万七と同じ年齢《とし》の小僧が六人もいたが、彼等は十七、八で次々に手代へ昇格し、二十になると、それぞれの家へ帰って行った。万七が手代になったのは、それからだった。二十四になっていた。

「よく辛抱したじゃねえか」

「辛抱するほか、能がなかったから」

「だったら、もうちょっと辛抱すりゃよかったんだ」

「番頭になるまでかえ？」

「そうさ。そこまで辛抱したんだ、俺みたような男と組んで盗みを覚えるより、もうちょっと辛抱して番頭になった方が、どれほどよかったかしれやしねえ」

「いやだよ」

と、万七は言った。

「わたしはもう三十五だよ。同じ年に奉公して、十八で手代になった男は、二十五で番頭になった。おまけに、二十七で空樽《あきだる》問屋の娘に見染《みそ》められて、聟《むこ》養子に入って、もう子供までいるよ。そのあとで誰が番頭になったかと言やあ、わたしより二つ年下の音七だよ」

「音七は口がうまいからかなわねえって、お前が言っていたんだぜ」

「そう自分に言い聞かせて、辛抱していたんじゃないか。わたしは口下手だから出世は遅れるかもしれない、が、今に誰かが口先だけの男ではないことを認めてくれるって、胸をさすっていたんだ。ところが、三番番頭になったのは、口の重い多十郎だ。もう我慢できない」

「俺が今更こんなことを言ってもしょうがないが、多十郎さんの下は、二十かそこらの手代だろう。大番頭の文五郎さんが、暖簾《のれん》分けをしてもらうような話も聞いた。今度は間違いなくお前の番だったかもしれねえ」

「そんなこと、ありゃしないよ」

と、万七は言った。が、本郷四丁目のあばら家で寝床に入り、天井を見つめていると、一時の怒りにまかせて早まったことをしたのではないかという、後悔の念が湧《わ》いてくるのだった。

もう少し、あと一歩だったのではないか。もう少し、辛抱をしていれば——。

辛抱をするほかに能がないと言いながら、その辛抱が中途半端《はんぱ》だったのではないか。

「もってえねえことをしたよなあ」

九兵衛も溜息《ためいき》をついた。

「山口屋なんてえところは、手前《てめえ》の親戚か取引先か、よほど縁のあるところの伜でなけりゃ、小僧にもしねえんだぜ。が、お前《めえ》は、死んだ伯母さんのご亭主のいとこの何とかってえ縁で奉公できたんだ。ちっとぐれえ出世が遅れたって、しょうがねえと思ったのだけどなあ」

「うるさいよ」

つい声が高くなった。山口屋へしのび込むと言った時も、九兵衛はそう言ってとめた。心配してくれているとわかっているのだが、後悔していないでもないことを繰返されると苛々《いらいら》する。

「うるせえとは何だよ。俺あ、お前《めえ》と同じ村の、同じような百姓の伜に生れたが、伯母さんのご亭主の何とかってえ縁がなかったお蔭《かげ》で、酒問屋どころか、酒屋の小僧にもなれなかったんだ」

それは、半年前、偶然に出会ったあとで聞いた。蕎麦屋《そばや》で隣り合わせた九兵衛は、つゆが塩辛いから湯を入れてくれと言った万七の国訛《くになま》りを聞き逃さず、声をかけてきたのだった。

額に深い皺《しわ》を刻んだ男が、一緒に畦道《あぜみち》を走って遊んだ幼馴染《おさななじ》みの兄だとわかった時、万七は、箸《はし》を置いて逃げようかとさえ思った。

今でも故郷《くに》の村では、まじめだった子はちがうと、江戸の酒問屋に奉公できた万七が評判になっているという。それなのに、口惜しさをおさえきれずに暇をとったものの行きどころがなく、ぼろ家にひきこもっているありさまを九兵衛から伝えられては、兄弟や親戚までが物笑いの種になりかねなかった。

まして九兵衛は、何のつてもなく江戸へ出て行って、縄暖簾ながら小さな店を持ったと言われていた男であった。あれは、万七が十一で江戸へ出て行く前の年ではなかったか。こざっぱりとした着物に身を包んだ九兵衛は、大きな風呂敷《ふろしき》包を背負って帰ってきた。両親や兄弟へのみやげだという風呂敷包の中には、木綿だが粋《いき》な色合いの帯や着物、下駄から足袋までが入っていて、さすがに江戸で商売をしている人のみやげだと、ずいぶん長い間、噂《うわさ》になっていたものだった。

が、九兵衛は、蕎麦を食べ終えて店屋を出て行こうとする万七の袖《そで》を摑《つか》んだ。

「お前《めえ》もしくじったのかえ」

それから一緒に蕎麦屋を出て、二年半ほど前からはじめたという九兵衛の縄暖簾へ行って、お互いの来《こ》し方《かた》を話しているうちに夜が明けた。万七は、うちとけた気持になっていた。九兵衛が腰を落着けたのは明神下に店を持ってからで、それまでは千住、品川、板橋、内藤新宿など江戸の周辺に住み、もっぱら空巣を働いていたのだった。

「荷揚げ人足をしていたのだが、親方の金がなくなって、疑われたのがはじまりよ」

と、九兵衛は苦笑いをしながら言ったものだ。

「別の人足が盗んだとわかって、親方もあやまっちゃくれたが、腹の虫がおさまらなくってね。どうせまた疑われる、疑われるんなら先に盗んじまえってんで、空巣に入ったら、簞笥《たんす》の中に一分《いちぶ》もの金が入っていた。重い荷物をはこんで、二十文か三十文の銭《ぜに》をもらうのがいやになっちまったのさ」

万七は、九兵衛の前に両手をついて、「頼むよ」と言った。わたしに盗みを教えてくれないか。

わるい冗談を言うなと、九兵衛は笑った。が、万七は真剣だった。どうしても、山口屋から酒を盗みたかった。――

風が鳴っていた。向いの空地に生い茂る芒《すすき》が騒いでいた。

「俺が、空巣から足を洗ったたってえ時にさ」

九兵衛が、ぽつりと言った。

「盗みのやりかたを教えてくれなんて言いやがって」

「九兵衛さんのほかに、頼む人がいないじゃないか」

「そう言われりゃあその通りだが、俺あ、四十を過ぎたらむりをせず、縄暖簾だけで食ってゆこうと思っていたんだぜ」

「迷惑をかけたと思ってるよ」

「そんなつもりで言ったんじゃねえ。山口屋へ奉公したお前《めえ》が盗人になって、地道に稼ぐ気になった俺も盗んだ酒を売る気になって、——何かこう、しまらねえ話だと思ってさ」

「辛抱すりゃよかったってのかえ」

「空巣で一生を終えるか、盗んだ酒なんざ決して売らず、はやらねえ縄暖簾の親爺《おやじ》で終るか、どっちかにすりゃあよかった。——ま、こうなっちまったのだからしょうがねえが」

早く支度をしなと、九兵衛は、着物についた埃《ほこり》を払いながら立ち上がった。万七は、かぶりを振った。

「何を気取ってるんだよ。逃げなけりゃつかまるぜ」

「わかってるよ」

「だったら早く支度をすることった」

「いやだよ」

「ばか。つかまったら、どうする気だ」

「わたし一人でつかまるよ」

屋根瓦《がわら》をはずしてしのび込む方法を足をくじきながら必死で覚えたのも、幾日も天井裏にいて、少しずつ酒を抜き取って九兵衛に渡したのも、江戸からこそこそ逃げ出すためではない。万七という男の存在を山口屋にそれとなく思い出させるためなのだ。万七という、一心不乱に働いていた手代のいたことを、とうに忘れているにちがいない山口屋に、少しばかり痛い思いをさせてやりたかったのだ。山口屋だけではなく、ほかの問屋からも酒を盗んだのは、もういつ捕えられてもいいと覚悟をきめたからだった。

出世をさせてくれなかった山口屋は、その名を聞くのもうとましかった。主人の太郎右衛門も大番頭の文五郎も、自分を追い抜いた音七も多十郎も憎らしい。が、山口屋の親戚でも取引先でもなかった父や母にも腹が立つのである。

そして何よりも、自分にいやけがさしていた。出世のできない自分にも、辛抱しきれずに暇をとった自分にも、それを後悔している自分にも、自分のすべてにいやけがさせていた。

「だから、つかまって島送りになろうと、死罪になろうとかまわない」

「俺あ、いやだ」

「だったら早く逃げておくれ。わたしは、ずるずると風に吹かれてゆきそうな自分に、けじめをつけたいんだよ」

九兵衛が万七を見据えた。万七も負けずに見返した。

その視線を、九兵衛がふいにそらせた。

「きやがった」

つぶやくなり九兵衛は、隅にあった踏台に飛び乗った。万七は、九兵衛の指示通り、天井板を一枚だけはずれるようにしておいた。それを知っている九兵衛は、隅の一枚を持ち上げて、身軽に天井裏へ姿を隠した。九兵衛の鋭い耳は、慶次郎か岡っ引の足音を聞きつけたのかもしれなかった。

こわくない——と思った。こわくないと思ったが、手足にしびれのようなものが走った。

「待っておくれ」

万七は、九兵衛のあとを追おうとした。が、足も手も思うように動かなかった。

「助けて、助けておくれよ」

万七は、踏台にすがりついて叫んだ。今にも心張棒がはずされて、岡っ引が躍り込んできそうな気がした。

「わたしは中途半端でいい。いっぱしの泥棒気分で島送りになろうなんざ、生意気だったよ。もう盗みは働かないから助けておくれ」

天井から九兵衛が顔を出した。声を上げて笑っていた。

「嘘《うそ》だよ。誰もきやしねえよ」

万七は、踏台に俯伏《うつぶ》せた。岡っ引はこないとわかっても立ち上がれぬのは、腰が抜けているからかもしれなかった。


島中賢吾《しまなかけんご》が根岸の寮をたずねてきたのは、その翌日のことだった。大根河岸《だいこんがし》の吉次が、昨夜遅くたずねてきたのだという。

「また妙なことを嗅《か》ぎつけてきましてね」

「霊岸島の一件か」

慶次郎は、佐七が話に割り込んでこぬうちにと、賢吾へ目配せをして家の外へ出た。

「で、吉次は、どこまで知っている」

「全部」

賢吾は、あっさりと言った。

「明神下に安くてうまい酒を飲ませる縄暖簾があると、耳にした時から調べはじめたそうですから」

慶次郎は苦笑した。考えてみれば、吉次が飛びつきそうな事件だった。

「が、盗人《ぬすつと》が山口屋のもと手代だったとわかって、わたしのところへきたのだそうです。山口屋は森口さんが世話になっている酒問屋だ、よけいな穿鑿《せんさく》をするなとは、晃さんにゃ言いにくいだろうからって。いいところがあるじゃありませんか」

おそらく、山口屋に口止め料をもらいに行くこともしなかったのだろう。とんだ損をしたと、舌打ちをしながら歩いて行く吉次の姿が見えたような気がした。

「で、ちょっとお知らせしておいた方がよいと思ったものですから」

「有難うよ。ちょうど出かけてみようと思っていたところさ」

「霊岸島へですか」

「明神下だよ。もぬけの殻《から》かもしれねえが」

「殻でした」

と、賢吾は言った。根岸へくる前に寄ってみたのだという。

「吉次の話では、縄暖簾の亭主も盗人だったらしいということですが」

おそらく、そうだろう。そしておそらく、幼い頃の万七を知っていたにちがいない。ふざけた奴等《やつら》だ――。

いせやの亭主の顔を思い出して苦笑した慶次郎は、似たような笑いを浮かべている賢吾と顔を見合わせた。

風の音が聞えた。庭は、隣りからの花吹雪が、薄桃色に積もっているにちがいなかった。

慶次郎の江戸に住んでみたい!

対談

児玉　清
北原亞以子

理想の男、理想の暮し

児玉　そもそも、北原さんが慶次郎シリーズをお書きになるきっかけは、何だったんですか。一番最初の作品は「その夜の雪」(『その夜の雪』、『傷』に収録)ですよね。

北原　ええ。「その夜の雪」は小説新潮から「涙のにじんで来るような小説を」と注文されて書いたんです。ところが書いているうちに約束の五十枚に収まらなくなって。無理やり終らせましたけれど、納得がいかず、結局、短編集(『その夜の雪』)に入れる時に書き足して百枚以上に延ばしました。その後、週刊誌に慶次郎が登場する作品を二回ぐらい書いて、もう少し書きたいなと愛着がわいてきたところへ、小説新潮からシリーズの依頼が来たんです。そこからめでたくシリーズが始まりました(笑)。

児玉　だから、シリーズ最初の本『傷』にも「その夜の雪」が入ってるんですね。今だから言いますけれど、実は僕、最初に「その夜の雪」を拝見したとき、あんまり森口慶次郎って好きじゃなかったんです。なんとなく煮え切らない奴《やつ》だなと思って（笑）。けれど、読んでいくうちに、やんわりと心を捕らえられていきました。

北原　それは嬉《うれ》しいです。フフフ。

児玉　「その夜の雪」は本当に悲しい話ですよね。いきなり娘が乱暴されて自害する。父親としてこんなことに耐えられるのかと思いますが、慶次郎は受け止める。僕、最初はそこで慶次郎にすごく感情移入しました。でも、普通ならすぐに復讐《ふくしゅう》の鬼になるはずなのに、慶次郎は一度怒りを腹の中におさめてしまう。そこなんです。「慶次郎は偉い奴だ」と感心する反面、「やっちまえよ！」と思う自分がいるわけです。

北原　それはそう思われるでしょうね。あの慶次郎は、物分りがいいというより、物足りないかもしれない。

児玉　物足りない。「何だよ」と。「そんなに偉くなくてもいいだろう」と。ですが、これが後で効いてくる。次第に慶次郎という人は自分に厳しい人だと分ってきて、しかも戦わせてみると、これが……。

北原　強いんです。

児玉　強いんですよ。読んでてハラハラしたけれど（笑）。それを知ってだんだんと慶次郎に傾倒していきました。つまり、彼は決してスーパーマンじゃないんですね。

北原　ええ、はじめからスーパーマンにはしたくなかったんです。ちょっと腕が立つ、ごく普通の人間ということで。私は東映時代劇が大好きでしたけれど、小説の場合はスーパーマンじゃない方が読者の方に想像の余地が生れますから。

児玉　北原さんが森口慶次郎という人物を書く動機は何だったんですか。

北原　うーん。それを聞かれると、非常に俗な答えになって、恥ずかしいんですが。

児玉　いや、ぜひ。

北原　一応、理想の男性ということで（笑）。周りにいなかったので、じゃあ自分で書いちゃえ、と。

児玉　あ、納得（笑）。そりゃあ慶次郎は男から見てもいい男ですよ。酒問屋の寮番、という隠居の仕方もいいですし。昔、山口瞳《ひとみ》さんが「今の男は隠居せずに働いて一生を終えちゃうからよくない」とおっしゃってた。この慶次郎の隠居生活は実にいいですね。

北原　いいですよね。実は寮番でのんびり隠居というのも、私の理想の生活なんです（笑）。

登場人物が勝手に動く瞬間

児玉　北原さんの本を読んでいて思うのは文章が非常に映像的だということ。実際に江戸を見て書いているんじゃないかと思ってしまいます。

北原　ありがとうございます。ただ、私が書いているのは私の江戸なので、実際と合っているかどうか分りませんが、ちょっと人より恵まれてるのは、新橋生まれだということなんですね。

児玉　あ、四代前まで遡《さかのぼ》れるんだとか。

北原　四代前どころか、母方は徳川家康より前（笑）。こうなるとただの関東の田舎者ですが、父方は四代前からです。だから多少なりとも戦前の東京を見てますし、DNAに下町の雰囲気がすりこまれているのじゃないかと。あとは小さい時から浮世絵が好きでよく眺めていたので、それらが一つになって私の江戸ができてるんだと思います。

児玉　僕にはね、北原さんの描く江戸に住んでみたいという気持ちがあるんです。この温かい時代はいいなあ、と。わざわざ夕立の中、天ぷらそばを食べに行く話があったりするでしょう。まず、そのおそばも食べたいしね（笑）。現代人が失ってしまった人間味が北原ワールドにはあると思うな。

北原　ご当人はあまり意識していないかもしれないですよ（笑）。でも、そこに住みたいと児玉さんが言ってくださるっていうのは、嬉しいな。私の書く江戸がユートピアになっているからだと思うんです。

児玉　本当にそう。懐《なつ》かしい、ほっとする世界なんですね。それでまた、描かれる事件が全部、どこにでもあるような小さな出来事から始まるでしょう。

北原　そうなんです。おこがましいですが、私には隣りの人の悩みを拾いたい、という気持ちがありまして。

児玉　隣りの人の悩み？

北原　はい。

児玉　ああ、それはいい言葉ですね。身近な痛みを描く。ということは、言い換えればネタは無限にありますよね。

北原　たぶん……（笑）。でも、個々のエピソードが似ないように気をつけないといけないんですが。

児玉　読んでる方は似てても構わないんですよ。人物名さえ変わっていれば（笑）。伺ったところ、北原さんは真っ赤になるぐらいに原稿を直されるんだとか。

北原　はい（笑）。

児玉　例えば、スッと事件に入っていく見事な書き出し。この辺はやはり、相当な神経を遣うものですか。

北原　ええ。例えば、「椿《つばき》の赤い色が目に入った」と書き出して、気に入らなかったとしますね。そこで、今、主人公は土の道を歩いているんだと気付けばいいんですよ。すると、その道は黒い土かもしれない、黒い道に赤い椿が落ちているというのは凄《すご》く印象的だな、と発展するわけです。ただ、いつでもそううまくいくわけではなくて、だいたいは「椿の赤い色が……」っていうところから動き出せずに、何度も何度も書き直します。

児玉　その書き直しの果てに「あ、これだ」という終着駅はあるんですか？

北原　あります。これじゃなきゃいやだ、というところが必ず。

児玉　僕自身は書き手じゃないから分らないけれど、よく作家さんは「登場人物が勝手に動き出す」と言いますよね。

北原　それは本当ですよ。何かの拍子に浮かんだものを頭の中で練って、形にして、ストーリーが出来ていきますね。ところが、実際に書いていくと途中で変わっちゃう。例えば、吉次を描いてるとして、吉次ならお金、お金と考えるだろうと思うでしょう。

私自身もそのつもりで書いてるのに、吉次がお金を前にしてフッと「いらねえ」って言う。そんな瞬間があるんです。それは本当に勝手に動いちゃうんです。

児玉　そんな時はその動きに任せちゃう？

北原　任せます。そのほうがいいんです。

児玉　それは作家の感覚とか生理みたいなものなんでしょうね。

北原　作家の性格もありますね。吉次を心底悪い人間に描いたほうが面白い場合もあるけれど、私は吉次がそう言うならその方がいいと思う性質《たち》だから。

児玉　北原イズムですね。悪人も悪人になりきれない。

北原　冷静に考えると、その人間が言う筈《はず》のないひとことを、不自然でなく書けるのが時代ものだと思うんです。でも、児玉さんにこんなことを申し上げちゃいけないんですが、江戸に住みたいと言っていただけるのは、私が登場人物の良心にまかせてしまうその辺りなんですよね。実際の江戸ってそんなにいいところじゃなかったかもしれない。

児玉　実は僕も思ってます。でも読む側は、夢想の世界で自由に楽しみますよ。しかし、北原さんのお書きになる江戸は実に空気が清浄で透明感がある。それは北原さんが生まれながらにお持ちなのかなあ。

北原 まったく、お持ちじゃないです（笑）。けっこう意地も悪いし、気も短いんですよ。

児玉 でも、文章には凄《すご》みがあるのに、ご当人にはこんなに凄みを感じないというのも珍しい（笑）。

北原 アハハ、よく言われます。直木賞をいただく前なんか、小説を書いてますって言うと「あ、あなたの書く小説は顔を見ればわかる。たかが知れてる」って。

児玉 え？ そんなことを面と向って？

北原 面と向って。「失礼だけど読む気がしない」って何度も言われました。

児玉 本当に失礼だ（笑）。その後、読ませてやりましたか？

北原 ええ。謝ってきました、「すいませんでした」って（笑）。

児玉 僕、文章ということでいうと、一番惹《ひ》かれるのは、終り方のうまさですよ。「この先どうなるの、どうなるの」ってところで、パッと突き放される。その突き放され方が……何ていったらいいかなあ、ものすごく……余韻、余韻を残すんですよ。

北原 あ、それはすごく嬉しい！

児玉 印象的なシーンがいくつもありますよ。一つは「その夜の雪」のラスト。雪の中を慶次郎と辰吉《たつきち》と吉次が歩いてくる。それぞれ胸の中には満足しきれない思いを抱えて歩いていき、しばらくして振り返ると吉次がいなくなっている。そこで吉次の性格も出るし、彼らの距離感も表される。

北原　ありがとうございます。それを全部書いてしまいますと、そこで終っちゃうんですね。昔は全部書いてしまったんですが、注意して下さる方がいて、ある時から読者に預ける書き方にしました。

児玉　そうは思っても、言葉でちゃんと確認したい人っていますね。「あの後はどうなったんだ」なんて。僕なんかそっちのクチだから、もう悶《もだ》えるわけ（笑）。北原さんは悶えさせる作家ですよ。

二十一世紀の慶次郎

児玉　僕、「森口慶次郎と二十一世紀」なんてことを考えたりしてるんですが（笑）。今、現実社会がすごく歪《ゆが》んでますよね。その中で北原さんの描く江戸は、癒《いや》しの作用のあるものとして求められている気がしてならないんです。現代小説はどうしても荒《すさ》んだ描写ばかりになるでしょう。

北原　そうです。おっしゃる通りです。

児玉　そうした小説にも存在価値があります。しかし、もっと心に潤《うるお》いを与える小説があってもいい。それが時代小説だと思うんです。だいたい、僕にこれを語らせたら尽きないけれども、江戸の文化は世界最高の文化ですよ。ところが今、日本人は日本の歴史を知ろうとせず、日本文化を頭から否定する。例えば股旅《またたび》の三度笠《さんどがさ》なんて、とても美しい姿なのにね。シドニー五輪のレインボーマントより、ずっと(笑)。

北原 最近、日本人が胸を張ることがないような気がしますね。昔は東映時代劇なんか見た後、映画館から自分がヒーローになったような気分で出てきましたよね。あんな感じ、いいんですけどね。

児玉 ですよねえ。中村錦之助ですよ。

北原 脇道《わきみち》にそれますけれど、今の子どもたちがやたらにキレちゃうのは、一つにはああいう気分をあじわったことがないからではありませんか? 友だちと映画館にアンパン持ってって、鞍馬《くらま》天狗《てんぐ》は絶対に間に合うはずなのに、ドキドキして、出て来た瞬間に拍手したりして。

児玉 ハラハラしても、最後はやっぱりいい人が助かるんだな、と安心してね。でも、今の人たちも心の奥底では無邪気さを求めてるんじゃないですか。

北原 そうだろうと思います。それと、信じる道を行けることですね。というのは新《しん》撰組《せんぐみ》のことを書くと、中高生からファンレターが来るんです。残念ながら「慶次郎」

には来ませんが（笑）。新撰組は時代錯誤の集団と一言で片付ける方もいないではありませんが、迷うことなく信じる道を行った。そこに憧《あこが》れる若い人たちが多いのは、やっぱりその潔《いさぎよ》さ、無邪気さに魅《ひ》かれているんだと思うんですよ。

児玉　日本人が誇りを取り戻すために、時代小説の果す役割って大きいですね。

北原　ええ。職人さん達の誇りも取り上げやすいですし。慶次郎シリーズで言うと、佐七の無邪気さを意識して書いているのですが。

児玉　なるほど。今、佐七を出されましたけれど、読者にとっては慶次郎の周囲に出てくる人たちが何だか親戚《しんせき》みたいに感じられるようになってますね。晃之助《こうのすけ》、皐月《さつき》、辰吉、島中賢吾《しまなかけんご》、お登世《とせ》さん、そして僕の好きな蝮《まむし》の吉次。顔なじみばかりの慶次郎ワールドができあがってます。どうでしょう。今、慶次郎シリーズは一番の佳境に入ってきたんじゃないですか。

北原　ずっと佳境です（笑）。ただ、長く続けていると、どうしてもマンネリ化するので、それが怖いですね。継続は力なりと言いますが（笑）、力になっていないと思ったときは、スッパリやめたいです。

児玉　僕が慶次郎にマンネリ化の心配をしないのは、これから彼の身辺にまだ変化が起こってくると思うから。例えば、お登世さんとは一線を超えるようですが、その先どうなるのか……。お登世さんもキャラクターとして育ってきているわけですし。そしてもちろん、吉次も絶えず絡《から》んできて……。

北原　本当に吉次がお好きなんですね（笑）。

児玉　吉次が現れると、話が荒れてくるでしょう。妹夫婦の営むそば屋の二階の汚いところに転がってる感じもいいし……。屈折のある人物っていいですよね。

ヒーローの定年は五十歳？

北原　慶次郎も、「その夜の雪」で鬼になるところを書いておいて良かったと思います。一度鬼になったことで彼の中の振幅を描けましたから。でも本人にしてみたら「仏の慶次郎」なんてあだ名は非常に重荷だろうなと、今にして思う（笑）。

児玉　自分でつけておいてね（笑）。芝居でも、いい人の役というのが一番難しいんですよ。俺はこんなにいい奴なんだと訴えれば訴えるほど嘘《うそ》っぽくなるから。

北原　でも、児玉さんは、ほとんどいい役ばかりでしょう。

児玉　かつては、ですよ。いい役って本当に辛《つら》いんです。むしろ、僕が珍しく賞を取ったのは殺人鬼の役でしたから（笑）。

北原　え、見てないな、私。

児玉　爆弾で人を殺しておいて知らん顔してる優良児の役。

北原　えーっ！

児玉　もう一つ、いまだにあれが一番良かったって人に言われるのが、「黄金の日日」という大河ドラマでやった徳川家康。自分では最大のミスキャストと呼んでるのに。

北原　それは拝見しました。いい人に見せて実は腹黒いっていうのが実に面白い、いいキャストだと思ったのに。

児玉　いや、そうしてみると、慶次郎役は難しそうですね。僕なんかすぐ涙しちゃうし、慶次郎はこんなヤワな男じゃないですよ。まあ僕の場合は年齢的な問題がありますが。彼が隠居したのは、四十五歳でしょう。

北原　そうです。それから何年かたっていますが。

児玉　慶次郎はちゃんと年を重ねるのが、嬉しいですね。以前、ネルソン・デミル（米国の作家）と話をしたら、「アメリカのヒーローに五十歳以上はいない。だから僕のヒーローもそうしたくないんだ」と盛んに言ってました。五十歳って一つの目安なんですね。

北原　ですから、慶次郎をこれからどうしようかなあ、と（笑）。最近は六十歳でも皆さん生き生きしてるから、江戸時代でも五十二、三まではオーケーかなと思ってますけど。

児玉　それはオーケーですよ。今は七十歳近くなっても怪しげなヤツがいますからね（笑）。

（「小説新潮」平成十三年三月号掲載）

おひで
慶《けい》次《じ》郎《ろう》縁《えん》側《がわ》日《にっ》記《き》

朝日文庫

2022年９月30日　第１刷発行

著　　者　北原《きたはら》亞《あ》以《い》子《こ》

発 行 者　三 宮 博 信
発 行 所　朝日新聞出版
〒104-8011　東京都中央区築地5-3-2
電話　03-5541-8832（編集）
03-5540-7793（販売）
印刷製本　大日本印刷株式会社

ISBN978-4-02-265062-7

梶　よう子
ことり屋おけい探鳥双紙

消えた夫の帰りを待ちながら小鳥屋を営むおけい。時折店で起こる厄介ごとをときほぐし、しなやかに生きるおけいの姿を描く。《解説・大矢博子》

畠中　恵
明治・妖《あやかし》モダン

巡査の滝と原田は一瞬で成長する少女や妖出現の噂など不思議な事件に奔走する。ドキドキ時々ヒヤリの痛快妖怪ファンタジー。《解説・杉江松恋》

畠中　恵
明治・金色《こんじき》キタン

東京銀座の巡査・原田と滝は、妖しい石や廃寺の噂など謎の解決に奔走する。『明治・妖モダン』続編！　不思議な連作小説。《解説・池澤春菜》

あさの　あつこ
花宴《はなうたげ》

武家の子女として生きる紀江に訪れた悲劇——。過酷な人生に凛として立ち向かう女性の姿を描き夫婦の意味を問う傑作時代小説。《解説・縄田一男》

五十嵐　佳子
むすび橋
結実の産婆みならい帖

産婆を志す結実が、それぞれ事情を抱えながらも命がけで子を産む女たちとともに喜び、葛藤しながら成長していく。感動の書き下ろし時代小説。

永井　路子
源頼朝の世界

鎌倉幕府を開いた源頼朝。その妻の北条政子と弟の北条義時……。激動の歴史と人間ドラマを描いた歴史エッセイ集。《解説・尾崎秀樹、細谷正充》

朝日文庫

北原　亞以子
傷
慶次郎縁側日記

空き巣稼業の伊太八は、自らの信条に反する仕事をさせられた揚げ句、あらぬ罪まで着せられてお尋ね者になる。《解説・北上次郎、菊池仁》

宇江佐　真理
うめ婆《ばあ》行状記

北町奉行同心の夫を亡くしたうめ。念願の独り暮らしを始めるが、隠し子騒動に巻き込まれてひと肌脱ぐことにするが。《解説・諸田玲子、末國善己》

宇江佐　真理
深尾くれない

深尾角馬は姦通した新妻、後妻をも斬り捨てる。やがて一人娘の不始末を知り……。孤高の剣客の壮絶な生涯を描いた長編小説。《解説・清原康正》

宇江佐　真理
おはぐろとんぼ
江戸人情堀物語

別れた女房への未練、養い親への恩義、きょうだいの愛憎。江戸下町の堀を舞台に、家族愛を鮮やかに描いた短編集。《解説・遠藤展子、大矢博子》

細谷正充・編／宇江佐真理／北原亞以子／杉本苑子／半村良／平岩弓枝／山本一力／山本周五郎・著
情に泣く
朝日文庫時代小説アンソロジー　人情・市井編

失踪した若君を探すため物乞いに堕ちた老藩士、家族に虐げられ娼家で金を毟られる旗本の四男坊など、名手による珠玉の物語。《解説・細谷正充》

細谷正充・編／朝井まかて／折口真喜子／木内　昇／北原亞以子／西條奈加／志川節子・著
わかれ
朝日文庫時代小説アンソロジー

武士の身分を捨て、吉野桜を造った職人の悲話「染井の桜」、下手人に仕立てられた男と老猫の友情「十市と赤」など、傑作六編を収録。